JOST BONNER
Dummgut

Jost Bonner

Dummgut

Erzählung

Bibliografische Information der Deutschen Bibliothek*:*
Die Deutsche Nationalbibliothek verzeichnet diese
Publikation in der Deutschen Nationalbibliografie;
detaillierte bibliografische Daten sind im Internet
über <u>dnb.dnb.de</u> abrufbar.

Herstellung und Verlag:
BoD - Books on Demand, Norderstedt
ISBN: 978-3-756-23185-0

1

Sie hatte genug, genug von allen und allem - vom Leben
nicht, nein - aber sonst von beinahe allem und allen; von
den heuchlerischen, mitleidigen, besorgten Gesichtern;
vom Getratsche hinterm Rücken noch mehr als von
offener Feindseligkeit und Gehässigkeit; von den Win-
kelzügen der Leute, um ihr aus dem Weg gehen zu können; von all dem Unsinn, der über sie im Umlauf und
offenbar durch nichts aus der Welt zu schaffen war; ja,
genug hatte sie von der kantigen Weigerung der Leute,
sie kennenzulernen; also in Erfahrung zu bringen, wer
sie wirklich ist, wie sie wirklich ist. Das Maß war in einem Maße voll, dass es nicht einmal eines besonderen
Anlasses, eines leidenschaftlichen Aufbegehrens bedurfte, um Hof und Mutter den Rücken zu kehren und sich
zu verkriechen im abwegigsten, verlassensten Winkel
der Welt.

Heute gibt es kaum mehr wirklich abwegige und verlas-
sene, also einsame Flecken auf der Landkarte, geschwei-
ge denn im Gelände; Schlupfwinkel, die so komfortabel
sind, dass sich darin leben oder auch nur überleben
ließe, und die lange genug unter Beweis gestellt haben,
wirklich abwegig und verlassen zu sein. Auch im gewaltigen Massiv der Alpen liegen die Gemeinden dicht bei
dicht, und wo sie nicht mit ihren oft abgelegenen Berg-
höfen hinreichen, stehen Hütten, einst zum Schutz für
bedrängte Hirten, Wanderer und Kletterer aufgestellt,
mittlerweile aber bis auf einige wenige zu Wirtschaften
und Herbergen ausgebaut. Selbst wer sein Lager auf den

Spitzen der Berge aufschlüge, bekäme Besuch von verwegenen Kletterern, deren Leidenschaft es ist, das Leben zu wagen für Ausblicke oder Einblicke der besonderen Art.

Eine Hütte aber gibt es, die all die gesuchten Eigenschaften vereint; die anders ist als alle anderen, und die gerade deshalb kaum jemand kennt. Zur Zeit ihrer Entstehung vor beinahe hundert Jahren war sie die wohl komfortabelste, zumindest aber zweckmäßigste Schutzhütte im Alpenraum, und auch heute noch könnte sie dieses Attribut für sich in Anspruch nehmen, wenn sie in all den Jahren nachweislich irgendwann irgendjemandem Schutz geboten hätte. Eine Schutzhütte wird gebaut, um zu schützen. Eine Schutzhütte, die niemand aufsucht, ist eine unsinnige, verrückte Hütte.

Hanne, die den dreiundzwanzig Kilometer weiten Weg durch Tiefschnee auf Skiern auf sich nahm, um den Leuten nicht länger mit ihrer Erscheinung Unbill zu bereiten, mochte diese Hütte gerade ihres Rufes wegen, verschroben und absonderlich zu sein. Nicht nur den Leumund teilte sie mit ihr, auch das Schicksal, von den Leuten als anstößig, also als Zumutung empfunden zu werden.

Gemächlich, aber kraftvoll stieß sie die Beine nach vorn, den gewonnenen Schwung mit den stockbewährten Armen nicht weniger kraftvoll verlängernd. Im olivgrünen, steifen Lodenmantel war sie noch eher einem dahingleitenden Räuchermann ähnlich als einer Skiläuferin, noch dazu mit dem altertümlichen Rucksack, der in Kombination mit dem aufgebundenen Kopfkissen von fern aussah wie Engelsflügel. Viel war es nicht, was sie mitgenommen hatte, um ein anderes Leben zu beginnen …

Für die Strecke vom Hof zur Hütte brauchte sie mit hohem Einsatz zwei Stunden, für den Rückweg mit gleichem Einsatz noch nicht einmal die Hälfte. An markanten Punkten im Gelände ging ihr Blick unwillkürlich zur Uhr, obwohl sie wusste, in welcher Stellung sie die Zeiger finden wird. Die goldene Uhr mit dem ledernen Armband, der einzige Wertgegenstand in ihrem Besitz, hatte - soweit ihre Erinnerung zurückreichte - das rechte Handgelenk des Großvaters geziert.

Sie dachte an das Ziel, an die Hütte, die sie nun nicht mehr nur besuchen wird, wie so oft mit dem Großvater. Diesmal wird sie für immer bleiben, ohne sich von wem auch immer vertreiben zu lassen. Der Gedanke war verrückt, das wusste sie, sogar sehr verrückt.

Wie so vieles in der Welt verdankt auch diese Hütte ihr Dasein einem Zufall. In den Wintern 1919/20 und 1922/23 waren beinahe an gleicher Stelle zwei junge Paare erfroren, die die Weite des Schneefeldes und mehr noch seine plötzliche Begrenztheit unterschätzt hatten, genaugenommen aber allein ihrer Sorglosigkeit oder Unerfahrenheit oder fehlenden Ausdauer zum Opfer gefallen waren.

August Stadler, der Vater der jungen Frau des zweiten Paares, hatte beim ersten Besuch des Unglücksortes das noch frische Kreuz vorgefunden, das den Tod der beiden zwei Jahre zuvor Erfrorenen im Gedächtnis bewahren sollte. Augenblicklich war in ihm der Entschluss gereift, den Bau einer Schutzhütte zu finanzieren, um die Menschheit vor ähnlichen Schicksalsschlägen und vergleichbarem Schmerz zu bewahren.

Sepp Lachner, Bürgermeister von Elsetal, der nächstgelegenen Gemeinde, hatte dem noblen Bauherren nicht nachstehen wollen und für den Fall, dass das Vorhaben verwirklicht wird, im Namen der Bürgerschaft die Bürgschaft übernommen, *auf alle Zeit* die Hütte zu erhalten und Jahr um Jahr mit dem nötigen Vorrat zu versorgen. Der Bau war dann trotz oder gerade wegen der galoppierenden Inflation rasch ins Werk gesetzt worden.

Torsten Faber, der Tischler, und Joseph Selb, Schmied seines Zeichens, hatten die Hütte nicht nur in großer Zweckmäßigkeit entworfen, sondern auch aufopfernd den Bau vorangetrieben, ohne sich eine Menge überzähliger Stunden bezahlen zu lassen. Unter feierlicher Anteilnahme der Bürger von Elsetal und der Hinterbliebenen der vier Opfer hatten die beiden Handwerksmeister die bronzenen Gedenktafeln an den gegenüberliegenden Wänden der Hütte angebracht und damit den mit viel Lob bedachten Bau seiner Bestimmung übergeben.

Lob und Stolz hielten nicht lange an. Da man parallel zum Hüttenbau an allen wichtigen Zuwegen emaillierte, also witterungsbeständige Warnschilder aufgestellt und sich zudem das bittere Schicksal der vier Unglücklichen herumgesprochen hatte, war in der Folgezeit kein Wanderer mehr in lebensbedrohliche Not geraten, was die Gemeinde zwangsläufig mehr und mehr ins Gerede gebracht und zunehmend dem allgemeinen Spott ausgesetzt hatte, der in der einfallsreichen Umbenennung Elsetals in Eseltal gipfelte.

Es stellte sich nämlich heraus, dass der Standort der Hütte so abwegig war, dass sie nicht einmal Wanderer locken konnte, den Rast- und Schlafplatz gezielt auch ohne Not aufzusuchen. Die Hütte stand in einer dreiundzwanzig Kilometer tiefen, also beachtlichen Sackgasse, die man nicht anders verlassen konnte, als man gekommen war. Das noble Bauwerk blieb also ungenutzt, musste aber wegen der *auf alle Zeit* gegebenen verbindlichen Zusage dennoch erhalten und alljährlich für Notfälle ausgestattet werden.

Bald begannen die Leute auch noch zu munkeln, dass wohl die beiden engagierten Handwerker die eifrigsten, wenn auch heimlichen Nutzer der Hütte seien, die hier untertauchten, um ihren widernatürlichen Neigungen nachzugehen. Seither war die Hütte eine Art Brandmal im Antlitz der ohnehin nicht allzu bekannten und noch weniger geschätzten Gemeinde, und mancher Hitzkopf hatte schon erwogen, einem Blitzschlag oder Gemeinderatsbeschluss mit einem Brandsatz zuvorzukommen.

Ja, Gemeinderäte hatten immer wieder hitzig darüber beraten, wie man sich der leidigen Problematik entledigen kann. Radikale Gemüter plädierten für den Abriss des Schildbürgerbaus, gemäßigtere stimmten dafür, wenigstens die Ausstattung desselben einzustellen, also aufzuhören, weiterhin sinnlos Geld in die verwünschte Hütte zu versenken. Einerlei, wie weit man zu gehen bereit war, alle blieben sie am Ende regelmäßig hängen am Gelübde *auf alle Zeit*, einer Formulierung, an der nicht zu deuteln war. Irgendwann hatten die Ortsvertreter begriffen, dass es am klügsten ist, nicht weiter mit dem Schicksal zu hadern und einen Schleier des Schweigens und der Ignoranz über das Ärgernis zu breiten.

Seither schlief die Schneefeldhütte einen Dornröschenschlaf, und sie bedurfte nicht einmal einer Hecke, um sich den Blicken und dem Gedächtnis zu entziehen. Gut, hin und wieder war die Hütte Herberge diverser Geselligkeiten gewesen. Die Chronik erzählt von beinahe regelmäßigen Besuchen der Jägergilde, die auf den sechs Schlafplätzen und dem Dachboden im Heu auch ihren Rausch hatte ausschlafen können. Auch berichtet sie von Zeremonien der Hitlerjugend, die hier nach Gewaltmärschen Sonnenwendfeste und geheime Feierstunden und Gerichte abhielt. Zuletzt beschreibt sie auch das Leben einer Schar Mädchen und Frauen, die sich bei nahender Front zu verbergen suchte vor den

Kämpfern der Roten Armee, die dann glücklich nach schweren Gefechten um Wien und den Wienerwald bis zur Kapitulation in den erreichten Stellungen, also fernab verharrten. Nein, auch hier war die Hütte nicht zu Ruhm gelangt, hatte sie ihrem Zweck keine Ehre machen können, auch wenn das Abenteuer für die Mädchen und Frauen unvergesslich blieb.

Nach dem Krieg war die Hütte mehr und mehr in Vergessenheit geraten, ohne freilich das Privileg zu verlieren, auf Gemeindekosten alljährlich mit Holz und Lebensmitteln ausgestattet zu werden. Und selbst der aufblühende Fremdenverkehr der letzten Jahrzehnte hatte einen Bogen um Elsetal und seine verrückte Hütte gemacht.

Hanne Berggruber verharrte nach dem ersten und steilsten Anstieg. Schwer atmend und tief gebeugt auf die Stöcke gestützt stand sie am Rand eines scharfgeschnittenen Tals. Ihr war warm. Nur selten fror sie in ihrer altfraulichen, manche möchten sagen, schrulligen oder gar närrischen Kluft: die alte Skihose, der verblichene, formlose Pullover, die lange, entfärbte und verfilzte Strickjacke, der grüne Lodenmantel des Großvaters, der ihr zu groß war, obschon sie mehrmals versucht hatte, ihn mit Nadel und Faden in die rechte Form zu zwingen. Die weiße Wollmütze mit der viel zu großen hellblauen Bommel war gewissermaßen der Punkt auf dem I. Sie empfand es als schweren Fehler, den Mantel nicht wie sonst auf den Rucksack gebunden zu haben. Nun war sie zu sehr in Schweiß geraten, um es noch korrigieren zu können. Aus dem geöffneten Kragen hob sich ein warmer Dunst menschlicher, genauer, weiblicher Aromen. Sie mochte ihren Geruch.

Mit geschirmten Augen suchte sie die Hänge ab und wieder und wieder die schmale Talsohle. Alles war weiß und unberührt und friedlich; kein Riss in der Schneedecke, erst recht kein Spalt oder gar Abgang. Da, wo die Talsohle ins Schneefeld übergeht, blieb Hanne noch einmal stehen, um den Blick durch die Länge des Tals auf den verschlafenen Heimatort zu genießen, diesen magischen Blick, der für Unkundige so verhängnisvoll werden kann.

Von der Verballhornung des Namens war schon die Rede, dabei wäre die Umbenennung Elsetals in Eseltal gar nicht so schlimm gewesen, hätte man dadurch nur eine Last weniger zu tragen gehabt. Die kleine Ortschaft drückte ja neben der Hütte eine weitaus größere Bürde, eben dieses namengebende Tal, das von allen nur *Gräberschlucht* genannt wird. Keiner hat gezählt, wie viele leichtsinnige Wanderer in diesem Tal ihr Ende gefunden haben oder fürs Leben gezeichnet wurden. Schuld oder, nüchterner gesprochen, Ursache dieser traurigen Schicksale war die *Warme Else*, die dem Tal und mit ihm dem Ort ihren Namen gab; ein kleiner Bach, am Eingang des Tals aus dem Massiv springend, um sich nach ein paarhundert Metern im Geröll zu verlieren; oft nicht mehr als ein Rinnsal, das aus unerfindlichen Gründen im Winter nur bei klirrendem Frost gefror, also warm genug war, um den Boden weich und glitschig zu halten und den Schnee zu zwingen, eine Brücke zu bauen. Das Tal am Eingang des Schneefeldes birgt außer der *Warmen Else* noch eine andere Gefahr: die steilen Hänge, die wie geschaffen sind für abgehende Schneebretter, Wanderer wie Skifahrer aber ermutigen, den Weg in den anscheinend nahen Ort um Kilometer abzukürzen. Leider ist es dann mitunter nur eine Abkürzung direkt in den Tod. Wenn die Unglücklichen nicht unter Lawinen begraben werden, die sie selbst abgestoßen haben, dann verletzen sie sich tödlich oder schwer an den vielen *Zähnen*, schroffen Schuttkegeln, die - unterm Schnee fast unsichtbar - aus den Talhängen ragen,. Wer nicht über die Hänge ins Tal steigt, sondern den ungefährlicheren Weg über den Eingang des Tales zu nehmen glaubt, stürzt unvermutet im Schlickbett der *Warmen Else*, rutscht weiter, zerreißt die Schneebrücke und findet sich nicht selten unter einem nachrutschenden Schneebrett wieder, verschüttet und also langsam erstickend oder erfrierend. Ein mörderisches Tal, das selbst nach Aufstellung vieler Warntafeln von Zeit zu Zeit seinem Beinamen alle Ehre macht.

Hanne hatte oft darüber nachgedacht, warum dieser verhängnisvolle Bach, der Tal und Heimatort benannte, einen Mädchen- oder Frauennamen trägt. D e r Bach, d e r Fluss, d e r Teich, d e r See, d e r Ozean, sie alle sind männlich, warum also hatte man den Bach weiblich benannt? Weil alles Unheil aus dem Weiblichen wächst oder dem Weiblichen zugeschrieben wird? Lange hatte sie mit dem Großvater über diese Frage beraten. Aber auch er hatte keine befriedigende Antwort gewusst. So war das Problem wie viele andere mit dem Stempel *Menschenkram* versehen worden, was so viel bedeutet wie *unsinnig, töricht, unausgegoren,* und das Gegenteil ist von *verlässlich, berechenbar, zweckmäßig,* Eigenschaften, die aus ihrer Sicht nur der Natur zukommen, die allein in allem mit Sinn und Gesetzmäßigkeit durchdrungen ist. Und wenn Hanne auch ab und an in der Natur auf Dinge stieß, die ihr absurd und unnütz erschienen, erklärte sie diesen Widerspruch mit der eigenen Beschränktheit. Wann immer sie vermeintlichen Ungereimtheiten begegnete, fand sie Trost in der Überzeugung, nur den verborgenen Sinn nicht zu verstehen, n o c h nicht zu verstehen. An der Natur war nicht zu zweifeln, und dass sie den Menschen hervorgebracht hat, ja ... ja, das war so etwas, das sie nicht verstand. Was war da schiefgegangen? Warum hatte sie sich diese miese Laus in den Pelz gesetzt, diesen Schmutzfink und Gernegroß?

Sie dachte an die Leute, die da in der Ferne unter den Dächern des kleinen Ortes, unter all den rauchenden Schornsteinen umherwuselten, um einen Vorteil, das Glück, einen Nervenkitzel oder was auch immer zu erhaschen.

Schlich sich da Wehmut in ihre Gedanken? Was verlor sie, wenn sie all denen den Rücken kehrt? - Wo immer sie auftauchte, kam Verlegenheit auf. Sie war peinlich. Allen war sie peinlich, auch der Mutter, die ihr nach dem Tod des Großvaters geblieben war. Mütter können ihren Kindern nicht einfach den Rücken kehren, sonst hätte sie es wohl längst getan. Dabei sollte die Mutter doch am besten nachfühlen können, wie es ist, im Fadenkreuz der Vorurteile zu stehen. Der Vater hatte sie vor zwanzig Jahren aus der Stadt hier auf den Hof geholt und noch vor der Entbindung verlassen, ohne anzudeuten, warum und wohin; ohne je wieder ein Lebenszeichen von sich gegeben zu haben, sodass man nicht einmal sicher hätte sagen können, ob er überhaupt noch lebt. Selbst der Großvater hatte den einzigen Sohn für tot erklärt, einerlei, ob er es ist oder nicht. Er war damals ersatzweise an die Stelle des Flüchtigen getreten als Arbeiter auf dem Hof. Aber die Leute wollten schon bald ausgemacht haben, dass er auch die Stelle des Mannes, also des Bettgenossen der Mutter eingenommen hat. Hier mochten sie recht haben. Gewünscht hat sie es der Mutter, die nun schon über zwanzig Jahre in einer Art unterdrücktem oder überspieltem Schockzustand verharrte.

Mit kräftigen Schritten und Stößen strebte Hanne der schon in der Ferne als kleiner Punkt wahrnehmbaren Hütte zu. Wie oft war sie den Weg mit dem Großvater gegangen oder mit dem Gespann gefahren? Sie wusste, wie weit es noch ist, trotz des sichtbaren Ziels. Das zur Hütte leicht ansteigende Schneefeld wurde linker Hand, also südlich, von einem steilen, fast achtzig Meter tiefen Abgrund begrenzt. Rechter Hand erhob sich steil und majestätisch das Massiv. Hier war der Mensch ein Nichts, gefangen in den Grenzen der Natur; die Tiefe des Abgrunds, die Weite der Ebene, die Höhe des Massivs. Und am Horizont, da, wo Schneefeld, Abgrund und Berg augenscheinlich ineinanderflossen, stand eine Hütte, klein und erbärmlich, aus dieser Perspektive nicht mehr als ein Fliegendreck.

Mit dem Großvater im Bunde war alles leichter, also noch erträglich gewesen. Aber seit seinem Tod vor einem halben Jahr ... Mit ihm war die wichtigste und nahezu einzige Person gestorben, die sich bisher freiwillig mit ihr abgegeben hatte. Er war ihr in so vielem mitunter erschreckend ähnlich gewesen. Aber in einem wohl besonders: er war, wie sie, bedachtsam, das heißt, er ergründete und erwog alles ebenso lange wie sie, ehe er darüber sprach. Nur in Gesprächen war er schneller. Im Umgang mit Menschen ist es wichtig, mit der Zunge schnell genug zu sein, hatte er ihr einmal geduldig erklärt, nachdem er durch Zufall ihrem Geheimnis auf die Spur gekommen war. Von klein auf war sie alle Tage in seiner Nähe gewesen, im Grunde ohne nennenswerte Zeiten der Trennung, von den widerlichen Zwängen des Lebens einmal abgesehen. Da sie sich ähnlich waren, verstanden sie sich meist wortlos, und das Mädchen hatte die Stille zwischen ihnen nie als peinlich empfunden, im Gegenteil, gemeinsames Schweigen war für sie der Glanz einer besonderen Vertrautheit.

Nie wird sie die Episode vergessen, die ihr Verhältnis zum Großvater und im Grunde ihr ganzes Leben verändert hat. Bis dahin hatte auch der Großvater sie für wunderlich oder verschlossen gehalten und den geflüchteten Vater für Hannes vermeintliche Trübsal verantwortlich gemacht. Ja, auch der Großvater hatte ihr bisweilen Fragen gestellt, ohne Antwort zu erhalten. Er wusste nicht, dass das Mädchen an seiner Seite bei jeder Frage in einen Kosmos möglicher Antworten geschleudert wurde und auch noch bizarrste Welten durchmaß, um zu einer sinnvollen Erwiderung zu gelangen, die ihrer Ehrfurcht vor dem Fragenden entsprach. Da sie keinen höher schätzte als den Großvater, war sie nur selten erfolgreich von ihrer Suche in fernen Gedankenwelten zurückgekehrt. Der Großvater wiederum konnte nicht wissen, dass sich die Enkelin bei ihm besonders viel Zeit nahm, um ihn und damit auch sich selbst nicht zu enttäuschen. Am Pferdeschlitten werkelnd, hatte er wie nebenher gefragt, ob sie sich auf den Weihnachtsmann freut. Das war keine ganz unverfängliche Frage gewesen, denn der Weihnachtmann hatte schon ein Weilchen als Ersatz für das Christkind herhalten müssen, das hier landläufig als Gabenbringer verehrt wird, von Hanne aber mit unbezwingbarer Sturheit verworfen worden war. Vielleicht hatte der Großvater deshalb so lange gezögert, tiefer in sie zu dringen. Also war nach der Frage viel Zeit verstrichen, ohne dass Hanne sich aus der Starre der inneren Einkehr gelöst hatte. Und als längst nicht mehr mit einer Antwort zu rechnen war, hatte sie dem Alten schüchtern zu verstehen gegeben, dass sie sich freut aber auch traurig ist. Der Großvater hatte sich zu ihr gehockt, sie angesehen und gemutmaßt, dass der fehlende Vater Ursache der Traurigkeit ist. Sie war nah an ihn herangetreten, um ihm mit bangem Herzen anzuvertrauen, dass sie traurig ist, weil sie - um die anderen nicht traurig zu machen - so tun muss, als wenn es den Weihnachtsmann wirklich gibt. Der Großvater hatte sie weinend an sich gedrückt und in ihr das Gefühl geweckt, eben einen unzertrennlichen Bund besiegelt zu haben.

Auffallender Beweis dieses Bundes war sein Vertrauen in ihr handwerkliches Geschick, dessen Wert er über alles stellte. Von nun an durfte sie ihm zur Hand gehen, und nach kurzer Zeit war sie mit einer Aufmerksamkeit und Ausdauer bei der Sache, wie man sie bei Kindern nur selten erlebt. Oft hatte der Großvater Grund, laut herauszulachen, wenn sie ihm ein Werkzeug reichte, noch ehe er gedachte, danach zu greifen.

Nein, sie war nicht taub oder verstockt oder unhöflich oder abweisend, sie brauchte nur zu lange, um - mitunter auch auf anscheinend banale Fragen - zu antworten. Das konnte nur bemerken, wer ihr ein einziges Mal genügend Zeit ließ. Aber dazu kam es nur selten. Beinahe immer gingen weitere Wortschwalle über sie hinweg, noch ehe sie eine Frage ernsthaft hätte erwägen können. Bevor sie eine zumutbare Antwort fand, hörte sie nicht selten abfällige Bemerkungen oder Mutmaßungen über ihren geistigen Zustand. Die Mutter hatte immerhin eine Ahnung. Ihre Gedanken verfliegen sich mal wieder, pflegte sie zu sagen.

Die wichtigste Folge der eindrücklichen vorweihnachtlichen Begebenheit war das Erstarken ihres Selbstwertgefühls. Seit dem kurzen Wortwechsel mit dem Großvater und dem langen Gespräch danach hatte Hanne zunehmend das Gefühl, dass es den anderen nicht wirklich um eine Antwort geht. Es genügt ihnen zu schwätzen, zu plappern, zu albern, zu klatschen, zu lästern, zu prahlen, zu schimpfen, zu jammern. Ja, diese Geschwätzigkeit hatte sie als das Gegenteil der Bedachtsamkeit ausgemacht und als den Hauptgrund ihrer Unverträglichkeit mit der Mehrheit der Leute. Folglich war es ihr zur Gewohnheit geworden, die Menschen in diese zwei Lager zu teilen. Geschwätzige gab es zuhauf. Die Bedächtigen in ihrem Umfeld ließen sich an einer Hand abzählen: der Großvater, der Doktor, der Kunstlehrer. Die Mutter befand sich mit einigen vor allem Gleichaltrigen in einer grauen Zwischenzone all jener, die sich unstet mal der einen, mal der anderen Seite zuneigten. Jörg vom Fremdenverkehrsamt gehörte dazu und natürlich Theresa, die sie in der Stadt kennen- und später lieben gelernt hatte. Wie kein anderer hatte ihr Theresa geholfen, mit der Geschichte vor vier Jahren fertigzuwerden. Sie war nicht gerade bedacht, aber von einer geradezu rührenden Ehrlichkeit, auch sich selbst gegenüber. Obwohl sie kaum älter war als Hanne, hatte sie schon eine Menge Männer ausprobiert und allesamt für zu leicht befunden. Entsprechend war ihr Ruf. Vielleicht hatten sie darum so schnell zueinandergefunden. Beinahe alles, was Hanne über Männer und den zweckmäßigen Umgang mit ihnen wusste, hatte sie von Theresa gelernt, die schon als Kellnerin gearbeitet und da - wie sie es nannte - gute Jagdbedingungen vorgefunden hatte.

Seit der Begegnung mit Theresa betrachtete Hanne die Welt immer öfter von einer erhöhten, neutralen Warte aus. Und sie kam zu dem Schluss, dass die meisten Kontakte unter Menschen nur auf Eigennutz gegründet sind. Wenn dem aber so ist, was wollte sie dann mit all den Leuten, die ihr allesamt nicht wirklich nützlich sind und es auch nicht sein können?

Alles, was sie auf dem Hof gehalten hatte, waren der Großvater und Ginger und Fred, die beiden Haflinger, gewesen. Der Großvater hatte sie vor vier Jahren gekauft, um die Trennung von Hanne leichter zu ertragen nach dieser unseligen Geschichte …

Die Mutter tat ihr leid. Aber Mitleid ist kein taugliches Substrat einer Bindung. Daher hatte Hanne beschlossen, ihrem alten Wunsch nachzugehen, die Schutzhütte hinterm Schneefeld zu betreuen.

Das Ziel war erreicht.

2

Die Hütte empfing sie wie immer halb unter den Felsvorsprung geduckt. Es schaute beinahe so aus, als hätte sich vormals ein Lavastrom, vom Massiv herabstürzend, übers flache Dach der bereits stehenden Hütte ergossen, sowohl oberhalb der Hütte als auch bis in die Talsohle des Abgrunds hinein einen weit vorspringenden, scharfen Grat hinterlassend.

Der kellerlose Bau teilte sich in ein aus Bruchsteinen gesetztes ebenerdiges Geschoss und einen aus gewaltigen Holzbohlen gezimmerten niedrigen Heuboden, der trotz Dachschräge nur im letzten Drittel aufrecht begehbar war.

Die Steinfassade des Erdgeschosses zierten links, also dem Abgrund zu, vier geschlossene Fensterläden. In der Mitte stieg eine fest mit dem Mauerwerk verbundene rostige Leiter zum Heuboden. Ihr schloss sich die blechbeschlagene schwere Eingangstür an. Ganz rechts, am Massiv, unterbrach der Laden des kleinen Klofensters die sorgsam gesetzte Bruchsteinwand.

Die zum Abgrund hin beinahe spitz zulaufende Holzbohlenfassade des Heubodens wurde von der Doppeltür oberhalb der rostigen Leiter beherrscht. Es gab noch drei Bullaugen, zwei links, eines rechts der Bodentür, der Schräge des Daches folgend von innen betrachtet in Knie-, Bauch- und Brusthöhe.

Nah dem Abgrund und vor diesem mit einer Bruchsteinmauer geschützt lief ein schmaler Weg um die Hütte herum vorbei an zwei weiteren Fenstern zur Rückseite der Hütte. Hier ging es nicht weiter. Die Hütte stand am Ende des sich abrupt verengenden Schneefeldes.

Der schon erwähnte Grat, der sich vom Gipfel des Massivs nur ein paar Schritte hinter der Hütte und diese zum Teil überdeckend bis ins Tal zog, bildete eine Barriere, die nur von erfahrenen, gut ausgerüsteten Kletterern zu überwinden war.

Hanne rang nach Luft, um zu sich zu kommen. Mit der noch immer gleichen Erregung wie einst betrachtete sie die bronzene Tafel rechts zwischen Tür und Felswand. *Hier erfroren in der ' Silvesternacht 1921 ' Lothar Mumm ' 13.09.1897 ' Anne Minne Mumm ' 26.05.1902 ' So endete ihre ' Hochzeitsreise.*

Hanne kannte die acht Zeilen auswendig, auch die sieben Zeilen der Gedenktafel auf der gegenüberliegenden Seite der Hütte, die zwar mit 115 zu 105 Zeichen etwas länger waren, aber weniger erhellend. *Am 22. Jänner 1920 ' endete an dieser Stelle ' der Weg von ' Alma und Josef Ehrenfried ' in eiskalter Nacht. ' Ihr Leben hatte gerade erst ' begonnen.* Viele Geschichten hatte Hanne um die kargen Hinweise herum erfunden und nach allen Seiten ausgeschmückt. *Anne Minne* war so alt gewesen, wie sie jetzt. *Mumm.* Mumm hatten wohl beide nicht, andernfalls hätten sie sich nicht der Kälte und damit dem traurigen Schicksal ergeben. Aber wer weiß, was war? Man soll nicht richten, wenn man nicht alles weiß. Und was heißt *alles*? Und wem ist mit dem, was da auf den Tafeln steht, gedient oder geholfen?

Hanne löste die Skier und stellte sie samt Stöcken zwischen Hauswand und Leiter. Mit müden Beinen stapfte sie zur Gedenktafel, um den Fensterladen des Klofensters zu öffnen, das sich in Scheitelhöhe über der Tafel befand. Nachdem sie sich den Schnee von den selbstgestrickten Gamaschen geklopft hatte, öffnete sie behutsam die nicht abschließbare Außentür, mit der Unterkante einen Viertelkreis in den angewehten Schnee schiebend. Während sie die trockene Innentür aufdrückte, zog sie die schwere Außentür hinter sich zu.

Im Windfang war es düster. Noch stand sie vorm schweren, moosgrünen Vorhang. Links hoben sich allmählich die grünen Kacheln der Seitenwand des Stubenkamins aus dem Dunkel, der auf diese Weise, gut beheizt, auch den Windfang und das Klo dürftig mit Wärme versorgen konnte. Vor der Kaminwand stand ein flacher Schuhschrank mit aufgestelltem Spiegel. Das Licht schien spärlich rechts durchs Klofenster über die beiden fast bis zur Decke aufstrebenden Flügeltüren des Trockenklos, die sich nur nach innen öffnen und bei Benutzung mit den Füßen sperren ließen.

Hanne erinnerte sich der Hüttenbesuche mit dem Großvater. Nie hatte sie die Räume vor ihm betreten dürfen. Immer war er vorausgegangen, um sie nach eingehender Untersuchung nachkommen zu lassen. Es war ja stets möglich, auf Dinge zu stoßen, die man besser nicht gesehen hätte. Der Gedanke, der Großvater opfere womöglich seinen Seelenfrieden für sie, hatte sie jedes Mal erschauern lassen in den langen, bangen Momenten, da sie allein vorm Haus hatte zurückbleiben müssen. Sie bewunderte ihn für seinen Mut und seine Ritterlichkeit.

Durch den schweren, spinnbewebten Vorhang trat sie in den Vorraum, der wie der Windfang nur zwei Schritte tief, aber um den Kloverschlag breiter war. Auch hier war der Boden mit gebrannten Fliesen versiegelt.

Geradezu, hinter hölzernen Trennwänden, die in der Mitte durch eine eisenbeschlagene, brusthohe Schiebetür verbunden waren, lagen - bis knapp unter die Decke gestapelt - etliche Festmeter Kaminholz, sodass das Licht vom schmalen Fenster an der gegenüberliegenden Wand durch unzählige Spinnennetze kaum zu ihr drang.

Rechter Hand, zwischen der Seitenwand des Klosetts und der Trennwand zum Holzlager, stand ein massiver, mannshoher Vorratsschrank. Vorsichtig zog Hanne die beiden schweren Türen auf. Das Knarren war schauderhaft. Aber kein Tier, kein Gespenst sprang ihr entgegen. Den mittlerweile auf die Düsternis eingestellten Augen bot sich ein gewohntes Bild. Hannes Blick streifte die hohen, dicht verschlossenen Vorratsgläser für Mehl, Zucker, Reis, Gries, Nudeln, Salz, Semmelmehl, Erbsen und Stärke. Ein zehntes Glas war mit vielen kleinen Tüten gefüllt, Gewürze zumeist, aber auch Puddingpulver und Vanillezucker und Kakao. Das meiste davon hatten sie selbst bei ihren Besuchen mitgebracht. Da sich wohl noch nie jemand die Mühe gemacht hatte, alte Konserven auszusondern, verwahrte der Schrank wohl noch Dosen, die nicht weniger alt sein mochten als die Hütte selbst. Im untersten Fach lagen Seile, Stricke, Lederriemen, Ketten, eine Ölkanne und eine Fettspritze. Das Fach darüber barg rostiges Werkzeug und in drei Setzkästen ebensolche Schrauben, Nägel, Haken, Scharniere und dergleichen. Die beiden mittleren noch leeren Fächer waren der Lagerung frischer Lebensmittel vorbehalten. Die sollten in den nächsten Tagen schnell gefüllt werden. Mit diesem Vorsatz schloss Hanne die Türen mit den fetthungrigen Scharnieren.

Dem Vorratsschrank gegenüber und ebenso breit ging die Tür zur Stube. Hier war es stockdunkel. Hanne tastete sich durch den Raum. Sie war weniger kaltblütig, als sie gehofft hatte. Dem Geruch zufolge konnte wenigstens kein Toter im Weg liegen. Nachdem es ihr gelungen war, das erste Fenster zu öffnen und die ausgehakten Läden nach außen zu stoßen, vertrieb das Licht den Schauder des Ungewissen. Hanne blickte sich um und fand alles vertraut und unbeschädigt. Sie öffnete auch noch die Läden des zweiten Fensters zum Schneefeld zu und die der beiden Fenster Richtung Abgrund. Gleißendes Licht drang nun selbst in die abgelegenen Winkel der Stube.

Es zog kalt durch den Raum. Hanne schloss die Tür. Ihre Hand glitt übers vertraute Inventar, den großen, kalten Kamin, weiter an den beiden Ostfenstern vorbei über den gusseisernen Herd und die kleine Küche mit dem nötigen Kleinkram und Geschirr, zur Eckbank mit Tisch und drei Stühlen, sprang dann an den beiden Südfenstern und der Garderobe vorbei zum gewaltigen Schrank an der gegenüberliegenden fensterlosen Wand. Durch einen Vorhang, gleich dem im Windfang, trat sie in den engen Verschlag zwischen die beiden Betten. Auf den kniehohen Bettkästen lagen drei Matratzen. Jeweils zwei davon konnten auf den Fußboden vorm Schrank und auf die mit wenigen Handgriffen herzurichtende Sitzecke gelegt werden, um bei Bedarf zwei zusätzliche Doppelschlafplätze zu gewinnen. Im linken Bett - an der groben, kühlen Rückwand des Hauses - hatte der Großvater geschlafen; sie rechts an der hölzernen Trennwand, deren Oberkante zugleich Treppengeländer zum Heuboden war. Hanne setzte sich aufs Bett des Großvaters und strich sanft über die verwaiste Matratze. Vorhang und Trennwand schirmten die Schlafstätte vom Licht der vier Fenster. Nur zum Vorhang zu hatte die Trennwand eine Öffnung, direkt vor der Treppe nämlich, bevor der Handlauf und mit ihm die Wand nach oben strebte. Wie oft hatte Hanne an den langen Abenden in ihrem Bett gekniet und heimlich über den Handlauf hinweg den lesenden oder schreibenden Großvater beobachtet, der bis spät in die Nacht am Tisch bei der Funzel saß. Hanne verließ den Verschlag und ging um die Trennwand herum Richtung Tür der steilen, wie auf Schiffen üblichen Treppe zum Heuboden zu, unter der kleingehacktes Holz und Papier in ausreichender Menge zur Hand waren, um rasch ein Feuer in Gang zu bringen. Vom gestapelten Holz zum Kamin oder Herd war es nur ein Katzensprung. Hier schloss sich die Stubenrunde.

Die Hütte bot Hanne in allem ein Willkommen und war doch nicht für sie hergerichtet. Sie konnte bleiben, bis sich der erste im Ort an ihrer Anwesenheit stieß. Alle wurmt es, wenn die Hütte leer steht, hatte der Großvater geklagt, aber wenn jemand sie aufsucht, um ein paar gute Tage in ihr zu verleben, dann stoßen sie sich erst recht daran.

Hanne ließ den Rucksack auf den Tisch gleiten, band das Kissen ab und drückte ihr Gesicht in den kühlen Stoff mit dem vertrauten Duft. Dieses Kissen hatte sie schon auf die Hüttengänge mit dem Großvater begleitet. Es fühlte sich an wie ein Stück Zuhause, was dieses Wort auch immer bedeuten mag.

Auch den schweren Mantel warf sie ab, um ihn an die helle Garderobe zwischen die Südfenster zu hängen. Wieder bewunderte sie die Arbeiten des Schmieds. Zweifellos waren sie die Zierde der Hütte: der elegant geschwungene, fünfbeinige Ständer für die blauemaillierte Waschschüssel und den zugehörigen Krug, aber auch die dichten Verzierungen des Herds, das schwere Kaminbesteck, das verspielte Schutzgitter vorm Kamin und eben diese beeindruckende Garderobe. Alle Formen waren weich und kamen ohne scharfe Kanten oder Spitzen aus. Das rostige Eisen zierten vor allem an den Verbindungsstellen und Endpunkten schwarze Kugeln, die vormals golden geglänzt hatten. Nur an Türen und Schränken, wo ähnliche Messingkugeln als Klinken und Griffe dienten, hatten die am häufigsten gebrauchten noch einen güldenen Hauch bewahrt.

Hanne legte ihre glühende Hand um eine der kalten Kugeln. Bald werden alle wieder glänzen wie einst. Wie oft hatte sie diese Kugeln gezählt? immer wieder, bis sich ein Ergebnis als das am häufigsten wiederkehrende herausgestellt hatte. Sechsundvierzig. Wahrscheinlichkeit ist kein Indiz der Wahrheit, hatte der Großvater sie gerügt. Von da an hatte es ihr keinen Spaß mehr gemacht, zu zählen, weil es ja doch vergeblich war. Dem Großvater war es wohl ein Vergnügen gewesen, sie solchermaßen über das Wesen der Wahrheit aufzuklären. Auch Glaubhaftigkeit war kein Indiz, und Verständlichkeit war keins, auch Einfachheit nicht, Erträglichkeit erst recht nicht. Die Antwort auf ihre Frage, was denn nun aber ein Indiz der Wahrheit sei, war ihr der Großvater bis zuletzt schuldiggeblieben …

Hanne strich zärtlich über die schon etwas angewärmte Kugel. Nicht weniger bewundernswert als die handwerkliche Kunst des Schmieds war der Umstand, dass all die Gegenstände nach so langer Zeit - ganz und gar ungeschützt - noch immer vorhanden waren. Das ging ihr erst jetzt durch den Sinn.

Für Hanne hatte es keine schöneren Tage und Wochen gegeben, als jene mit dem Großvater in dieser Hütte. Alles erinnerte an ihn. Jeder Gegenstand, jeder Geruch, jede Lichtstimmung, jedes Geräusch war mit Geschichten und Erlebnissen verwoben. Das meiste, was sie gelernt hatte, hatte sie hier und von ihm gelernt; wie man Feuer macht, zum Beispiel. Bald knisterte es schüchtern im Kamin. Hanne legte einige gewaltige Kloben nach, verstaute die mitgebrachten Sachen im Vorratsschrank und ging daran, alle Winkel und Flächen der Hütte zu kehren, die Fenster zu putzen und alle Scharniere zu fetten, alles so, wie es ihr der Großvater beigebracht hatte.

Er und hernach auch sie hatten zum kleinen Kreis der heimlichen Nutzer der Hütte gehört. Zu allen Jahreszeiten waren sie die dreiundzwanzig Kilometer bis zur

Hütte gewandert oder per Ski oder mit dem Schlittengespann unterwegs gewesen. Sie hatten prächtige Tage erlebt, und dem Großvater war es ein Vergnügen gewesen, die von der Gemeinde gestellten Lebensmittel genussvoll zu verzehren, damit es wenigstens gelegentlich so aussah, als wenn die Hütte einen Sinn erfüllt. Leider wussten viel zu viele von diesem Missbrauch. Rudolph Berggruber war allen Vorwürfen mit dem Argument begegnet, dass sich ja ein jeder den Spaß gönnen kann, der nicht lieber träge seinen Arsch breitsitzt. Natürlich hatte er noch immer die Spesen hernach bezahlt.

Als es dem Kaminfeuer gelang, die Kühle aus der Stube zu drängen, war Hanne fertig mit der Grobreinigung. Sie zog die schweißnassen Sachen aus und verteilte sie im Vorraum auf alten Bügeln. Das ergab kein besonders ergötzliches Bild. Vor allem die ausgebattelte, lange Unterwäsche bot einen traurigen Anblick. Hanne ging nach draußen, rieb mit Schnee den nackten Leib ab, bis er glühte, hüllte sich in eine der alten Decken, legte sich auf ihr vertrautes Bett an der Wand zur Treppe, schob sich das Kissen unter den Kopf und betrachtete die dunklen, rissigen Balken der Stubendecke.

Sie dachte an die Mutter, die sie zurückgelassen hatte und die nun ebenso allein war wie sie. Nur - anders als sie - hatte die Mutter die Einsamkeit nicht gewählt. Ganz allein ist sie ja nicht. Sie hat Ginger und Fred. Hanne wusste, dass die Mutter keine Pferde mag. Wie kann man Pferde nicht mögen? Allein sein w o l l e n und allein sein m ü s s e n sind zwei verdammt unterschiedliche Dinge, hatte der Großvater gesagt, damals, vor vier Jahren, als sie ihn alleingelassen hatte nach der Geschichte. Daran mochte sie jetzt nicht denken; nicht an die Geschichte und auch nicht an die Flucht in die Stadt zu Tante Vroni. Es ging ja nicht anders. Sie sah das traurige Gesicht des Großvaters. Vergeblich versuchte sie, die Gedanken in eine andere Richtung zu zwingen. Die Mutter hatte ihr damals geraten, vorübergehend zu ihrer Schwester zu ziehen, weit weg vom Getratsche und Gehechel. Aus dem *vorübergehend* waren dann drei Jahre geworden. Ein wenig Ruhe hatte sie gefunden, damals, als die Geschichte in aller Munde war.

Auch der Gedanke an die Mutter machte sie schwermütig. Trotzdem fühlte sie sich erleichtert und befreit. Wie konnte sie diesen verlassenen Winkel dem vertrauten Hof vorziehen? War sie verrückt? Haben die Leute doch recht? War die Geschichte damals passiert, weil sie war, wie sie war? War sie die einzige, der solche Geschichten passieren können?

3

Als sie erwachte, dämmerte es schon. Die Glut im Kamin warf ein mattes Licht. Nur widerwillig wand sie sich aus der Decke. Ihre Sachen waren fast trocken. Sie hängte die Bügel mit der Unterwäsche vor den Kamin und genoss die Wärme. Der wabernde Widerschein der Glut spiegelte sich auf ihrem nackten Leib. An die warmen Kacheln gestützt, beugte sie sich immer weiter nach vorn Richtung Glut, bis die Hitze nicht mehr zu ertragen war. Sie zog die Unterwäsche an und auch noch eine leichte Hose und den Pullover. Mit einem Teil der Kaminglut heizte sie den Herd. Sie befeuerte den Kamin aufs Neue und stellte den Wassertopf mit einem Berg Schnee auf den Herd.

Dann machte sie sich daran, das Holz aus dem Vorraum zu räumen und hinterm Haus zu stapeln, um Platz für Ginger und Fred zu schaffen, die sie so bald als möglich nachholen wollte. Sie grub sich durch staubschwere Spinnweben dem Licht entgegen und warf die Scheite - die sie griff, wo immer sie zu fassen waren - durchs geöffnete Fenster. Auf diese Weise sparte sie viele Wege ums Haus. Die Kälte nahm sie in Kauf. Sie geriet schnell in Schweiß, kam aber gut voran. Als sie in meist liegender Haltung eine schmale Spur abgetragen hatte, konnte sie sich in der Mitte schon im Entengang auf den kantigen Scheiten bewegen. Selbst das zuletzt gelieferte Holz mochte Jahrzehnte alt sein. Anfangs hatte man sich wohl noch die Mühe gemacht, vor der Anlieferung der Jahresvorräte zu schauen, was vonnöten ist. Später war man, den Weg sparend, ohne Bestandsaufnahme losgefahren mit Lebensmitteln, Stroh und Heu und einem Viertel Klafter Holz. Irgendwann hatte man Stroh und Heu und Holz aus Platzmangel oder zu geringen Verbrauches wegen einfach weggelassen. Hanne arbeitete wohl bereits in einer Region des Holzdiemens, die ein halbes Jahrhundert auf dem Buckel haben mochte.

Das Knarzen schwerer Schritte im Schnee drang an ihr Ohr. Erschrocken rutschte sie auf dem kantigen Holz rückwärts Richtung Tür. Ängstlich stieg sie vom Stoß. Als sie den schweren Vorhang des Windfangs beiseite drückte, kam ihr die Innentür entgegen. Im Gegenlicht der fortgeschrittenen Dämmerung erkannte sie nur die Umrisse einer Gestalt.

„Was machst du hier, verdammt?!" Die Stimme des Mannes klang körperlos und dadurch umso verzweifelter und unheimlicher.

Nun sah Hanne das Gesicht. Augenblicklich sprang ihr ein geflügeltes Wort des Großvaters ins Ohr. Der Mann sah aus wie einer, der schon ein ganzes Stück weit in Begleitung des Todes gelaufen ist. Das glühende Gesicht glänzte schweißnass. Die Lippen zitterten schaumbelegt. Rotz tropfte in breiter Spur vom Kinn. Die blutunterlaufenen, wässrigen Augen hatten sichtbar Mühe, sich offen zu halten.

Der Mann drückte sie beiseite, taumelte unter der Last des großen Rucksacks in den Vorraum und dann weiter in die Stube, wo ihn die Wärme traf wie ein Schlag. Er strauchelte, bekam aber Hannes Schulter zu fassen. Sie stützte ihn bis zum Bett. Hier warf er sich, ohne sich des Rucksacks zu entledigen, auf die leere Matratze. Die Brust hob und senkte sich schwer. „Was machst du hier, zum Teufel?", röchelte er mehr, als er sprach. Es sah so aus, als würden die Augen ihren Kampf verlieren. Sie schafften es kaum noch, die bleischweren Lider halbwegs nach oben zu stemmen. Einen Augenblick später sank der Kopf scheinbar leblos an den Rucksack.

Hanne hatte sich wieder gefasst. Viel hatte der Fremde nicht gesagt. Immerhin hatte sie die Verzweiflung hinter den Worten gehört. Warum beunruhigte ihn solchermaßen ihre Anwesenheit? Konnte er in seinem Zustand nicht froh sein, jemanden angetroffen zu haben, der ihm helfen kann?

Es war Zeit, die Petroleumlampe anzuzünden. Im Licht sah der Fremde noch zerschlagener aus. Sie öffnete die Riemen des Rucksacks und brachte den Fremden, der bisher halb gesessen hatte, in eine bequemere Lage. Der erste Versuch, den Rucksack über den Schlafenden in ihr Bett zu hieven, scheiterte am Gewicht. Hanne musste schon all ihre Kräfte bemühen, um das beschwerliche Manöver zu Ende zu bringen. Sie zog dem Fremden die Skischuhe von den Füßen und hob auch die Beine aufs Bett. Der Skianzug war schweißgetränkt. Sie öffnete die Jacke und zog sie mit viel Mühe über die verkrampften Arme. Erst jetzt wurde ihr klar, dass sie eben dabei war, einen fremden Mann zu entkleiden. Sie wandte sich dem Rucksack zu, um nach geeigneter Wechselwäsche zu suchen. Die Reißverschlüsse waren mit einem dünnen Stahlseil und einem Schloss gesichert. Auch ohne Aussicht auf Wechselwäsche ging sie daran, dem Schlafenden die Hose auszuziehen.

Der Mann kam zu sich. „Was fummelst du an mir rum?", schnarrte er feindselig.

Hanne ließ Raum zwischen sich und den Fremden. „Sie müssen das nasse Zeug ausziehen, wenn Sie sich nicht den Rest holen wollen", sagte sie ruhig. Sie wusste, dass Leute, die ein Stück weit in Begleitung des Todes unterwegs gewesen waren, nicht ernst zu nehmen sind.

Der Fremde griff nach der Jacke und zog sie wieder an. Besorgt schaute er nach dem Rucksack. Dann irrten seine Blicke durch den engen Verschlag und die Stube, als sähe er beides zum ersten Mal. „Bist du allein hier?"

Hanne nickte.

„Wissen andere, dass du hier bist?"

Hanne überlegte. Die Frage klang bedrohlich, gerade weil sich die genaue Art oder Richtung der Gefahr nicht ergründen ließ. Ein *Ja* konnte ebenso falsch sein wie ein *Nein*.

„Wie lange bist du schon hier?", überging er die letzte Frage. Hatte er gemerkt, wie verräterisch sie war? „Was ist?", drängte er.

Hanne war klar, dass sie sich in einer unsicheren Situation befand, die umso besser bedacht sein wollte. Andererseits war sie wohl gut beraten, die Geduld des Fremden nicht zu überspannen. „Ich bin erst ein paar Stunden hier", sagte sie kleinlaut.

Der Fremde nickte lange. Erneut kämpften die schweren Lider gegen den Schlaf.

Hannes Gedanken flogen panisch in alle Richtungen. Die Antwort scheint ihm wichtig gewesen zu sein. Was kann er mit ihr anfangen? In seinem Zustand schwätzt man nicht irgendwas daher.

„Wie heißt du?"

Sie musste Zeit gewinnen, bedachtsam sein.

„Hallo? - Weißt du nicht, wie du heißt?", holte er sie aus ihren Gedanken.

„Doch."

„Was überlegst du dann?" Der Ton wurde schärfer.

„Ich überlege, ob ich ihn nennen soll." Da der Fremde nur erstaunt aufsah, fuhr sie fort. „Angenommen, Sie sind hier, um sich zu verstecken. Findet man Sie, könnten Sie denken, ich sei schuld daran. Je nachdem, was dann mit Ihnen geschieht, könnten Sie sich an mir rächen wollen."

Das übermüdete Gesicht des Fremden zeigte ein einseitiges, beinahe verlegenes Grinsen. „Du bist ein kleines bisschen dumm, was?"

Hanne spürte in sich eine Eruption der Empörung. Dieser ganz und gar fremde Typ, der sie weder kannte noch je von ihr gehört haben konnte, wollte sie schon nach ein paar Minuten für dumm befinden? Sie nahm sich vor, ihn bei erstbester Gelegenheit mit dem Schürhaken zu erschlagen und in den Abgrund zu werfen.

„Angenommen, ich bin tatsächlich hier, um mich zu verstecken, wäre es dann nicht ziemlich dumm von dir, so mit mir zu reden?" Mühsam erhob er sich.

Hanne wich zurück. „Sabine Meier", sagte sie schnell.

Der Fremde winkte grinsend ab.

„Und Sie?"

„Hans. - Hans im Glück." Mit einer Ausdauer, die sie ihm nicht zugetraut hätte, durchschritt er die Stube, sich bald hierhin, bald dorthin wendend. „Die Leiter geht zum Dachboden?"

Hanne nickte.

„Was ist dort oben?"

„Nichts. - Ein bissel Stroh und Heu."

„Kommt man auch über die Außenleiter da rauf?"

„Nur, wenn die Tür von innen nicht verriegelt ist."

Der Fremde schien nachzudenken. Unbefriedigt über das, was er gedacht haben mochte, setzte er seine Suche fort.

„Was suchen Sie?"

„Einen sicheren Platz für meine Sachen."

„Sicher wovor?"

„Vor der Neugier und Habsucht der Menschen", deklamierte er müde.

„Dann legen Sie ihn von mir aus auf den Tisch."

„Herzchen, wie bist du naiv, dass du noch nicht einmal deine eigenen Begierden kennst." Auch das klang wie aus einem Drama.

Hanne erschauerte heiß vor Entrüstung, gerade weil sie nicht umhinkam, ihm im Stillen Recht zu geben, zumindest was ihre Neugier anging.

Der Fremde tigerte weiter durch die Stube und trat endlich wieder in den engen Bettenverschlag. Nach wenigen Handgriffen erkannte er den Mechanismus, mit dem sich die Matratzenroste auf- oder zu einem Bett zusammenschieben ließen. In den Bettkästen lagen Decken und kleine Kissen. Der Fremde entleerte den Bettkasten unterm unbenutzten Bett, versenkte den Rucksack im passablen Versteck und schob die Liegefläche zurück. Aus den Kissen und Decken richtete er nachlässig ein Lager. Dann schien er mit seinen Kräften schon wieder am Ende zu sein. Wortlos sank er in die Kissen.

Hanne erinnerte sich an den Vorsatz, ihn zu erschlagen. Sie trat ans Bett und breitete zwei Decken über den unruhig zuckenden Leib. Nachdem sie die Pfützen vom eingeschleppten Schnee aufgewischt hatte, trug sie den Topf mit nun warmem Wasser in den Vorraum. Ohne Scheu zog sie sich aus. Die Tatsache, sich in Anwesenheit eines fremden Mannes nackt in der Hütte zu bewegen, beunruhigte sie nicht. Es wird ein Weilchen dauern, ehe er wieder an etwas anderes denken kann als an

Schlaf. Sie überlegte, ob sie sich in ihrem Bett unweit des Fremden oder, besser, auf dem Heuboden auf der Luke schlafen legen soll, entschied sich dann aber doch für die abenteuerlichere Variante. Lange beobachtete sie den Schlafenden im matten Schein der Petroleumlampe.

Sein Atem ging immer schwerer. Immer verzweifelter stieß er die Luft aus.

Hanne konnte nicht einschlafen. Die gedrosselte Lampe hob den Fremden nur leicht aus dem Dunkel. Dennoch sah sie, wie ihn das Fieber schüttelte. Immer geräuschvoller schlugen die Zähne aufeinander. Hanne stand auf und rüttelte den Fremden. Er reagierte nicht. Noch einmal begann sie, ihn auszuziehen. Nun war nur noch das Zittern hinderlich. Schnell kam sie voran. Ohne sich lange zu besinnen, zog sie ihm die tropfnasse Unterwäsche vom bebenden Leib. Sie versuchte, unbeeindruckt zu bleiben. Es gelang ihr nicht ganz. Der Kerl hat keinen Grund, mit der Natur zu hadern. Sie tauchte ihr Handtuch in den Rest des warmen Wassers und wusch den Fiebernden vom glühenden Kopf bis zu den arg geschundenen, eiskalten Füßen. Wenn er zu sich kam, stammelte er abfällige Worte, denen zu entnehmen war, dass er sie hier nicht gebrauchen, aber auch nicht fortlassen kann. Wann immer er versuchte, sich ihrer Fürsorge zu entziehen, stieß sie ihn forsch auf die Matratze zurück. Irgendwann war es geschafft. Aus Mangel an greifbarer Wechselwäsche hüllte sie den nackten Leib, der alle Gegenwehr eingestellt hatte, in mehrere Decken.

Wieder im Bett liegend, keinen Schritt weit vom unheimlichen Fremden entfernt, bedachte sie wieder und wieder die Situation. Bei allem, was sie wusste, wäre es das Vernünftigste, nein, das einzig Vernünftige gewesen, sich anzuziehen und zum Hof der Mutter zurückzukehren. Die Nacht war klar. In einer Stunde hätte sie im vertrauten Bett liegen können. Alle Instinkte, alle Ahnungen und erst recht das, was man *gesunden Menschenverstand* nennt, rieten ihr zum raschen Aufbruch. Dennoch zögerte sie. Nein, etwas in ihr trotzte, wies alle Bedenken und Vernunfterwägungen zurück, setzte zuletzt nicht weniger vernünftige Gründe dagegen: Er ist hilflos. Du kannst nicht einfach abhauen und ihn liegen lassen. Was, wenn er stirbt, bevor die von dir geschickte Bergwacht bei ihm eintrifft? - Ein Hilfebedürftiger ist keine Gefahr. Wie oft hatte der Großvater ihre Bedenken zerstreut, wenn sie nicht hatte einschlafen können aus Angst vor plötzlichen Besuchern der Hütte, die ja immer auch Böses im Schilde führen können. Nicht doch, hatte der Großvater getröstet, die hierher kommen, suchen Hilfe, und der, dem geholfen wird, vergreift sich nicht an seinen Helfern, und wenn er noch so roh und verkommen ist.

4

Am Morgen lag der Fremde noch immer im Fieber. Weder hatte er Augen für Hanne, noch drang er mit Fragen in sie. Er sah aus wie einer, der mit seiner Schwäche hadert und sich Mühe gibt, möglichst unauffällig zu sein. Hanne wusste noch immer nicht genau, was sie von ihm halten soll. Sie kochte für ihn und versorgte ihn mit Tee. Ansonsten fuhr sie fort, das Holz aus dem Vorraum zu schaffen und an der Rückwand der Hütte unters vorstehende Dach zu stapeln.

Am nächsten Tag war der Fremde schon in der Lage, sich selbst zu waschen. Er bewegte sich ohne Scham und trug seine Nacktheit zur Schau, als wenn er schon Jahre mit Hanne verheiratet wäre. Hanne beachtete ihn nicht, und wenn, dann nur unauffällig.

Am dritten Tag, leidlich wieder hergestellt, fand er die Stimme wieder. „Willst du hier auch ein paar Wochen in aller Stille Urlaub machen?"

Hanne, die sich wieder übers Holz hergemacht hatte, rutschte erstaunt vom endlos wirkenden Stapel. Sollte alles eine so einfache wie harmlose Erklärung haben? Er sucht Ruhe und Abgeschiedenheit wie du. Klar, dass du ihm dabei im Wege bist. „Eigentlich wollte ich für länger bleiben. Aber ich kann auch später einziehen, wenn Sie wieder abgereist sind." Sie schlug die beiden Kloben, die sie in der Hand behalten hatte, gegeneinander.

Abermals war da dieses einseitige, verlegene Grinsen, das am Ende ein unterdrücktes Lächeln war. „Wir könnten doch gemeinsam Urlaub machen und ein bisschen Spaß miteinander haben. Ist doch ein ideales Liebesnest, oder?" Seit Tagen unrasiert sah er aus wie ein Bilderbuchganove.

Hanne hätte ihn gern weniger anziehend gefunden. Wieder warnten alle Instanzen der Moral und Vernunft. Nur jene Stimme, die bisher alle Warnungen in den Wind geschlagen hatte, hob errötend die Schultern: Er fällt zwar ein bissel derb mit der Tür ins Haus, aber vielleicht will er keine Zeit mit dem Vorspiel vertrödeln. Die inneren Stimmen schlossen überraschend schnell einen Kompromiss. „Eigentlich wollte ich schon vorgestern meine restlichen Sachen ranschaffen. Aber dann sind Sie ... Ich würde das erst mal nachholen. Mal sehen, was dann noch wird."

Natürlich durchschaute der Fremde das Spiel. Das sollte er ja auch. Das Lächeln flaute ab. „Was willst du nachholen? Wir haben beide unseren bedürftigen Körper, zu essen und zu trinken und ein bisschen Wasser zum Waschen, was brauchen wir mehr? Wenn deine Wäsche würzig riecht, umso besser. Hat meine Nase auch was davon."

Nicht ungeschickt, dachte Hanne, er tut so, als wenn er um den heißen Brei schleicht, um zu verschleiern, dass er schon mit einem Fuß drinsteht. Sie musste deutlicher werden. „Ich mag es nicht, wenn meine Klamotten *würzig* riechen. - Es dauert nicht lange." Sie legte die beiden Holzscheite zurück und ging entschlossen zur Tür.

Nicht weniger entschlossen hielt er sie zurück. „Zieh dich aus." Diese Aufforderung ließ an Deutlichkeit nichts zu wünschen übrig.

„Nein."

„Doch."

„Wollen Sie mich zwingen?"

Er warf die Decke ab. „Er ist es, der m i c h zwingt."

Hanne sah das imposant wippende Gemächt.

Augenblicklich wurde ihr klar, dass es ein Fehler gewesen war, nicht zu verschwinden, solange Gelegenheit war. Selbst die Stimme, die vorhin noch so verwegen tat, hatte sich jetzt erschrocken. So rasant und ausweglos hatte auch sie sich das Abenteuer nicht vorgestellt.

„Du hast sowas hoffentlich schon in Natura gesehen."

Hanne nickte. „Tun Sie nicht so, als kämen Sie damit nicht selber klar", sagte sie ruhig. Theresa hatte behauptet, dass sich normale Männer beinahe täglich selbst befriedigen, um im Gleichgewicht zu bleiben.

„Du meinst, ich soll selber Hand anlegen?" Er schüttelte den Kopf. Das vorstehende Ding schien es ihm nachzutun. „Das gefällt dem Herrgott nicht."

Hanne war sich nun sicher, dass der Fremde nicht Urlaub in der Hütte machen will. Er hat die Hütte gezielt zum Versteck gewählt. Je triftiger sein Grund war, sich zu verstecken, umso ernster war ihre Situation. Riskierte er jetzt gar eine Vergewaltigung, hatte er sehr wahrscheinlich nicht vor, sie am Leben zu lassen. Wenn jeder Zeuge für ihn eine Bedrohung ist, sollte sie mit dem Schlimmsten rechnen, mehr noch, wenn sie bedachte, wie leicht es für den Kerl ist, sich ohne Gefahr auf Entdeckung ihrer zu entledigen. Ein Wurf über die Mauer in den beinahe achtzig Meter tiefen Abgrund wird aussehen wie ein Unfall oder ein Selbstmord. Sie dachte an die Mutter. Da passt alles zusammen. Es wäre die Hölle für sie. - Sie starrte auf das pralle Glied.

„Was ist? Ziehst d u dich aus, oder soll ich das machen? Das Ergebnis wird das gleiche sein, von den blauen Flecken und den zerrissenen Klamotten mal abgesehen."

„Und das gefällt dem Herrgott?"

„Die Strafe fällt immerhin milder aus. - Also los, dein Geruch macht mich wahnsinnig. - Sei nicht dumm. Wenn's der Herrgott anders gewollt hätte, dann hätte er uns ... anders gemacht."

Hanne war mit Göttern, gleich welcher Art, schon ziemlich lange fertig. Glaube vertrug sich ihrer Meinung nach nicht mit Bedachtsamkeit. Aber die zynische Feststellung des Fremden traf auch auf die von ihr so verehrte Natur zu. Sind ihr alle Mittel recht, solange sie nur helfen, die Art zu erhalten? Oder gereicht es der Art zum Vorteil, wenn alle übergriffigen Männer ausgerottet werden und mit ihnen auch die entsprechenden Veranlagungen? War es ihre Pflicht, diesen Kerl unschädlich zu machen? - Die Größe des Glieds war beängstigend.

Der Fremde ließ ihr keine Zeit, den Fragen länger nachzugehen. Entschlossen trat er auf sie zu.

Hanne gab ihm einen so derben Schlag vor die Brust, dass er zurücktaumelte. Mit einer solchen Gegenwehr hatte er offensichtlich nicht gerechnet. Jetzt schrien alle inneren Stimmen einhellig: Nein. Gib nach! Vielleicht fällt es ihm schwerer, ernsthaft übergriffig zu werden, wenn er dich gevögelt hat! An Theresa durfte Hanne nicht denken. Die hätte ihr den Vogel gezeigt. Sah er gut aus? War er gesund? Warum hast du es dann nicht genossen wie eine Praline nebenbei?

Noch ehe der Fremde seiner Verblüffung Herr geworden war, zog sie sich aus: die lange, farblose Strickjacke, die Schuhe, den Pullover, die leichte Hose. Erst im Verschlag zog sie sich auch noch die lange Unterhose aus. Anscheinend ruhig, ja gelangweilt, legte sie sich auf das kühle Bett. Als er mit noch immer geschwollenem Gemächt näher kam, öffnete sie den Spalt der Begierde, zuletzt mit den Fingern im Kleinen nachhelfend, um unnötigen Komplikationen oder Schmerzen zu entgehen. Sie verbarg das Gesicht im Kissen und harrte mit rasendem Herzen und sehr bang der Dinge, die kommen sollten.

Der Fremde blieb vorm Bett stehen, zog sie bis zur Kante, besah die offene Scham, nahm Witterung auf nach stallartigen Aromen, massierte das Glied, bis das Gleitmittel austrat, sorgte mit der Eichel zwischen den Schamlippen für die nötige Schlüpfrigkeit und drang tief in sie ein. Ihr Leib zuckte heftig. Unterm Kissen blieb es still. Als er fortfuhr, in sie zu dringen, wurde die Sache zunehmend blutiger. „Was ist los, verdammt. Hast du deine Tage?" Der Versuch, ihr das Kissen zu entreißen, misslang. Er merkte, wie dumm die Frage war. „Du hast gesagt, du hast so ein Ding schon mal gesehen."

Hanne reagierte nicht. Sie dachte an Theresa. Geh bloß nicht beim ersten Mal mit einem Kerl ins Bett, der keine Ahnung hat. Das endet immer mit einer Blamage, für wen auch immer. Am besten, du nimmst einen Alten, der weiß, wie's geht, und nicht drauflosrammelt.

„Einmal muss es ja sein", sagte der Fremde kleinlaut. „Machen wir das Beste draus." Er schob ihr Unterhemd bis zum Hals und griff nach den Brüsten, um wieder in Stimmung zu kommen. Ihr Leib war erregender, als er erwartet hatte. Da waren ein paar Sommersprossen zu viel, aber sonst war die Haut ohne Makel. Der Körper war griffig, sogar muskulös. Als sich der Fremde dem Höhepunkt näherte, schaute er sich nach einem geeigneten Tuch um. Nur ihre Unterhose war greifbar. Mit einem Teil umhüllte er das Gemächt, den anderen drückte er auf die verwundete Scham. Die Reinigung des Glieds ging mit der finalen Selbstmassage einher. Unter brunftendem Gestöhn ergoss er sich auf Bauch und Schamhaar.

Am Herd fand er das Tuch, mit dem sie ihn gewaschen hatte. Mit Topf und Tuch ging er ins Freie, um die Reinigung zu beenden. Selbst bei der Nachwäsche färbte sich der Schnee rosa.

Hanne legte das Kissen zur Seite, wischte sich mit der blutigen Unterhose das Ejakulat vom Bauch, schob das Hemd über die Brust, zog sich die Strickjacke an, fuhr in die Skischuhe und langte nach den beiden Holzscheiten, die sie vorhin zurückgelegt hatte.

Der Fremde, der mit schlaffem Glied lächerlich wirkte in seiner Nacktheit, sah sie erschrocken an.

Hanne lief ums Haus, als wenn sie zwischen zwei Wegen nur eine lästige Notdurft verrichtet hätte. Und genaugenommen war es das ja auch. Sie legte die Scheite ab und hockte sich in unberührten, sich schnell färbenden Schnee. Hanne wusch und kühlte die Wunde. Nüchtern betrachtet war es nicht so schlimm. Aber sie konnte, wollte es nicht nüchtern betrachten. Der Typ ist ja noch dämlicher als Toni, obwohl er doppelt so alt ist. Beide hätten mit wenig Geduld alles von ihr haben können, und es wäre für beide ungleich erregender und befreiender gewesen. Warum sind die Kerle nur so bekloppt? Oder waren sie es nur bei ihr? Hatte sie etwas an sich, was die Kerle animiert, lieber übergriffig zu werden, als sich von ihr verwöhnen zu lassen? War es eine Art Fluch, der auf ihr lag?

Hanne zog nun ernsthaft in Betracht, den Fremden bei passender Gelegenheit niederzuschlagen, bedachte aber sogleich die Folgen. Schon einmal hatte sie sich mit Gewalt zur Wehr gesetzt und dabei einen Mann nachhaltig verletzt. Diese Geschichte hatte ihrem Ruf den Rest gegeben. Die erneute Verletzung eines Mannes wird man kaum als Notwehr gelten lassen. Zudem wird man mit Häme quittieren, dass sie sich mit ihrem einfältigen Einzug in die Hütte ja selbst unsinnig in Gefahr gebracht hat.

Sie untersuchte den besonderen Saft, der in ihrem Schamhaar klebte, ein merkwürdiges Zeug, das sich gar nicht so leicht entfernen ließ. Bis zu einer Milliarde Varianten eines neuen Artgenossen waren da geronnen oder erfroren, auf jeden Fall hinüber. Hoffentlich hatte es kein Übereifriger geschafft, sie zu schwängern! Hanne dachte an Theresa. Nach der Geschichte damals hatten sie oft über die Behandlung des - wie Theresa ihn nannte - kleinsten und wirksamsten Hebels der Welt gesprochen. Auch hierin war sie Hannes Erfahrungen weit voraus gewesen. Es schmeckt bei jedem anders, und auch beim selben nicht jedes Mal gleich. Vielleicht hat es mit dem Essen zu tun. Es soll gesund sein und sogar Glückshormone enthalten, hatte sie in ihrer offenen, liebenswerten Art geschnattert. Hanne nahm das klebrige Ejakulat immer wieder zwischen ihre Finger und führte es zuletzt zögerlich an die Zunge. Es ist ein bissel scharf, sonst kaum von auffälligem Geschmack, und es fühlt sich im Mund irgendwie weich an, ganz ähnlich wie ...

In der Stube hatte sich der Fremde inzwischen am Versteck zu schaffen gemacht. Hanne fand ihn vorm geöffneten Bettkasten. Zu ihrer Überraschung war er eben dabei, den grünen Lodenmantel und ihren Pullover in die Öffnung zu legen. „Gib die Schuhe her und die Strickjacke."

Hanne gab ihm die Sachen. „Wollen Sie mich erfrieren lassen?"

„Red keinen Stuss. Sei froh, dass ich das Zeug nicht gleich verbrenne." Als er sie so stehen sah in Socken und Unterhemd, das ihr kaum über die Scham reichte, kam schon wieder die Wollust über ihn. Er schob das Versteck zu, trieb zwei geschmiedete Sparrennägel in den Rahmen und stellte sich mit der Axt ganz nah vor sie hin. „Wenn dir kalt ist, mach Feuer, damit das Nest nicht auskühlt. Und wag dir nicht, am Bettkasten rumzufummeln."

5

Die nächsten beiden Wochen waren die längsten, die Hanne je erlebt hatte. Nur auf ihre Unterwäsche und die leichten Hausschuhe beschränkt, schrumpfte ihr Wirkungskreis auf die Größe der Stube. Schon wenn sie aufs Klo wollte, musste sie sich in eine Decke hüllen, denn der Windfang war auch bei ununterbrochener Feuerung des Kamins nur überschlagen.

Die Idee des Fremden war nicht schlecht. Das musste Hanne ihm zugestehen, wie bedrückend ihre Situation dadurch auch geworden war. Ohne Axt und Zange würde sie all ihre Erfahrung und ihren Einfallsreichtum beleben müssen, um den Kasten zu öffnen. Aber würde sie überhaupt je Gelegenheit haben, dies zu tun? Bis auf ein nicht gerade scharfes Messer, das ihr beim Kochen unerlässlich war, hatte der Fremde alle spitzen und scharfen Gegenstände beiseitegeräumt. Selbst den Büchsenöffner trug er in seiner Hosentasche. Immerhin taugte er dazu, einem Schlafenden die Halsschlagader aufzureißen. Räumte er damit nicht selber ein, dass es das Beste wäre, ihn umzubringen, wenn man der bedrückenden Lage entkommen will?

Hannes Tun beschränkte sich darauf, zu heizen, für Mahlzeiten und Getränke zu sorgen, zu waschen und den Gelüsten des Fremden dienstbar zu sein, der nur selten mehr als einen Dienst am Tag forderte. Da Hanne die Übergriffe des Fremden mit absoluter Passivität vergalt, musste sie hinnehmen, was kam. Auch in dieser Beziehung behielt Theresa recht. Das Spiel kann nur ganz beglücken, wenn man die Regeln selbst bestimmt. Die Kerle haben entweder nicht ausreichend Phantasie oder nicht genügend Mut. Wenigstens hatte der Fremde ihr nach der Defloration einen Tag Ruhe gegönnt.

Gerade so, als wenn er Theresas Vorwurf der Phantasielosigkeit entgehen wollte, versuchte er später sogar, zärtlich zu sein, also beinahe ohne Eigennutz zu handeln, um Hanne den Reiz des Spieles näher zu bringen. Da sie sich im Gesicht nicht küssen ließ, wandte er sich schnell anderen Regionen zu, ihren Brüsten und zuletzt ihrer Scham, die er sehr ausdauernd mit der Zunge massierte, bis Hanne sich ihm weinend entzog, weil er drauf und dran war, ihr gut zu tun. Als er bemerkte, dass die Beben ihres Körpers nicht Folge seines Zungenspiels, sondern Ausdruck einer inneren Pein waren, ließ er sie liegen, um sich mit anderen Dingen zu beschäftigen.

Seit er Hanne zum - wie er es nannte - *hygienischen Dienst* missbrauchte, sprach sie nur noch, wenn es unumgänglich war. Seit sie sich seinen Zärtlichkeiten entzog, war auch der Fremde einsilbig geworden.

Die Zeit vertrieb er sich meist damit, kletternd die steile Felswand hinter der Hütte zu erkunden.

Gelegentlich schaute ihm Hanne unbemerkt zu, beeindruckt von der Kraft, dem Geschick und vor allem von der geradezu aberwitzigen Tollkühnheit des Fremden. Wann immer er abrutschte oder lange vergeblich einen Tritt oder Griff suchte, wenn er sprang oder aus sicherer Position in eine andere schnellte ohne Gewissheit, einen tauglichen Halt zu finden, raste ihr Herz, aber nicht aus Vorfreude auf ein Unglück, sondern aus Unbehagen, das fühlte sie sicher. Die Sorge um den verwegenen Kletterer verunsicherte sie. Würde ein Absturz nicht ihre bedrückende Situation beenden?

Schnell zwang sie die Kälte in die Stube zurück. In Hausschuhen und Unterwäsche und allein in eine Decke gehüllt war es ihr immer nur ein paar Minuten vergönnt, ihr enges Verließ zu verlassen.

In der Stube hatte sie Zeit genug, nachzudenken. Der Fremde steigt nicht aus sportlichem Ehrgeiz in der gefährlichen Wand herum. Es ist auch kein Imponiergehabe. Er sucht einen Fluchtweg, weil er weiß, dass das Schneefeld eine gigantische Sackgasse ist und die Hütte bei einer Verfolgung zur Falle wird. Einziger Vorteil dieser topographischen Besonderheit ist die Zeit, die einem bleibt vom Augenblick an, da man die Verfolger sehen kann, bis zum Moment, da sie bei der Hütte eintreffen. Diese Zeit sollte genügen, um auch einen anspruchsvolleren Weg übers Massiv zu nehmen. Sie stutzte. Aber nicht mit dem Rucksack, der mit deinen Sachen im vernagelten Bettkasten liegt. - Gilt es für ihn im Falle einer Verfolgung, die nackte Haut zu retten? Dann bleibst du mit dem Rucksack zurück. Bist du auch den Verfolgern im Weg? Was ist im Rucksack? Ist der Inhalt Grund der Flucht? Ist er Täter oder Opfer? Warum hat er Angst vor deinem Verrat? Sie fand nur Tätergründe.

Am Ende der ersten Woche kehrte der Fremde rotglühend, schweißglänzend und bester Laune von einer

Klettertour zurück. „Ich hab es oben", jubelte er. „Die ganze Länge."

Hanne schaute ihn unbeeindruckt an. Es ist ihm also gelungen, fünfzig Meter mit nur gelegentlicher Sicherung ins Massiv zu steigen. Wahrscheinlich hat er das Seil oben fest gemacht, um die Tour anderntags gesichert zu wiederholen.

„Du denkst, ich bin verrückt, wie?", fragte er lachend. „Aber ich hab's geschafft!" Er wusste, dass er ebenso gut mit der Petroleumlampe hätte reden können. „Wem die Sicherheit über alles geht, wird kaum aus dem Gewusel der Masse herauskommen." Er langte die Flasche vom Küchenschrank, entkorkte sie und nahm einen kräftigen Schluck. Auch dieser Kräuterlikör war eine Hinterlassenschaft des Großvaters.

Hanne ging zum Tisch, verschränkte die Arme auf der Platte, bettete ihren Kopf darauf und stellte die Füße auswärts. Sie musste nicht lange warten, bis sie die heißen Hände auf ihrem Hintern spürte. Er zog ihre Unterhose bis zu den Hausschuhen und drang fast gleichzeitig mit seiner Nase ins von der Natur gezeichnete Fadenkreuz.

Hanne ließ es wie immer über sich ergehen. Vom *würzigen* Geruch in Stimmung gebracht wird er aufstehen und in sie dringen, und wenn er dem Ziel nahe ist, wird er sich auf ihren Rücken legen und ihre Brüste genießen und die Hand zwischen ihre Beine schieben, um sie am Nervenkitzel teilhaben zu lassen. Zuletzt wird er das Glied herausziehen und den Saft in einen bereitgelegten Lappen ergießen.

Der *hygienische Dienst* war zu einer auch für ihn kaum mehr erregenden Zeremonie geworden. Nach den ersten Kopulationen im Bett, wo Hanne nur mit kissenverhülltem Gesicht zu Willen gewesen war, hatte er beklagt, dass es keinen Spaß macht, mit einer Mumie oder Leiche zu vögeln. Wenn sie mit dem Rücken zu ihm am Tisch stand, brauchte sie das Kissen nicht, und er hatte ein besseres Gefühl, weil Leichen nicht stehen können.

Hanne ließ ihn machen. Alle wie auch immer geartete Gegenwehr zieht es ja doch nur in die Länge und erregt ihn am Ende noch mehr. Sie hoffte nur, dass die von ihm praktizierte Verhütung auch wirksam ist.

„Warum tust du dir das an?", fragte er unvermittelt zwischen den kräftigen Stößen.

Sie schwieg.

„Du könntest deinen Spaß an der Sache haben."

Hanne drehte ihren Kopf, soweit es in dieser Stellung möglich war, und sah ihn zum ersten Mal an dabei. „Mit meinen Sachen im Bettkasten macht überhaupt nichts Spaß."

„Die kriegst du, wenn der Urlaub vorbei ist." Seine Stimme klang bedrückt.

„Mach schon", sagte sie beinahe apathisch. „Ich kann damit leben, dass nur einer auf seine Kosten kommt. - Jeder ist für seinen Orgasmus selber zuständig", zitierte sie einen ehernen Grundsatz Theresas. Er traf wohl ins Schwarze. Noch nie war es ihr vergönnt gewesen, die Wirkung eines Satzes so unmittelbar körperlich zu spüren. Sein Glied schwoll augenblicklich ab und entglitt.

Er zog sie herum. „Hör zu! Ich werde meinen Saft nicht mehr verschleudern. Der Herrgott mag das nicht. Du hast die Wahl. Für irgendwas muss er gut sein." Er unterstrich die Worte mit einer - wenigstens für sie - unmissverständlichen Geste, wie sie Pastoren gebrauchen, um das Kirchenvolk zu ermuntern, vorm Höchsten niederzuknien.

Hanne war überrascht, nicht über die Forderung selbst, die hatte sie längst erwartet, wohl aber über den konstruierten Zusammenhang mit der Verhütung. Was kümmern ihn die Folgen, wenn er eh nicht vorhat, dich am Leben zu lassen?

Sie schaute grinsend auf das lustfeuchte, hängende Ding, das keiner stolzeren Bezeichnung mehr gerecht wurde, und zog sich dabei langsam die Unterhose hoch. „Wenn es einen Herrgott gäbe, hätte er sich schon totgelacht oder zu Tode gegrämt über euren Schweinskram." Gut, das hatte Theresa nicht allein auf die Männer bezogen. Da auch dieser Satz seine Wirkung nicht verfehlte, setzte Hanne lapidar hinzu: „Aber so fad, wie dein Zeug schmeckt, musst du dir um Verhütung keine Sorgen machen." Diesmal standen die inneren Stimmen geschlossen hinter ihr und machten Front, auch wenn es mehr als gewagt war, einen Kerl, der ihr Leben in der Hand hatte, mit einem der härtesten Sätze aus Theresas Arsenal der Todesstöße zu reizen. Solchermaßen aberwitzige Sprüche gebiert allein die Todesverachtung.

Hanne warf das Kissen auf den Boden, kniete sich vor ihn und schaute auf das so erbärmliche Ungetüm. *Ich warte*, lag ihr auf den Lippen. Aber damit hätte sie vermutlich einen gefährlichen Punkt überschritten. Also wartete sie geduldig, bis die spannungslose Nacktschnecke zur straffen Flöte anschwoll. Weiß der Teufel, mit welchen Phantasien oder Ermutigungen der Kerl das zuwege bringt. Sie hielt still, mehr nicht. Alles andere war sein Part. Als sie das noch harmlose Gleitmittel auf der Zunge spürte, überfiel sie eine Erinnerung, die sie glaubte auf ewig gebannt zu haben. Sie spürte die Blutarmut im Kopf. Im Magen quoll ein Brechreiz. Nach wenigen Schritten ins Klo erbrach sie sich. Sie würgte lange, ehe sich Magen und Nerven beruhigten. Der Schweiß war eiskalt. Sie genoss die Kühle und das Flirren im Kopf. Die Beine schlotterten noch immer.

Was mag der Kerl von dir denken? Erst gibst du an mit deinen Erfahrungen in Sachen Geschmack, und dann hebt es dich aus, noch ehe überhaupt was zu schmecken ist. Vermutlich wird ihn die Szene nur in seiner nicht gerade schmeichelhaften Meinung von dir bestärken.

Der Fremde hatte sich angezogen und die Hütte verlassen.

Hanne horchte in sich hinein. Die Stimmen waren erregt. Er tut dir doch nicht etwa leid, zum Teufel! Warum fühlst du dich mies? Hast du am Ende sowas wie ein schlechtes Gewissen? Du bist nicht normal! Hanne nahm sich vor, sich über einen Absturz ihres Bedrängers zu freuen. Wohl war ihr nicht dabei. Die inneren Stimmen palaverten weiter ziellos durcheinander.

Es wurde immer schwerer, Mahlzeiten zu bereiten, die den Namen verdienen. Der Fremde hatte angewiesen, absolut sparsam zu sein. Das von ihr mitgebrachte Brot war längst alle, also musste auch das durch Reis, Nudeln oder Haferflocken ersetzt werden. Die Fleisch-, Wurst- und Gemüsekonserven gingen zur Neige. Hanne beschleunigte den Schwund, indem sie gelegentlich Büchsen im Holzstoß verschwinden ließ.

Bei Dämmerung kehrte der Fremde frierend und in gedrückter Stimmung zurück. Wortlos warf er Hanne eine Decke zu.

Schweigend knotete sie die Decke über der Brust zusammen. Regte sich da eine Art Verdruss in ihr? Wieder fühlte sie in sich hinein. Hatte es ihr Spaß gemacht, den Fremden zu unkontrollierten Triebhandlungen zu reizen? mit ihren Bewegungen? dem Spiel ihrer Brüste? den - würzigen - Aromen ihres Dunstkreises?

Die beiden saßen am Tisch und stocherten missmutig im Essen, als seien sie schon viel zu lange verheiratet. Die Stimmung war besorgniserregend.

„Gibt's doch keinen Weg aus der Mausefalle?" Hanne gab sich Mühe, nicht hämisch zu klingen.

Der Fremde schwieg.

„Wie lange musst du dich noch verstecken?"

„Schwätz kein dummes Zeug", erwiderte er ruhig. „Ich mache hier Urlaub. Und ich bleibe so lange, wie's mir Spaß macht - mit dir."

„Und im Massiv steigst du nur so zum Spaß rum; bei Sturm und Kälte; an einem hundealten Seil."

„Ich hab kein andres. Und das alte tut's auch. Es hat sich noch immer gelohnt, was zu riskieren. Wer weiß, wozu es gut ist."

„Du weißt nicht, w o f ü r du's riskierst. Und du weißt nicht, w a s du riskierst. Die meisten Leute würden das dumm oder idiotisch nennen."

Der Fremde grinste wieder sein verlegenes Lächeln.

„Bei Wind und Frost zu klettern ist Wahnsinn. Das Risiko kann kein Mensch abschätzen."

„Mag sein", sagte der Fremde bitter. „Das Leben ist fad ohne Nervenkitzel. Dem einen genügt es schon, wenn er sich ein paar neue Schuhe oder ein Tablet kaufen kann. Andre tun sich schwerer."

„Klar, es gibt immer noch Verrücktere, Leute, die aus Hubschraubern mit Skiern auf Hochgebirgshänge springen, zum Beispiel. - Das Essen reicht keine Woche mehr."

Der Fremde wischte sich mit der Hand übers Gesicht. „Ein, zwei Wochen kommt man schon mal ohne aus."

„Ein netter Urlaub", erwiderte Hanne gereizt. „Mit dieser ganz besonderen Form von Nervenkitzel."

Anderntags war herrliches Wetter. Als Hanne aufstand, war der Fremde bereits ausgeflogen. Sie ging hinters Haus, um ihn beim Klettern zu beobachten. Der Felsen war leer. Auch das Seil war weg. Hatte er einen neuen

Weg gesucht? War er … Ihr Blick ging in den Abgrund. Die Sicht war klar. Sie konnte keinen Körper in der Tiefe ausmachen.

Wieder überfiel sie Unmut, aber nicht der fehlenden Leiche wegen, sondern weil es ihr möglich schien, dass sich der Fremde ohne ein Wort aus dem Staub gemacht haben könnte. Du bist verrückt! Anstatt die Gelegenheit beim Schopfe zu fassen und zu fliehen, haderst du mit dem Schicksal, weil dein Bedrücker abhanden gekommen ist. Die inneren Stimmen schüttelten den Kopf.

Hanne ging in die Hütte, um die Flucht vorzubereiten. Die Skier waren nicht mehr da. Das Schneefeld gleißte unberührt, weder Fuß- noch Skispuren irgendwo. Im Vorratsschrank fand sich kein Werkzeug, das irgendwie geeignet war, die Vernagelung des Bettkastens zu lösen. Hanne suchte in allen naheliegenden Verstecken, später auch auf dem Heuboden und unterm Holz, zuletzt im Schnee bei der Hütte. Erfolglos, vor Kälte und Wut zitternd, kehrte sie in die Stube zurück.

Wenn er für immer gegangen wäre, hätte er den Rucksack nicht hier gelassen im vernagelten Versteck. Ihre Flucht musste also schnell gelingen. Der einzige Gegenstand, der geeignet schien, die Nägel aus dem Holz zu hebeln, war der Haken vom Kaminbesteck. Sie ging an die Arbeit ohne viel Hoffnung auf Erfolg. Selbst wenn es ihr gelingen sollte, den Bettkasten zu öffnen und in ihren Sachen fortzulaufen, mit Skiern war der Fremde so schnell, dass sie einen enormen Vorsprung herausholen musste, um dem Verfolger zu entkommen. Da es aussichtslos war, den tief eingeschlagenen Nägeln beizukommen, versuchte sie, den Bettrahmen samt Nägeln vom Kasten zu lösen. Wenn es ihr nur um Daumenbreite gelang, konnte sie mit einem Stuhlbein, später mit einem geeigneten Holzscheit weiterhebeln. Der Schürhaken drückte sich ins Holz, ohne den nahstehenden

Nagel auch nur haarbreit zu heben. Gab sie mehr Druck, bog sich das Eisen. Es war zwecklos. Noch eher ließen sich die Nägel mit einem Messer herausschnitzen. Sie brachte den Schürhaken zurück, holte das nicht eben Hoffnung beflügelnde Messer und hockte sich wieder vor den vernagelten Bettlasten.

Die Außentür ging.

Hektisch steckte sie das Messer zwischen die Matratzen. Gerade noch rechtzeitig gelang es ihr, sich aufs Bett zu werfen und unter die Decke zu schlüpfen.

Schwungvoll schob der Fremde die beiden schweren Vorhänge beiseite. Bester Laune und kraftstrotzend stand er da wie ein Titan nach erfolgreichem Kampf. Mit vor Anstrengung gerötetem wie schweißglänzendem Gesicht, das in den letzten Wochen gänzlich zugewachsen war, lachte er sie an.

Mechanisch zog sie die Decken bis zum Kinn, während eine Hand nach unten glitt, um die Feuchtigkeit zu prüfen.

„Du hast versucht, den Kasten zu öffnen."

Hanne konnte nicht einschätzen, wie schwer das Vergehen wiegt. Also reagierte sie gar nicht.

Der Fremde schüttelte den Kopf. „Glaubst du, ich verscharre das Werkzeug im Schnee? - Du riskierst allerhand."

„Ich hab versucht, an meine Sachen zu kommen. Das ist kein Verbrechen. Leute gefangen zu halten, schon." Das unverändert lachende Gesicht irritierte sie.

„Ich halte dich nicht gefangen. Ich hindere dich nur daran, rundum dummes Zeug zu erzählen. Außerdem hast du hier nichts zu suchen. Wärst du da, wo du hingehörst, müsste ich mir keine Tricks einfallen lassen, um dich hier zu behalten." Er öffnete die Jacke, zog aus der Seitentasche eine Tafel Schokolade und warf sie oberhalb der Stelle, wo Hanne ihre Hand hatte, aufs Bett.

Ihr traten Tränen in die Augen. Noch ehe der Fremde es sehen konnte, legte sie den freien Arm übers Gesicht.

„Du musst eiskalte Füße haben", sagte er mit weicher Stimme.

Tränen liefen ihr in die Ohren. Die Decken am Fußende wurden zurückgeschlagen. Warme Hände griffen nach ihren Füßen. Sie spürte den warmen Atem. Weiche Lippen umschlossen die eisigen Zehen. Die Zunge begann ein erregendes Spiel. Woher weiß dieses fremde Ding, wann der Kitzel unangenehm oder gar unerträglich wird?

Als sich Hände, Lippen und Zunge dem anderen Fuß zuwandten, schrien fast alle Stimmen in ihr: Stoß ihn zurück und lass ihn auf kürzestem Weg kommen. Nimm keine Almosen! Die einsame Stimme, die wie Theresa klang, fragte leise: Willst du werden wie die Leute, die den Stolz immer über den Genuss siegen lassen?

Hanne zog die Hand von der Scham, um einer anderen Platz zu machen, die diesmal aber lange auf sich warten ließ. Erst als beide Füße wohlig warm waren, legte sich die fremde Hand weich auf ihr kleines Fell, mit dem Daumen jene Stelle suchend, die ihr Finger schon geraume Zeit verlassen hatte. Die andere Hand massierte im Zusammenspiel mit der Zunge weiter abwechselnd ihre Füße. Als der Kitzel den ganzen Leib erfasste, konnte sie das Beben nicht unterdrücken. Sie ließ es geschehen. Theresas Stimme jubelte mit, während alle anderen sich empört abwandten.

Er hörte nicht auf, ihre Füße zu massieren. Oder war es jetzt mehr ein Streicheln? „Ich hab einen Weg gefunden", begann er leise. „Die Wand verdient nicht wirklich den Ausdruck Massiv. Es ist nur ein seitlicher Grat, auf Hüttenniveau kaum zwanzig Meter breit. Auch von der anderen Seite wirkt er gigantischer. Mit hoch genug eingehängtem Seil kann man sich von der Mauer aus auf die andere Seite schwingen. Von da aus geht ein etwas schmaleres Schneefeld leicht bergab in ein besiedeltes Tal."

Hannes Arm lag noch immer auf ihren tränennassen Augen. „Ich weiß. Du warst in Grömbach." Alles andere wusste Hanne hingegen nicht. Sie erinnerte sich jetzt, vom Großvater irgendwann mal Ähnliches gehört zu haben.

„Wenn man in der Hütte vom Schneefeld her bedrängt wird, kann man auf Skiern in kürzester Zeit über alle Berge sein."

Hanne war bestürzt. Warum vertraut er dir den gewonnenen Fluchtweg an? Warum gibt er zu, dass er gute Gründe hat, eine Flucht in Erwägung zu ziehen? Ihr war klar, umso gefährdeter zu sein, je mehr sie weiß. „Also doch kein Urlaub?" Sie konnte nicht sehen, wie sich das Gesicht des Fremden in der nichtgrienenden Hälfte verfinsterte. „Wann wirst du gehen?"

„Frag nicht. Es ist noch zu früh. Auch mag ich mich noch nicht von dir trennen." Er zog ihren Arm vom Gesicht.

Hanne schloss die Augen. Unterm Druck der Lider reihte sich das Wasser an den Wimpern zu Perlen. Da es vergeblich war, die Tränen zu verbergen, öffnete sie die Augen wieder. Mit verschleiertem Blick sah sie ihn an.

Ein tiefer Ernst lag im Gesicht des Fremden. „Eigentlich bist du schön", sagte er traurig.

Die Stimmen kreischten auf. Du wirst dich doch nicht von diesem schleimenden Kerl um den Finger wickeln lassen! Wahrscheinlich guckt er so bekümmert, weil er daran denkt, dir den Hals zudrücken zu müssen.

Der Fremde stand auf.

Hanne setzte sich auf den Bettrand. Als er den Verschlag verlassen wollte, hielt sie ihn fest. Noch im Sitzen schob sie ihm die Jacke über die Schultern, dann die

Hosenträger. Auf dem Boden kniend zog sie ihm alle Hosen auf einmal bis auf die Schuhe.

„Das musst du nicht", sagte er irritiert.

„Ich mag Kerlen wie dir nichts schuldig bleiben", gab sie kühl zurück. Ohne Hilfe der Hände schnappte sie das sich blähende Ding, noch ehe es seine volle Größe und imposante Haltung erreicht hatte. Anfangs musste sie ihm schon entgegenkommen, später konnte sie sich auf den gewohnten Part zurückziehen und ihn machen lassen.

Diesmal schloss sie nicht die Augen. Sie sah den bebenden, kaum gepolsterten Bauch. Als der weiche Saft mehr zu fühlen als zu schmecken war und die widerliche Erinnerung sich vors innere Auge drängte, schaute sie nach oben in ein weltentrücktes Gesicht, dessen Ausdruck irgendwo zwischen Lust und Schmerz pendelte. Die Reibung ihrer Lippen verhielt sich zur Ekstase des muskulösen Leibes, wie der unachtsame Schritt eines Wanderers zur ins Tal donnernden Lawine. Sie sah, wie unter zunehmenden Brunftlauten Adern und Sehnen hervortraten. Der Körper des Fremden folgte ohne Verzögerung dem Druck ihrer Lippen. Ein faszinierendes Spiel! Sie löste sich fast ganz, um den kleinen Hebel dann immer kraftvoller zu umschließen. Theresa hat in allem recht! Mit dem Druck verstärkte sich der Lustgesang. Als der Fremde sich ihr zu entziehen versuchte, umklammerte sie seinen Leib, nun sehr aktiv das Ende herbeiführend, das weniger bitter war als befürchtet.

Langsam kam der erschlaffende Kolben zur Ruhe und mit ihm der Körper, dessen Sinne allmählich wieder Kontakt zur Außenwelt aufnahmen. Der Fremde griente verlegen.

Hanne setzte sich aufs Bett, riss die Schokoladentafel auf und knapste sich Stück für Stück in den Mund, als wolle sie den ranzigen Geschmack einer überlagerten Praline vergessen machen.

Am Ende der zweiten Woche kam ein Sturm auf, der den Schnee mancherorts mannshoch zusammenwehte. Auch der Fremde war nun an die Hütte gefesselt.

Hanne kochte karge Mahlzeiten aus den Resten, die ihnen geblieben waren, und wusch weiter alle zwei Tage ihre Unterwäsche und ihren Schlafanzug im Wechsel, gelegentlich auch die Unterwäsche des Fremden, die über Nacht trocknen musste, da er nur die eine besaß. Zwei Tage hatte er Hanne nun schon nicht mehr zum *hygienischen Dienst* gedrängt. Auch war er wieder wortkarg geworden.

Hanne war beunruhigt. Meidet er dich, um sich für die bevorstehende Trennung stark zu machen, die für dich mit einem Abschied vom Leben verbunden ist?

Als der Fremde wie jeden Morgen nach dem Frühstück das Klo aufsuchte, sprang Hanne aus dem Fenster. Sie lief um die Hütte, stieg auf die Mauer, riss das untere Ende des bereiften Seils aus der Sicherung und ließ sich nach hinten fallen. Sowie sie das durch ihr Körpergewicht gespannte Seil freigab, schnellte es wie eine Schlange nach oben, um auf der anderen Seite der Felswand zu verschwinden. Sie sprang auf und seitlich weg unter noch lange nachrieselndem Schnee und Reif. Vorm Fenster klopfte sie sich ab. Lange stand sie nachher vorm Kamin, nicht weil sie fror, sondern um die Spuren ihrer Tat zu trocknen. Sie zitterte vor Aufregung, hoffend, die Tragweite dessen, was sie getan hatte, zu überschauen. In wenigen Sekunden hatte sie den vom Fremden in Stunden, wenn nicht Tagen, mühsam geschaffenen Fluchtweg zerstört.

6

„Was ist heute für ein Tag?"

Hanne sah den Fremden von der Seite an. Er sah aus wie ein Mann, der etwas tun muss, was er eigentlich nicht will. „Montag", sagte sie stimmlos. „Montag, der 25. Januar."

Der Fremde rührte in einem Brei, der genauso aussah, wie er schmeckte. „Wir müssen was zu essen besorgen."

„Ich kann was bei meiner Mutter holen, ganz unauffällig", sprach sie hastig.

„Nein."

„Warum nicht?"

„Das ist mir zu riskant."

„Das ist dir zu riskant?", wiederholte sie erregt. „Du steigst bei Frost und Sturm ungesichert im Massiv rum. Aber mich rauszulassen, ist dir zu riskant, obwohl du mich drei Wochen beinahe täglich gevögelt hast?"

Der Zusammenhang war diffus, aber der Fremde verstand, was sie sagen wollte. „Hör auf! - Es geht einfach um zu viel. - Ich konnte nicht damit rechnen, dich hier zu treffen, verdammt. - Ich geh runter ins Dorf."

„Auf der anderen Seite?"

„Nein", sagte er kleinlaut. „Der Sturm hat das Seil weggeweht."

Hanne wusste nicht, ob das von Vorteil ist. „Ins Dorf und zurück sind es sechsundvierzig Kilometer. Und wenn du da einen Rucksack voller Fressalien kaufst, werden sie wissen wollen, wo du wohnst."

Der Fremde schaute an ihr vorbei. „Mein Risiko."

„Dein Risiko?" Hanne verlor die Beherrschung. „Dein Risiko? - Was wird, wenn du aus welchen Gründen auch immer nicht zurückkommst? - Dann hab ich die Wahl, zu verhungern oder zu erfrieren!"

„Ich komm zurück."

„So, wie du vor drei Wochen hier angekommen bist?"

„Da war ich fast die doppelte Strecke unterwegs, und die Hälfte davon ohne Skier."

„Urlaub. - Was ist mit deiner Idee, mal ein paar Wochen ohne Essen auszukommen?"

Der Fremde sah sie gequält an. „Das kann ich mir nicht leisten. Ich muss fit bleiben."

„Wegen der Flucht. Versteh schon." Hanne spürte ihr rasendes Herz. Jetzt ist es soweit. Sie ging zum Kamin und nahm den Schürhaken.

„Sabine, bitte. Ich tu dir ja nichts. Ich muss dich nur irgendwie festbinden, während ich weg bin."

Es war das erste Mal, dass er sie beim Namen nannte.

„Sei nicht dumm. Ich mag dir nicht wehtun."

Hanne suchte nach einem vernünftigen Ausweg. Du kannst so tun, als wenn du nachgibst, ihn dann aber überraschend angreifen und mit dem Schürhaken niederschlagen. Dann hast du am Ende einen Toten am Hals. Aber das ist nicht das Schlimmste. Den kannst du leicht entsorgen. Du kennst aber noch immer nicht das Versteck der Werkzeuge, vor allem der Axt und der Zange. Was, wenn es dir nicht gelingt, den vermaledeiten Kasten zu öffnen? Dann bist du in keiner anderen Lage, als wenn du dich fesseln lässt. Oder kannst du es - nur in Decken gehüllt - bis nach Hause schaffen? - Wenn du die Strecke rennst, schon. Aber du bist durch die Stubenhockerei außer Form und zudem geschwächt durch die schmale Kost der vergangenen Tage.

Der Fremde ließ ihr keine Zeit, die Risiken abzuwägen. Er ging auf sie zu, nahm ihr den Schürhaken aus der Hand und hängte ihn wieder an den Kamin.

Hanne zog den Schlafanzug über die Unterwäsche und noch ein Paar dicke Socken an.

Der Fremde drückte sie sanft auf einen Stuhl. Viel Strick hatte er nicht. Mit zwei Stücken fesselte er ihre

Beine an die Vorderfüße des Stuhls. Zwei Stücke band er sehr umsichtig an ihre Handgelenke, um sie unterm Stuhl zusammenzuziehen und aneinanderzuknoten. Das längste Stück schlang er ihr um den Hals und befestigte es im ausgesägten Herzen der Stuhllehne.

Hanne gab sich Mühe, soviel Spielraum wie möglich zu gewinnen. Beim Hals war das sinnlos, auch bei den Beinen. Nur bei den Händen gelang es ihr. Aber sie machte sich wenig Hoffnung, dass die gewonnene Bewegungsfreiheit am Ende helfen kann.

„Wo willst du sitzen?"

„Vorm Kamin", erwiderte sie verächtlich.

Er schob sie an die gewünschte Stelle. „Nein", murrte er dann. „Zuletzt machst du Blödsinn und fällst mir ins Feuer." Samt Stuhl trug er sie in den Verschlag. Er stellte sie mit dem Rücken zur Wand zwischen beide Betten und legte alle Decken über sie, die er greifen konnte. „In vier Stunden bin ich spätestens zurück. Mach keinen Unsinn."

Hanne schaute ihn an. „Und warum machst du so ein gequältes Gesicht, wenn alles ganz harmlos ist?"

„Denkst du vielleicht, mir macht das Spaß? - Es geht aber nicht anders."

„Du kommst nicht zurück", zischte sie. „Wie willst du den Einkauf tragen?"

„Ich nehme deinen Rucksack. - Meinen lass ich dir als Pfand. - Mach's gut."

Sie hörte, wie er Holz nachlegte. Dann ging die Tür.

Lange saß sie beinahe apathisch da. Den Kopf an die kühle Steinmauer gelehnt starrte sie auf den Vorhang. Sie wollte sicher sein, dass der Fremde nicht zurückkehrt, weil er etwas vergessen oder es sich anders überlegt hat. Nach angemessener Zeit begann sie, den Spielraum ihrer Hände auszuloten. Er hätte ausgereicht, um beide Hände unterm Stuhl zusammenzuführen, also wechselseitig die Knoten zu lösen, wenn die Halsschlinge nicht gewesen wäre. Die war nicht fest, aber auch nicht lose genug, um sich mit dem Mund fassen zu lassen. Nachdem Hanne wieder und wieder alle Varianten versucht hatte, verfluchte sie das Geschick des Fremden. Hätte sie ihn doch umbringen sollen? Gelegenheiten hat es zu Hauf gegeben. Hanne tröstete sich mit der Feststellung, dass mit einer Entfesselung auch nicht allzu viel gewonnen wäre. Du könntest weg. Und was, wenn er dir auf dem Weg begegnet? - Wenn er nicht gleich die Gelegenheit nutzt, um dich im Abgrund zu entsorgen, wird er dich beim nächsten Mal nur gründlicher fesseln.

Wehmütig schaute sie auf das Bett, unter dem ihre Sachen verborgen waren. Da entsann sie sich, dass sie das Messer zwischen die Matratzen geschoben hatte. Ihr Herz jubelte in banger Vorfreude. Den Körper so zu verlagern, dass eine Hand auf Höhe der Matratze kam, war möglich. Sie versuchte sich zu erinnern, wo genau sie das Messer hingeschoben hat. Vorsichtig glitt sie mit der Hand zwischen die Matratzen und betastete den ihr möglichen Kreis. Sie warf sich mit ihrem Körper nach vorn, um mit dem Stuhl Richtung Vorhang zu rücken. Wieder tastete die Hand vergeblich. Da sie den ganzen Aktionsradius nutzte, scheuerte der Strick schmerzhaft an ihren Handgelenken. Die Kante der Sitzfläche drückte zudem die Schlagader des rechten Armes ab. Trotzdem rückte sie Zentimeter für Zentimeter weiter. Hatte sie das Messer schon verfehlt? Endlich fühlte sie den Griff. Noch einmal überwand sie den Schmerz, um das unschätzbare Werkzeug zu bergen. Bedacht, das Messer nicht durch eine ungeschickte Bewegung zu verlieren, trennte sie die Fessel zwischen ihren Händen. Nun war alles ein Kinderspiel. Sie weinte vor Jubel und Triumph und steckte das Messer an seinen Platz zurück. Wenn sie eine Chance haben wollte, musste sie sich schnell entscheiden, ob sie in Decken gehüllt aufbrechen oder versuchen soll, ihrer Sachen habhaft zu werden. Sie entschied sich für die erste Variante, obwohl es sie sehr reizte, den Inhalt des Rucksacks zu ergründen. Nein, n o c h eine Möglichkeit der Flucht durfte sie nicht gefährden.

Sie wickelte sich in die Decken und band sie mit dem gewonnenen Strick um Füße und Beine; eine erbärmliche Erscheinung. Nachdem sie einen kräftigen Schluck aus der Teekanne genommen hatte, brach sie auf.

Weit kam sie nicht. Schon im Vorraum war ihre Flucht zu Ende. Ihr Rucksack hing am Kugelknauf des Vorratsschrankes. Zögerlich öffnete sie die beiden Türen. Das Werkzeug lag geordnet auf dem Brett, als wenn es den Schrank nie verlassen hätte. Mit flatterndem Bauch lief Hanne in die Stube zurück. Sie stieß den Vorhang zum Verschlag beiseite und öffnete den Bettkasten. Der Rucksack war weg. In ihren Stiefeln fand sie die beiden Nägel. Wann, zum Teufel, war es dem Dreckskerl gelungen, die Nägel zu lösen? Du bist doch immer in der Stube oder wenigstens in unmittelbarer Nähe gewesen.

Ohne zu zögern, zog sie sich an. Rasch warf sie ein paar Scheite in den Kamin. Schon stand sie - tief atmend - vor der Hütte. Sie lief los, noch planlos, ziellos. Die Entrüstung hatte ganz von ihr Besitz ergriffen. Alle Verfolger der Welt wollte sie auf ihn hetzen; bei der erstbesten Gelegenheit der Polizei stecken, in welcher Gegend sie den Ganoven zu suchen hat. Sitzen soll er, bis er schwarz wird!

Trotz dichten Schneetreibens konnte sie die Spuren des Fremden erkennen. Da er mit ihren Skiern aufgebrochen war, musste sie sich oft mühsam durch Tiefschnee arbeiten. Nah am Massiv waren die Verwehungen zum Teil heftig. Oft war sie gezwungen, sich in gefährlicher Nähe des Abgrunds zu bewegen. Nur selten war es hilfreich, in der Skispur des Fremden zu laufen, denn auch die hielt sie nicht besser. Immer wieder sackte sie knietief, mitunter auch noch weiter, in den verharschten Grund unterm pulvrigen Schnee.

Nach drei Stunden und vollkommen ausgepumpt erreichte sie die Gräberschlucht. Sterne durchkreuzten ihr Blickfeld. Die Warnschilder waren bereift und verschneit, kaum, dass man sie als solche erkennen konnte. Mit Schnee wischte sie sich den Schweiß aus dem Gesicht; mit Schnee linderte sie den bitteren Geschmack im Mund. Ein Stück weiter, am Hang, endeten die Spuren des Fremden. Hanne schaute ins Tal. Durch den Flockenwirbel sah sie nicht viel, aber genug. Sie lief zurück, um vom Eingang her in den gefährlichen Grund zu steigen. Der Fremde lag verdreht einen Steinwurf vom Rucksack entfernt im Schlammbett der *Warmen Else*. Er lebte. Mit schmerzenden Augen folgte Hanne der Spur, die der Stürzende bei seiner unfreiwilligen Talfahrt in den Hang gewühlt hatte. Ein Wunder, dass nicht mehr Schnee gefolgt war. Bei näherer Untersuchung stellte sie fest, dass der Fremde gegen einen der vielen Zähne der steilen Hänge geschlagen war und sich den Kopf verletzt hatte, dem gefährlich anmutenden Bluterguss und den Schürfungen nach sogar ziemlich schwer. Eine tief in den Schnee gegrabene Spur führte zum Rucksack. Hat er versucht, verletzt aus dem Tal zu kriechen? Wieder beobachtete sie besorgt die Hänge. Hatte der Schnee nur auf sie gewartet? Wollte er sie gemeinsam mit dem Fremden begraben? Vorsichtig mit den Füßen tastend arbeitete sie sich an den Rucksack heran, nicht weniger bedachtsam schleifte sie ihn zum Verletzten. Als sie die Decke vom Rucksack band, um den Bewusstlosen gegen Kälte und Schneefall zu schützen, fielen schmale Bündel mit Fünfhundert-Euro-Scheinen in den Schnee. Auch der aufgerissene Rucksack, der im Schlammbett der *Else* gelegen hatte, schien voller Geld. Hanne war nun überzeugt davon, dass der Fremde sie in der Hütte ohne Skrupel hätte umkommen lassen. Merkwürdigerweise flaute aber ihre Entrüstung ab. Stattdessen wurde sie von der Ahnung durchglüht, dass dieser Augenblick ihr ganzes Leben verändern kann, ob im Guten oder Bösen. Ihre Skier und Stöcke fanden sich - zusammengebunden - auf dem Hang. Hätte er versucht, das Tal auf Skiern zu passieren, wären seine Chancen, heil durchzukommen, wesentlich größer gewesen. Sie sammelte das Geld ein, hüllte den Verletzten in die Decke und bettete ihn auf die noch trockene Seite des Rucksacks. Mehr konnte sie im Augenblick nicht für ihn tun. Sie schaute auf die Uhr. Drei Stunden mochte er schon hier liegen. In frühestens drei Stunden könnte sie ihn in der Hütte haben, wenn alles so lief, wie sie es sich vorstellte. Sobald sie den gefährlichen Teil des Tals hinter sich wusste, atmete sie erleichtert durch.

Eilig und nun wieder auf Skiern begab sie sich ins Dorf. Elsetal, das Hanne - von ihrem dreijährigen Aufenthalt bei Tante Vroni abgesehen - kaum verlassen hatte, ist eine kleine Streusiedlung mit nur beschränktem Zentrum. Es gibt eine Kirche, ein Wirtshaus und einen beschaulichen Markt mit sternförmigen Ausläufern in die Täler und viele zum Teil auch abgelegene Höfe, von denen einer der abgelegensten ihr Zuhause gewesen war. Sie steuerte die Ski gerade aufs Fremdenverkehrsamt zu.

Jörg Kammerlander, ein junger Mann, der auf die Dreißig zuging, betrieb den Laden mit seiner Frau Gitte. Vor Jahren hatte er den tollkühnen Versuch unternommen, den Ort um einen Laden zu bereichern. Seither hatte es unzählige Gelegenheiten gegeben, diesen Entschluss zu bereuen. Lang wäre er schon mit seinem Latein am Ende gewesen, wenn sich seine Geschäftigkeit nicht rührig auch auf andere Bereiche ausgedehnt hätte. Aus dem Laden war ein Bestellservice für beinahe alle Begehrlichkeiten geworden. Im Büro konnte man außerdem Auskünfte über Wetter- und Schneeverhältnisse, Verkehrsverbindungen, Unterkünfte und kulturelle Veranstaltungen in der Region einholen. Zudem erfüllte der Laden auch die Funktion einer Postfiliale und eines amtlichen Fundbüros.

„Hallo."

Jörg sah sie nicht an. Er hatte sie kommen sehen. Der Anblick hatte ihm gereicht. „Lebst du also doch noch?", knurrte er, ohne vom Computerbildschirm aufzusehen.

„Wieso nicht?" Hanne gab sich Mühe, ruhig zu wirken. Sie kannte Jörg, seit er ins Dorf zu seiner Frau gezogen war. Beinahe alles kauften die Mutter und sie seit Jahren über seinen Bestelldienst. Sie mochte ihn und hätte sich auch vorstellen können … Aber er war schon verheiratet. „Ich hab die Betreuung der Hütte übernommen. Kannst du bitte die Sachen hier besorgen?" Schüchtern legte sie einen unförmigen Zettel auf den Schreibtisch.

Jörg schaute auf den Zettel, erst dann zu ihr. „Hast du mal in einen Spiegel geguckt?"

„Ich weiß, ich sehe ein bissel wild aus."

„Du siehst aus wie der Statist eines mittelalterlichen Films, der ein besonders verkommenes Weib darzustellen hat."

Hanne nickte schuldbewusst. Sie hatte keine Kraft für unnütze Worte.

„Als Gemeinderat darf ich dich darauf hinweisen, dass du die Hütte nicht einfach beziehen kannst. Sie hat eine klar umrissene Funktion und ist keine Absteige für ausgeflippte Töchter", sagte er eher beiläufig als ernst.

„Ich weiß. Ich stehe der Funktion ja nicht im Wege. Ich halte die Hütte in Ordnung und kann Leuten, die in Not geraten sind, helfen. - Hast du Medikamente? oder kannst du welche besorgen?" Sie merkte, dass sich ihr Körper schon ein Weilchen im Reservemodus befand.

„Bist du krank?"

„Nein. - Gegen Schmerzen und Fieber und all solches Zeug, das bei den gängigen Unfällen helfen kann."

„Bei Unfällen solltest du so schnell wie möglich die Bergwacht alarmieren. Die haben alles, was nötig ist."

„Wenn Leute entkräftet bei mir ankommen, muss ich nicht die Bergwacht rufen."

Jörg sah auf wie einer, der noch mehr zu tun hat, als sich mit pubertären Hirngespinsten zu beschäftigen. „Hanne, bitte, sie kommen nicht bei d i r an, sondern in einer gemeindefinanzierten Schutzhütte. Und wie dir vielleicht schon zu Ohren gekommen ist, kam dort in den letzten hundert Jahren so gut wie keiner an. - Darf ich fragen, wer die Bestellung bezahlt?"

„Ich natürlich."

„Du." Er kratzte sich verlegen am Ohr. „Du hast kein Geld, um dir ordentliche Klamotten zu kaufen, und gibst hier einen Einkaufszettel mit mindestens hundert Euro Warenwert in Auftrag."

Hanne wurde unwillig. „Meine Klamotten sind mir gut genug. - Kannst du Medikamente und was auf dem Zettel steht besorgen oder nicht?"

Jörg stand auf. Vor allem trieb ihn der Wunsch, diese geschäftsschädigende Nervensäge aus dem Laden zu kriegen. Irgendwie mochte er das schrullige Mädchen, das auf sehr abwegige Art und Weise originell war. Und wenn er es recht betrachtete, hatte sie trotz oder gerade wegen ihres heruntergekommenen Zustandes etwas durchaus Anziehendes. „Ich kann dir besorgen, was jeder so in seiner Hausapotheke hat. Besonders wirksam ist das alles nicht, sonst wär's rezeptpflichtig." Er ging hinaus, um wenig später mit Händen voller Schächtelchen zurückzukommen. „Hier. Lies aber vorher, wofür es gut ist. Das Schmerzmittel hier ist schwach dosiert, aber du kannst ja einfach mehr nehmen, dann hilft's auch einigermaßen."

Hanne verstaute alles eilig in ihrem Rucksack, vielleicht etwas zu eilig.

„Hast du vielleicht schon einen Patienten auf der Hütte?"

„Nein. - Ich hab nur keine Lust, meiner Mutter übern Weg zu laufen."

„Kannst du dir nicht vorstellen, dass sie sich Sorgen macht? - Seit drei Wochen bist du weg, ohne ein Zeichen von dir zu geben. Solche Faxen hat sie schon mal mit deinem Vater erlebt."

„Sie weiß, wo ich bin. Soll ich jeden Tag vierzig Kilometer abseppeln, nur um ihr zu sagen, dass es mir gut geht?"

„Sie hat mich gebeten, anzurufen, wenn die abtrünnige Tochter hier auftauchen sollte."

Hanne legte ihre Hand auf die seine. „Tu das." Sie überlegte. Vermutlich würde die Mutter sofort aufbrechen, um sie abzupassen. Mit ein bisschen Glück konnte Hanne dann das Gespann und die Sachen holen, ohne ihr auf dem Hof oder im Haus zu begegnen. „Vielleicht kannst du ja die Sache mit der Hütte noch ein Weilchen für dich behalten." An der Tür drehte sie sich noch einmal um. „Vergiss nicht, anzurufen."

7

Hanne lief über den Markt in die Kirchgasse. Vor Nummer Dreizehn blieb sie stehen. Sie schaute auf das vertraute Messingschild. *Dr. Joseph Gruber * Allgemeinmedizinische Praxis.* Sie kannte den Doktor von klein auf. Zudem war er ein Freund des Großvaters gewesen; genaugenommen, der einzige Vertraute außer ihr. Dennoch kannte sie ihn kaum. Er war an die siebzig oder schon darüber. Aber nicht das Alter war Schuld an der wohl unüberwindlichen Distanz, sondern die Ehrfurcht.

Hanne schaute auf die klobige Armbanduhr. Halb Drei. Sie dachte an den Fremden in der Gräberschlucht. Mit weichem Finger drückte sie die Klingel.

Der Doktor öffnete selbst. Er sah aus, wie einer, der sich gerade ein Stündchen aufs Ohr gelegt hat. Erfreut war er jedenfalls nicht, sie zu sehen. „Komm rein. Ich hoffe, es ist wichtig." Er ging mit ihr geradewegs ins Behandlungszimmer. „Wo drückt's denn?"

Hanne überlegte, wen er wohl noch so unfreundlich begrüßen würde. „Ich wollte fragen, ob Sie mir vielleicht ein paar Medikamente geben können, die bei Notfällen helfen." Die Miene des Doktors erinnerte sie an Jörgs Gesicht. Ihre Hoffnung sank unter null.

Der Doktor erwachte aus tiefen Gedanken. „Ich dachte, für Notfälle bin ich zuständig."

Hanne wägte ab, ob es Sinn hat, ihn in die Sache mit der Schutzhütte einzuweihen. Sie konnte es sich nicht leisten, Zeit durch sinnlose Belehrungen zu verlieren. Aber sie brauchte Medikamente. „Ich kümmere mich ein bissel um die Hütte. Es wäre beruhigend, was da zu haben, mit dem man Leuten helfen kann, die ein Stück weit mit dem Tod gelaufen sind."

Die Metapher erinnerte den Doktor an den verstorbenen Freund. Das schlechte Gewissen bekam Futter.

Rudolph, der Großvater dieses merkwürdigen Mädchens, das augenscheinlich längst zur Frau herangereift war, hatte ihm das Versprechen abgenommen, sich um Hanne zu kümmern, wenn er mal nicht mehr sein sollte. So ein Versprechen gibt sich leicht. Ein halbes Jahr war der Freund jetzt tot, gekümmert hatte er sich bisher nicht. Ein erstes annäherndes Gespräch hatte er immer wieder vor sich hergeschoben. Das letzte Mal gesehen hatte er sie zur Beerdigung des Freundes; ein herzzerreißend schluchzendes Häufchen Unglück. Auch jetzt sah sie nicht eben glücklich aus.

„Hanne, schlag dir diese Flausen aus dem Kopf. Die Hütte ist eine Totgeburt. Ihr einziger Zweck ist es, Leute abzuschrecken. Den hat sie bis heute vortrefflich erfüllt."

Hanne nickte einsichtig, um schnell aus dem Gespräch und dem Haus zu kommen.

„Warum heiratest du nicht und kriegst Kinder, wie es normale Frauen tun?"

Das *normal* trat Hanne in den Bauch. „Kennen Sie einen Mann, der für mich in Frage käme?", fragte sie trotzig.

Der Doktor überlegte. „Der wird sich schon finden", erwiderte er, nicht besonders glücklich über die Ausflucht. Ihm war klar, dass sich so leicht keiner findet, und wenn, dann springt er spätestens ab, wenn er von der Geschichte erfährt.

Hanne lächelte über die Verlegenheit des Doktors. Es war nicht schwer, seine Gedanken zu erraten. „Es gab in meinem Leben bisher drei Männer, die ich mir hätte vorstellen können. Der erste ist tot, der zweite verheiratet und der dritte …"

Der Doktor glaubte, den Grund ihres Zögerns zu kennen: Der dritte ist Toni Pichler, ihr Jugendfreund, der nach der Geschichte vor vier Jahren mit der ganzen

Familie und Sack und Pack vom Hof weg fortgezogen ist, keiner weiß, wohin. Er suchte nach Worten, die helfen könnten, über die bedrückte Situation hinwegzukommen. „Als ich noch ein unerfahrener Bengel war, hab ich mit zwei Freunden eine verletzte Amsel gefunden. Weil sie uns leid tat, haben wir sie von ihrer Qual erlöst. Erst hernach war uns klar geworden, dass wir gar nicht an die Möglichkeit einer Rettung gedacht hatten. Ohne dieses Erlebnis wäre ich wahrscheinlich nicht Arzt geworden. Aber auch wenn ich inzwischen unzähligen Leuten geholfen hab, die Sache mit der Amsel hab ich mir nie verziehen."

Hanne nickte. „Ich weiß, wie es sich anfühlt, wenn man sich etwas nicht verzeihen kann." Unauffällig schaute sie auf ihre Uhr.

„Du kannst nicht in der Hütte leben. Selbst wenn der Gemeinderat seinen Segen gibt, kannst du da nicht wie ein Eremit hausen. Menschen überleben lange Zeiten der Einsamkeit nur in Büchern und Filmen unbeschadet. In Wahrheit werden sie verrückt ohne Kontakt zu anderen."

Hanne stand auf. „Wo werden mehr verrückt, nah oder fern der Leute?"

Der Doktor sah sie verblüfft an.

Hanne liebte diese Art Blicke, weil sie so labend für ihre Seele waren.

Als sie sich zum Gehen wandte, hörte sie ein verhaltenes „Warte."

Der Doktor stand auf und ging zu einem der Medikamentenschränke. „Setz dich an den Tisch und nimm dir einen Stift und den Block mit den Klebezetteln."

Hanne sprang regelrecht an den zugewiesenen Platz.

„Du weißt, dass das, was ich jetzt mache, verboten ist. Wahrscheinlich ist es auch dämlich. Aber vielleicht fällt dir ja doch mal ein Bedürftiger ins Haus. - Schreib auf."

Geduldig diktierte er in Kurzform die Gebrauchsanweisungen für die Medikamente. Immer wieder ging er zum Schrank zurück, um andere Präparate zu holen. Aus einem Regal langte er eine abgegriffene Broschüre, die Anweisungen zum richtigen Verhalten bei den häufigsten Notfällen wie Knochenbrüchen, Verwundungen, Erschöpfung und Erfrierungen enthielt. Als Hanne mit Dutzenden „Danke" die Tabletten, Salben und Tinkturen im speckigen Rucksack verschwinden ließ, legte ihr der Doktor unter beständigem Kopfschütteln auch noch Verbandsstoff, Pflaster, Arm- und Beinschienen und goldglänzende Schutzdecken auf den Tisch. Er hoffte, einen Teil der Schuld abtragen zu können für das vernachlässigte Versprechen. Zudem hatte er das Gefühl, dem Schützling eine unbändige Freude zu machen, die gut Basis eines vertrauteren Umganges sein konnte. Er gab die Medikamente und Hilfsmittel heraus, wie man Kindern Geräte zum Spielen aushändigt. Es wäre ihm schwerer gefallen, wenn er nicht ganz und gar sicher gewesen wäre, dass all das Zeug nie wirklich benutzt werden wird.

Hanne kam beim Versuch, den Sinneswandel des Doktors zu erklären, auf ähnliche Gedanken. Als ihr der Doktor auch noch ein paar moderne Krücken an den Stuhl stellte, war sie gewiss, nicht ernstgenommen zu werden.

„Ich hab noch mehr davon", bemühte sich der Doktor, ihrem Argwohn zu begegnen. „Die Leute bringen sie zu mir, weil sie zum Wegschmeißen zu schade sind. Die sind Gold wert bei verstauchten Füßen und allem, was beim Gehen schmerzt." Eilig lief er in den Nebenraum.

Hanne nutzte die Gelegenheit, um den weißen Kittel vom Haken zu nehmen und unter ihren Mantel zu stecken.

Der Doktor kehrte mit einer musealen Bettpfanne und einer gläsernen Urinflasche zurück.

„Nein", wehrte sich Hanne sehr resolut.

„Doch. Wie willst du Leute, die erschöpft zu dir kommen, ein paar Tage betreuen, ohne Pfanne und Ente? - Die sind älter als die Hütte, aber nicht weniger zweckmäßig als das moderne Zeug. Liebhaber zahlen dafür eine Stange Geld. - Was ist?"

Hanne sah ihn traurig an. „Wissen Sie, dass ich als Kind vor keinem so viel Angst hatte, wie vor Ihnen?"

„Das geht wahrscheinlich den meisten Kindern so. Als Arzt muss man damit leben können, nicht nur für Kinder der Buhmann zu sein", erwiderte er lachend.

„Nein, ich meine nicht die Furcht vor den Instrumenten und Schmerzen. Ich hatte Angst vor Ihren Fragen, weil ich wusste, dass ich Sie mit meinen Antworten nur enttäuschen kann." Hanne schaute den Doktor an wie Ihresgleichen. „Ich weiß, dass Sie mich nicht wirklich ernst nehmen, aber ich danke Ihnen trotzdem."

„Warte." Er zögerte wie einer, der etwas Beschämendes sagen muss, aber nicht beschämen will. Noch einmal ging er in den Nebenraum. Diesmal kehrte er mit einem kleinen Stoß weißer Wäsche zurück. Er legte ihn auf der Bettpfanne ab, die Hanne auf dem Tisch hatte liegen lassen. „Wenn du so lieb bist, mir den Kittel zurückzugeben. Er passt dir eh nicht, und ich hab keine Lust, mich noch an einen anderen zu gewöhnen. - Das hier ist auch viel schicker."

Hanne trat mit hochrotem Kopf an den Tisch, gab dem Doktor den Kittel und steckte die beiden Kasacks samt Hosen und auch noch Pfanne und Ente in den Rucksack. Sie küsste den Doktor auf die Wange, wobei ein Teil ihrer Röte ins Gesicht des alten Mannes übersprang. An der Tür drehte sie sich noch einmal um. „Vielen Dank für alles." Und charmant lächelnd fügte sie wie nebenbei hinzu: „Der dritte meiner Heiratskandidaten waren Sie." Sie genoss noch einen Augenblick das irritierte wie verlegene Gesicht. Dann stieg sie die Treppen hinab.

Es schneite noch immer. Hanne fröstelte vor Erschöpfung. Die nassgeschwitzten Sachen klebten auf der Haut. Sie war hungrig und müde. Nach der eingelegten Rast taten sich die Beine schwer, wieder in Gang zu kommen. Die beiden an den Rucksack gebundenen Krücken schlugen bei jeder größeren Bewegung unkontrolliert um sich. Mit nur noch mäßig ausladenden Schlittschuhschritten fuhr sie bergan zum Haus der Mutter. Wie erhofft, fand sie es leer. Der Anstieg hatte ihre letzten Reserven gefordert. Sie duschte und kleidete sich neu.

Ginger und Fred begrüßten sie überschwänglich.

„Hört auf zu blödeln. Wir müssen uns sputen." Sie spannte die beiden Haflinger vor den alten, flachen, nach russischem Vorbild gefertigten Schlitten des Großvaters, belud ihn mit sechs Säcken Hafer, Pferdedecken, Lecksteinen, Futtersäcken und dem übrigen Pferdekram. Eilig suchte sie Sachen zusammen, wie sie ihr aus dem Gedächtnis sprangen: Seil, Strick, Nähzeug, Feder- und Steppbett und die passenden Bezüge, zudem allerlei Wäsche, auch aus dem Schrank des Vaters. Beinahe alles, was an Lebensmitteln zu finden war, steckte sie in eine riesige Einkaufstasche und bei entsprechender Eignung auch gleich in den Mund. Sie hoffte, nichts Wichtiges vergessen zu haben.

Ginger und Fred schnaubten unternehmungslustig im Flockenwirbel. „Dann mal los, ihr zwei. Ich hoffe, ihr seid in den drei Wochen nicht eingerostet." Die Haflinger trabten flott los Richtung Gräberschlucht, bis der Anstieg zu steil wurde und sie in einen zügigen Schritt fielen. Wo es der Schnee zuließ, sprang Hanne aus dem Schlitten, um schiebend nachzuhelfen.

Nach zwanzig Minuten erreichten sie das Ziel. Der Fremde war mittlerweile so eingeschneit, dass man ihn nicht mehr als Hilfebedürftigen hätte ausmachen können. Hanne ließ das Gespann am Eingang des Tals zurück. Um die Pferde nicht unnötig in Gefahr zu bringen, wollte sie schauen, ob der Fremde noch am Leben ist.

Sie fand alles so, wie sie es verlassen hatte. Nur die Schneedecke war gewachsen. Der Fremde glühte. Die Schürfwunde am Kopf sah noch ärger aus. Der Bluterguss hatte sich inzwischen über Auge und Wange ausgebreitet. Sie wunderte sich über die Ruhe, die plötzlich über sie kam. Der Tod des Fremden hätte sie kaum berührt.

Keuchend kehrte sie zum Schlitten zurück. Die Beine schmerzten heftig. Sie hob die schweren Hafersäcke in den Schnee und breitete die Pferdedecken im Schlitten aus. Beklommen führte sie das Gespann ins Tal. „Hebt die Füße und trieft nicht. Hier kann es verdammt glatt werden." Sie versuchte die beiden so zu dirigieren, dass sie die *Warme Else* in die Mitte bekamen. Das Herz schlug ihr im Hals, als sie den Schlitten über den Hang am Verletzten vorbeiführte.

Die Pferde scheuten. „Ja doch, da liegt ein Verrückter. Der tut euch nichts, ist so gut wie tot." Während der engen Kehre beobachtete sie unablässig die beiden Hänge oder, besser, den Schnee darauf. Noch einmal musste sie das Gespann um den Verletzten herumführen. Dann war der gefährlichste Teil geschafft. „Und jetzt rührt euch nicht."

Mit großer Mühe und ohne ihn mehr als nötig zu bewegen, zog sie den Bewusstlosen in den flachen Schlitten. Nachdem sie auch den schweren Rucksack unterm Kutschbock verstaut und die Umgebung nach verräterischen Rückständen abgesucht hatte, trieb sie die Pferde aus der Gräberschlucht. „Los jetzt! Macht euch hoch!"

Die Pferde legten sich ins Zeug, rissen den Schlitten bald hier, bald dorthin, strauchelten immer wieder im Schlammbett der *Else*, tänzelten, Halt suchend, von einer Seite auf die andere. „Geht in der alten Spur, verdammt!" Hanne hatte die Zügel nicht mehr in der Hand. Sie musste schieben. Sie konnte eh nicht gut neben dem Schlitten laufen, ohne zu riskieren, vom Hang aus unter die Kufe zu rutschen. Die Pferde kamen nur langsam voran. Hanne schaute auf die Hänge. „Macht schon", keuchte sie tonlos. „Wir müssen hier raus." Sie stemmte sich gegen den Schlitten. Die Arme, die Schultern, der Rücken, alles tat weh. Dicke Schneeflocken verflogen sich in ihren Mund. Hanne hörte das Keuchen der Pferde. Sie sah, dass sie alles geben. „Gut. Das macht ihr gut", keuchte sie. Die Angst in ihr wuchs. Was, wenn sie es nicht schaffen? Hatte sie die Steigung, den glitschigen Untergrund unterschätzt? Endlich fanden die Pferde die Spur, in der sie beide gut Fuß fassen konnten. Der Schlitten ruckte an. „Ja! Und weiter so! Weiter!", schrie sie erleichtert. Die beiden stürmten voran, dass es Hanne schwerfiel, dranzubleiben.

Oben hielt sie an, um den Pferden Futtersäcke mit einem Schlag Hafer vorzubinden. Die beiden schnaubten schwer. „Ganz ruhig. Ganz ruhig", keuchte sie atemlos. „Das war große Klasse. Das macht euch so schnell keiner nach." Immer wieder tätschelte sie die nassen Hälse.

Sie hüllte den Fiebernden in zwei der goldenen Schutzdecken, die ihr der Doktor mitgegeben hatte, und schlug die Pferdedecken über ihm zusammen.

Die Hafersäcke mussten wieder in den Schlitten gehievt werden. Hanne überwand die Schmerzen. Hernach warf sie sich, schwer atmend, auf den letzten Sack. Sie war am Ende ihrer Kräfte. Müde schaute sie auf die Uhr. Eigentlich konnte sie zufrieden sein mit sich und der Welt, denn im Grunde hatte sie bis hierher alles geschafft, was zu schaffen war. Sie ließ sich und den Pferden noch ein wenig Ruhe. Immer wieder betrachtete sie den Fiebernden. Immer wieder ging ihr Blick zur Uhr. Endlich nahm sie den Pferden die leeren Futtersäcke ab. Sie ruckte den Schlitten frei, setzte sich und nahm die Zügel. „Na, dann wollen wir mal."

Im dichten Schneetreiben liefen die Pferde zwischen Abgrund und Massiv zügig der Schneefeldhütte zu. Hanne gab sich Mühe, das Gespann möglichst um die Verwehungen herumzuführen und in der schon mäßig gefestigten Spur zu halten. Die Sonne war längst hinterm Berg. Die Dämmerung kroch aus dem Abgrund. Hanne kämpfte nun mit dem Schlaf.

In der Hütte angekommen, ging sie daran, Feuer zu machen und Schnee aufzusetzen. Erst dann schirrte sie die völlig erschöpften Pferde aus. Unterm nahen Felsvorsprung versorgte sie die beiden mit Hafer, Heu und Wasser.

Behutsam zog sie den Verletzten auf zwei Pferdedecken in die lauwarme Stube. Nachdem sie ihn über eine schiefe Ebene aus fünf Matratzen ins vorbereitete Bett gezerrt hatte, zog sie ihn vorsichtig aus.

Der Großvater hatte viele Geschichten erzählt, in denen Verunglückte, die lange im Schnee gelegen hatten, kurz nach der Bergung gestorben waren. Bergungstod nannte sich das und hatte wohl etwas zu tun mit der zu schnellen Vermischung des warmen inneren und kalten äußeren Blutes. Es war gefährlich, den Erfrorenen aufzurichten oder zu schnell zu bewegen oder zu massieren oder gar zu schnell mit zu viel Hitze aufzuwärmen.

Der Körper des Fremden glühte. Nur die Beine waren kalt. Die Zehen zeigten rote Beulen. Das war nicht weiter schlimm. Mit diesen Dingern hatte Hanne hinreichend Erfahrung. Besorgniserregend hingegen sah das linke Schienbein aus, das arg zerschunden und von einem rundumlaufenden Bluterguss gezeichnet war. Hanne drückte gegen den flachen Knochen. Er gab kaum nach. Der Körper reagierte heftig auf den Druck. War das ein Bruch oder nicht? Sie hatte ja keine Ahnung. Umsichtig wusch sie den Fiebernden, so gut es ging, vor allem die Wunden, die sie hernach desinfizierte und verband. Sie zog das Heft aus dem Rucksack, um das Bein nach sachkundiger Anweisung zu schienen. Zuletzt zog sie dem Fremden unter großer Anstrengung ein derbes Nachthemd des Vaters über. Sie klopfte das Kissen zurecht und deckte den Ohnmächtigen mit dem frischbezogenen Steppbett zu. Forschend sah sie ihn an. Wenn er in einer Stunde nicht tot ist, überlebt er vielleicht. Wieder war sie erstaunt über die Ruhe, mit der sie den Tod des Fremden erwog.

Sie ging daran, den Rest vom Schlitten zu laden. Die Hafersäcke wurden in den Vorraum gleich rechts hinter die Schiebetür geschleppt und gezogen; die Lebensmittel in den beiden leeren Fächern des Vorratsschrankes verwahrt; die Wäsche im Stubenschrank untergebracht, auch die Medikamente und Gerätschaften des Doktors. Als sie Pfanne und Ente in Händen hielt, ging ihr Blick noch einmal zum Krankenlager.

Ein ungeheuerlicher Gedanke sprang sie an. Sie nahm die akkurat gelegten weißen Kasacks und Hosen aus dem Rucksack, legte sie auf den Tisch und strich sie mit den Händen glatt. Sie musste sich setzen, um der zitternden Knie Herr zu werden. Der ungestüme Gedanke gewann an Schärfe und Kontur. Sie stierte, ohne etwas wahrzunehmen, auf den Verschlag, aus dem ab und an ein leises Stöhnen drang. Wie erstarrt sie äußerlich wirken mochte, im Kopf flogen die Gedanken in viele Richtungen. Es war nicht leicht, aus dem Fitz ein klares und überschaubares Muster zu knüpfen. Kaum eine Schlaufe war ohne Beteiligung des Glücks denkbar. Aber das Material aus der Wirklichkeit, das der Phantasie zur Verfügung stand, um diesen aberwitzigen Plan zu schmieden, schien unglaublich ergiebig zu sein. Ein Lächeln breitete sich aus in Hannes müdem Gesicht.

Sie zog das kochende Wasser vom Herd und versenkte das bereitgelegte Tee-Ei. In der Stube war es inzwischen angenehm warm geworden. Rasch pellte sie sich aus den Sachen. Splitternackt sprang sie ins Freie, eine unberührte, möglichst weiche Stelle im Schnee suchend. Hier wälzte sie sich in der eisigen Flur, bis es in die Haut zwickte. Ihr war, als rolle sie über einen Nadelteppich. Trotz aller Schmerzen in den maladen Gliedern hüpfte sie hurtig und mit dem Charme einer Elfe in die Hütte zurück, um sich mit dem Badetuch abzureiben. Glühend stieg sie in die frische Unterwäsche und die Schwesternkluft. Tief befriedigt betrachtete sie die Erscheinung, die ihr aus dem Spiegel zulächelte. Nur die Haare gefielen ihr nicht.

Aus der Stube klangen unverständliche Wörter und Satzfetzen. Der Fremde phantasierte im Fieber. Mitunter glaubte sie, ihren falschen Namen zu hören. Sie schnitt sich die Fingernägel und cremte die geplagten Hände. Das Bad im Schnee hatte den Körper noch einmal belebt. Umso gewaltiger fiel nun die Müdigkeit über sie her, die nur noch vom Hunger in Schranken gehalten wurde.

Hanne trank einen Liter Kräutertee mit Zitrone und viel Zucker und aß, bis es im Leib riss, alles, was sie in den letzten Wochen hatte entbehren müssen: Spiegelei-er, Schinken, Wurst, Käse, Obst und frisches Gemüse, alles mit viel Butter und Brot. Mit der Sättigung über-kam sie eine bleierne Schwere.

Auf ihrem Bett sitzend betrachtete sie das fiebernasse Gesicht. Einen Augenblick lang dachte sie daran, dem Fremden Tee einzuflößen, dann blieb sie aber doch beim ursprünglichen Entschluss, den Verunglückten bis zum Morgen in Ruhe zu lassen und ihm weder Medi-kamente noch Tee oder Wasser zu geben. Gern hätte sie ihn wenigstens auf die Seite gedreht, aber rechts war die Kopfverletzung hinderlich, links das verletzte, vielleicht gar gebrochene Bein.

Im Schwesternkostüm kroch sie in ihr Federbett. Sie lag - den Kopf zum anderen Bett gedreht - auf dem Rücken und versuchte sich vorzustellen, was wäre, wenn sie das Messer nicht versteckt oder mit den gefesselten Händen nicht erreicht hätte. Er läge jetzt - vermutlich, ohne noch einmal zu sich zu kommen - erfrierend in der Schlucht, sie um ein weiteres Grab bereichernd. Sie säße noch immer gefesselt zwischen den Betten, hätte sich wohl Hals, Handgelenke und Fesseln bis aufs Fleisch blutig gescheuert. Vielleicht hätte sie trotz zunehmender Verzweiflung ein wenig Schlaf gefunden, wohl den letz-ten, ehe die Kälte in sie gedrungen und mit dem Durst auch der Wahnsinn über sie hergefallen wäre.

Schauer liefen ihr über den Rücken. Vielleicht hätte die Mutter nach ihr geschickt. Drei Wochen hatte sie es ausgehalten. Möglicherweise hätte sie noch eine Woche gewartet, eine Woche zu viel … Hanne weinte stumm ins Kissen. Fröstelnd vor Erschöpfung schlief sie ein.

8

Als sie am späten Morgen erwachte, ging ihr erster Blick zum benachbarten Bett. Der Fremde schlief ruhig. Lange hatte sie die Bettdecke über seiner Brust fixiert und mit der Steinwand im Hintergrund abgeglichen, ehe sie sich einer Bewegung sicher war. Sie fühlte sich wie zerschlagen. Alle Glieder schmerzten heftig. Die Nacht war zerrissen gewesen in kurze Phasen des Schlafes und lange des Wachens und hilflosen Harrens. Oft hatte der Fremde geschrien und sich herumgeworfen. Ebenso oft war sie aus dem Schlaf geschreckt und aufgesprungen, um die Hände auf seine stampfende Brust zu legen und ihm beruhigend zuzureden.

Sie legte Holz im Herd nach und schob den kalten Tee zurück auf die eiserne Platte. Jeder Schritt, jede Bewegung fiel ihr schwer. Den Weg aufs Klo nutzte sie, um nach den Pferden zu schauen, die sich im Schnee balgten und wälzten. Sie rieb sich mit Schnee Gesicht und Hals. Als sie an den auf Bügeln trocknenden Sachen des Fremden vorbeikam, tastete sie die Jacken- und Hosentaschen ab. Es fanden sich zwei durchnässte Taschentücher, ein Feuerzeug, ein Leatherman, drei Karabinerhaken, ein Kamm, eine Landkarte, ein Schlüsselbund, ein Portemonnaie. Letzteres steckte sie ein. Aus dem Vorratsschrank nahm sie ein paar Sachen fürs Frühstück mit. Sie spürte schon wieder unbändigen Hunger.

Wenig später saß sie am aufmerksam gedeckten Tisch. Von der Eckbank aus schaute sie den albernden Pferden zu, die weit ins Schneefeld gelaufen waren. Es schneite noch immer, wenn auch nicht mehr so ergiebig. Hanne blickte sich in der Stube um. Wenn sie den Mann im Verschlag und ihren maladen Körper außer Acht ließ, konnte sie sich vorstellen, dass die letzten drei Wochen nur ein Traum gewesen sind. Versonnen kaute sie auf dem Marmeladenbrot. „Nur ein Traum", murmelte sie vor sich hin. „Nur ein Traum."

Beklommen, wie man unerlaubt in fremde Schlafzimmer schaut, öffnete sie das Portemonnaie. Sie fand sechshundert Euro in unterschiedlichen Scheinen und einen Haufen Kleingeld; außerdem alle gängigen Karten, Organspendeausweis, Führerschein, Personalausweis. Auf allen stand der Name *Bernhard Engel*. Hanne lachte trocken. Engel. Mit abgekürztem Vornamen ergibt das Bengel. „Herr Engel, geht es Ihnen heute besser?", probte sie ihre Partie. „Sie kommen aus München, Herr Engel? Da haben Sie aber Glück gehabt. Wahrscheinlich haben Sie einen fitten Schutzengel, Herr Engel. - Um ein Haar hätten Sie Ihren fünfunddreißigsten Geburtstag nicht mehr erlebt. - Im März sind Sie geboren? Da haben Ihre Eltern im wonnigen Mai … Warum sind Sie eigentlich nicht verheiratet, Herr Engel? So ein schmucker Kerl. Sind sie den Damen zu grob oder zu ungezogen oder zu unstet … oder zu dumm?"

Sie wusch den Schlafenden, der noch immer fieberte, und wechselte das durchnässte Nachthemd. „Wir haben aber ganz schön geschwitzt, Herr Engel. Da müssen wir viel trinken." Mit einer großen, nadellosen Spritze flößte sie ihm über den Mundwinkel Tee ein. „So, und nun müssen wir an die Folgen denken. Wer viel trinkt, der muss auch viel … Wäre schön, wenn Sie Bescheid sagen. Die Ente lege ich schon mal an die Wand, Herr Engel." Um sich die Arbeit etwas zu erleichtern, wickelte sie ihn wie ein Baby mit einem großen Handtuch. Auch hier taten ihr die goldenen Schutzdecken gute Dienste. „Aber genieren Sie sich nicht, Herr Engel. Was nicht geht, geht nicht."

All ihre Kleidungsstücke, die Engel hätte wiedererkennen können, versteckte sie im Vorraum oder auf dem Dachboden. Von dort aus stieg sie mit einer Plane voller Heu durch die Außentür über die rostige Leiter wieder nach unten. Jede Stufe war eine Pein. Sie beeilte sich, eher beim Felsvorsprung zu sein als Ginger und Fred, die mit dampfendem Atem aus der Ferne des Schneefeldes auf sie zu galoppierten. Sie kam kaum schneller voran als eine gebrechliche Alte. „Geht weg. Ich hab nichts. Ihr macht mir das Kostüm dreckig." Sie entwand sich mit behäbigen Sprüngen. Enttäuscht schauten ihr die Zurückgelassenen nach.

Wieder an der Hütte, fiel Hannes Blick auf den Schlitten unterm Vordach. Der Rucksack des Fremden lag noch immer leicht verschneit unterm Kutschbock. Sie zog ihn vor, klopfte den Schnee ab und trug oder, besser, schleifte das verdreckte Etwas bis vor den Stubentisch. Hier setzte sie sich, um zu verschnaufen und zu überlegen, wie sie vorzugehen hat, ohne dumme Fehler zu machen. Sie löste den kleinsten Schlüssel vom Bund, öffnete mit ihm das Schloss, zog die Stahlsehne aus Reißverschlussläufern und Schlaufen und öffnete dann die anderen Verschlüsse. Mit unruhigen Händen entnahm sie dem Rucksack ein Handtuch, zwei Unterwäschegarnituren, drei Paar warme Strümpfe, Zahnputzzeug, eine dicke Kerze und eine gedrückte Rolle Klopapier.

Dann wurde es sehr eintönig. Mit gleicher Schleife versehene Geldbündel aus Zweihundert-Euro-Scheinen kamen zum Vorschein. Hanne hatte solche Scheine noch nie in der Hand. War das echtes Geld? Der Bankaufdruck auf den Schleifen sah nicht nach Spielgeld aus. Sie zählte die Scheine eines Bündels. Hundert waren es, also zwanzigtausend Euro. Ihr wurde schwindlig. Behutsam legte sie die Bündel auf den Tisch, zehn in der Länge, zehn in der Breite. Einhundert Bündel fanden in einer Ebene Platz. Das waren zwei Millionen. Drei Lagen waren es am Ende aufs Bündel genau. Die Fünf-hundert-Euro-Scheine aus der Decke ergaben nur die überschaubare Summe von einhunderttausend Euro.

Hanne geriet in Panik. Fände man sie jetzt mit dem Geld und dem Verletzten in der Hütte, dann bräuchte sie unbedingt Leute, die ihr sehr lange und nicht weniger geduldig zuhören und zudem unerschütterlich vom Guten im Menschen überzeugt sind. Und was, wenn Engel stirbt? Sie durfte nicht zögern, den Toten in die Gräberschlucht zurückzubringen. Oder war es in diesem Fall vernünftiger, ihn ein Stück weit von der Hütte im Abgrund zu versenken? Immer wieder gingen ihre Blicke ins Schneefeld. Ein Typ, der über sechs Millionen - von wo und wie auch immer - fortschleppt, wird doch gesucht. Er hat einen Hinterausgang erkundet. Er ist abgehauen. Wusste er, dass sie ihm auf den Fersen sind?

Im großen Topf wusch sie erst ihre Haare, dann das vom Schlamm der *Warmen Else* verschmutzte Geld. Die Haare band sie nass in einen strengen Knoten, die feuchten Scheine hängte sie an eine durch die ganze Stube gespannte Leine. Auch wenn zum Glück nur wenige Bündel betroffen waren, dauerte es seine Zeit. Mit Seife und Bürste ging sie hernach daran, den leeren Rucksack zu scheuern. Arme und Rücken quälten sich. Wenn es weniger mühselig gewesen wäre, hätte sie auch noch die Sachen gewaschen, die Engel beim Sturz getragen hatte. Mit Rücksicht auf die schmerzenden Arme entschied sie sich dann aber doch, sie in der großen Einkaufstasche auf dem Heuboden zu verstecken und anderntags bei der Mutter in der Maschine zu waschen. Die Stube bot einen kuriosen Anblick: Geldscheine auf der Leine und stapelweise Bündel voller Geld auf dem Tisch. Das freundliche Gelb strahlte wie Gold.

Alles, was Engel gehörte, verstaute sie, angereichert mit Sachen ihres Vaters, in ihrem altertümlichen Rucksack, den sie neben das Krankenlager stellte.

Wieder hielt sie inne, um zu überlegen. Sie fühlte sich wie jemand, dem die Zeit gefährlich im Nacken sitzt. Was war als Nächstes zu tun?

Das trockene Geld musste von der Leine genommen und in die alten Schleifen geschoben, der Rucksack genäht werden. In dieser Reihenfolge ging sie es an. Alles dauerte. Alles schmerzte. Dennoch kam sie Stück um Stück voran. Wenn sich nur die Verfolger noch ein wenig Zeit ließen. Hannes Aufregung schwoll nicht mehr ab. Was, wenn Engel plötzlich aus dem Verschlag tritt? Mit einem Blick wäre er im Bilde. Sie trieb sich zur Eile. Als sie den gewaschenen und genähten, mit sauberem Geld gefüllten Rucksack endlich auf den Heuboden schleppen konnte, ließ der Druck etwas nach.

Ein lautes Stöhnen drang aus dem Verschlag. Hanne strich sich den Kasack glatt und trat durch den Vorhang. Engel starrte sie mit glasigen Augen an. Das schmerzverzerrte Gesicht bekam einen milderen Ausdruck, den man beinahe als Lächeln hätte deuten können.

„Herr Engel, hören Sie mich?", fragte sie laut und förmlich.

Engel nickte befremdet.

„Können Sie mir Ihren Namen sagen?"

Engel sah sie ungläubig an. „Hans", sagte er leise.

„Wer ist das? Wer ist Hans?"

Er drehte sich zur Seite.

„Haben Sie Schmerzen, Herr Engel?"

„Das Bein. Was ist mit dem Bein?"

Hanne verschwand durch den Vorhang, um wenige Minuten später mit einer Tasse Tee und drei Tabletten auf der Untertasse zurückzukehren. Sie half dem Kraftlosen bei der Einnahme des Schmerzmittels. Das Fieber war unverändert hoch.

Ohne vom Tee getrunken zu haben, sank Engel ins Kissen zurück. „Sabine?"

„Wer ist Sabine? - Herr Engel, hören Sie mich? Ich bin Schwester Hanne. Sie hatten einen schweren Unfall. Herr Engel?"

Der Fiebernde war wieder hinübergedämmert in tiefen Schlaf oder erneute Ohnmacht.

Wie gern hätte sich Hanne ins andere Bett gelegt und geschlafen, ewig geschlafen. Sie zog sich die lange Strickjacke über, um den Kasack zu schonen, und taumelte in den Vorraum. Hier ging sie daran, den letzten Rest des gespaltenen Holzes aus dem Fenster zu werfen. Sie wühlte wie im Fieber und gegen die Schmerzen. Die Scheite wurden immer schwerer. Bald war das Fenster zum Greifen nahe. Zum Glück musste sie nicht mehr auf den Haufen steigen. Als das letzte Holz von der Fensterwand in den Raum rutschte, gab es den Blick auf zwei rostige in der Fensterwand fest verankerte Futterkörbe frei.

Hanne glotzte auf die altehrwürdigen Krippen in den beiden Raumecken. Jetzt begriff sie die Funktion der drei Dachbodenluken und der merkwürdigen blechbeschlagenen, brusthohen Schiebetür zwischen den beiden Trennwänden. Sie musste keinen Stall herrichten, weil der Vorraum ursprünglich ein Stall gewesen war. Durch die beiden schmalen Dachluken konnten die Futterkörbe auf kurzem Weg mit Heu beschickt, durch die größere Luke über der Mitte des Raumes Stroh eingeworfen werden.

Die Entdeckung belebte noch einmal ihre Kräfte. Sie warf die letzten Scheite aus dem Fenster und stapelte auch noch das ausgeworfene Holz hinterm Haus. Da der Stapel dort inzwischen gewaltig angewachsen war, mussten die Scheite nun unmittelbar unters Dach gewuchtet werden, eine grausame Schinderei. Die Scheite, die sich auch hinterm Haus nicht mehr unterbringen ließen, stapelte Hanne gleich neben die Eingangstür zwischen Leiter und Hauswand.

Beim Auskehren des Stalls fand sich an der Wand zum Massiv sogar ein Fußbodeneinlauf sehr zur Erleichterung der Stallreinigung. Dank, den Erbauern der Hütte!

Mit schweren Beinen, aber auf leisen Sohlen, stieg sie auf den Dachboden, um die drei praktischen Luken auszuprobieren. Fütterung und Einstreu waren ein Vergnügen. Wieder im Stall, hängte sie sich die beiden gefüllten Futtersäcke über die malträtierten Schultern.

Ginger und Fred dösten unterm Felsvorsprung, wo sie ein wenig Schutz vorm Schnee fanden. Hanne musste nicht lange rufen. Kopfnickend setzten sich die beiden in Bewegung. Ein paar Schritte vom Haus entfernt blieben sie stehen.

„Na, nun kommt schon. Das ist kein Schlachthof. Das ist ein kuschliger Stall. Da seid ihr sogar vor Wölfen sicher."

Sie tänzelten ein paar Schritte heran, um gleich wieder nach hinten auszubrechen.

„Das ist feinster Hafer, ihr Dussel. Kommt her." Sie schwenkte die beiden Säcke. „Gut, fress ich alles allein." Umständlich steckte sie ihren Kopf in einen der Säcke.

Ginger lief bedächtig auf die Tür zu. Hanne wich ebenso Schritt für Schritt zurück, erst am weit aufgezogenen Vorhang vorbei, dann durch die schwere Schiebetür. Ginger brauchte lange, um jede Einzelheit des Vorraumes genau in Augenschein zu nehmen und für harmlos zu befinden. Vielleicht gab das Heu in den Körben den Ausschlag, vielleicht auch das frische Stroh, das wohl Jahrzehnte auf dem Dachboden gelegen hatte.

Zielsicher, geradezu kennerhaft wählte die Stute die linke Stallhälfte, also den Platz an der deutlich wärmeren Innenwand. Hanne hängte ihr den Futtersack um.

Fred stand bereits in der Tür. „Ach ja, der Herr hat Angst, etwas zu verpassen. - Mein rechter, rechter Platz ist leer. - Das ist ein Vorhang", dozierte sie. „Der ist ganz ungefährlich."

Endlich fasste er Mut. Lammfromm stellte er sich vor die zweibeinige Herrin, um den Sack in Empfang zu nehmen. Hanne drängte sich zwischen den beiden warmen Leibern zur Tür, die sich nur kreischend schließen ließ. Die Pferde schreckten herum.

„Nur die Ruhe. Morgen mach ich ein bissel Öl dran. - Vertragt euch. - Und scheißt nicht gleich alles voll."

Später schaute sie noch einmal nach den beiden. Sie nahm ihnen die Säcke ab und gab ihnen zu saufen. Die Säcke hängte sie draußen an die Trennwand an einen der hoch oben angebrachten Haken. Die Pferde waren ihr mit den Köpfen gefolgt und schauten - die Hälse über die Schiebetür gereckt - neugierig zu.

„Die Hütte haben klügere Köpfe gebaut als ihr. Deshalb ist der Haken so angemacht, dass ihr nicht am Leder rumknabbern könnt. Verrenkt euch also nicht die Hälse. - Wenn was ist, ich schlafe gleich nebenan. - Gut Nacht."

9

Obwohl Hanne geschlafen hatte wie ein Stein, fühlte sich ihr Körper noch immer wund und zerschlagen an. Seit sie regelmäßig Schmerzmittel gab, war der Verletzte ruhiger geworden. Engel hatte in der Nacht nur ab und an undeutliches Zeug gebrabbelt. Die längste Zeit dämmerte er unverändert vor sich hin.

Hanne hatte sich die Decke bis zur Nase gezogen. In der Hütte war es so kalt, dass sie ihren Atem sah. Vorsichtig kroch sie unter der Decke hervor, um die Wärme im Federbett zu halten. Flugs tippelte sie auf Zehenspitzen bis zum Kamin. Sie blies den kärglichen Rest der Glut frei, legte aus dünnen Hölzern einen kleinen Scheiterhaufen und stellte ihn ringsum mit großen Kloben zu. Dann hastete sie über die steile Treppe zum Dachboden, um durch die schmalen Luken Heu nachzuwerfen. „Hallo?"

Ginger und Fred hoben die Köpfe.

„Guten Morgen. - Jetzt haut rein. Das wird ein verdammt harter Tag."

Das Wetter lud nicht gerade zu Beschäftigungen im Freien. Das Tageslicht hatte es schwer, sich gegen den dichten Schneefall zu behaupten. Ein Blick aus dem Fenster beschleunigte Hannes Lauf zum Bett.

Wieder im warmen Nest, bedachte sie ihre Lage. In der Gräberschlucht wären ohne ihre Hilfe jetzt vielleicht noch zwei unscheinbare Erhebungen im Schnee zu erkennen. Unter der einen läge eine gefrorene Leiche, unter der anderen ein Rucksack mit über sechs Millionen Euro. Auf Grund eines aberwitzigen Zufalls liegt die Leiche noch nicht ganz tot im benachbarten Bett und der Rucksack auf dem Heuboden. Hanne überlegte lange, ehe sie eine Möglichkeit fand, aus der Drangsal der letzten Wochen einen Vorteil zu ziehen.

Im Kamin knisterte und knackte das Feuer. Obwohl es im Verschlag noch kühl war, wusste Hanne, dass sie jetzt einen Erkundungsgang in die Stube wagen kann.

Nach gründlicher Morgentoilette und einem kräftigen Frühstück versorgte sie den noch immer Fiebernden. Erstmals fütterte sie ihn mit dünnem Haferbrei. „Herr Engel, wir müssen essen. Wir wollen doch in Form bleiben." Behutsam drückte sie die Spritze.

Engel schluckte, ohne die Augen zu öffnen.

„Ich muss heut ein paar Wege besorgen. Tee und eine Schüssel Apfelmus stelle ich ans Bett. Mittags sollte ich wieder hier sein." Leise schloss sie den grünen Vorhang.

Unverzüglich schirrte sie an. Während sie den Schlitten mit zwei Müllsäcken, einem Sack Dreckwäsche und einem Rucksack voller Geld belud, fraßen die Pferde noch eine ordentliche Portion Hafer. Solchermaßen gekräftigt starteten sie ins Schneefeld. Trotz weiterer Verwehungen kamen sie auf dem zumeist abschüssigen Weg gut voran.

An der Gräberschlucht machte Hanne halt, um noch einmal nach der Fundstelle zu schauen. Sie war nicht zu finden. Am gegenüberliegenden Hang entdeckte Hanne die Abrissstelle. Das Schneebrett war nicht sehr groß, hätte aber ausgereicht, den Verletzten, sie und wohl auch noch das Gespann zu begraben.

Jörg empfing sie mürrisch. „Kannst du mir mal verraten, warum du immer in den gleichen abgefahrenen, unpraktischen Klamotten unterwegs bist? Kein Wunder, wenn die Leute reden."

„Die Sachen sind warm und bequem."

„Hm. Vor allem der Mantel."

„Der erinnert mich an meinen Großvater."

„Mich auch. - Kommst du wegen der Bestellung? Kannst sie mitnehmen."

„Oh, schön."

„Hier ist die Rechnung."

Hanne schaute lange auf den Bon.

„Stimmt was nicht?"

„Doch. - Macht es dir was aus, wenn ich es in ein paar Tagen bezahle?"

Jörg sah ihr lange streng ins Gesicht. „Deine Mutter hat schon bezahlt."

„Das soll sie ja nicht", wandte Hanne verlegen ein.

Jörg stand auf und ging nach hinten.

Kurze Zeit später sah ihn Hanne durchs Schaufenster. Sie lief aus dem Laden, um die Kiste vorm Schlitten abzunehmen.

Jörg wimmelte sie ab. „Sag bloß, du hast dir endlich mal einen neuen Rucksack angeschafft", sagte er atemlos, als er die Kiste im Schlitten versenkte.

„Nein", erwiderte sie schüchtern. „Den wollte ich eben zu dir bringen. Ich hab ihn gefunden."

Jörg grunzte mürrisch. „Willst du ihn nicht bei dir behalten?"

„Nein, abgeben, als Fund."

„Ja doch. - Einen gemeldeten Fund kannst du bei dir aufbewahren oder abgeben."

„Ach so. Nein, ich geb ihn lieber ab."

„Klar." Ohne seinen Unmut zu unterdrücken, wuchtete er den Rucksack aus dem Schlitten.

Hanne ging vor, um die Tür aufzuhalten.

Jörg stellte das schwere Teil am Schreibtisch ab. „Ich kümmre mich drum."

„Krieg ich keine Quittung oder so? Ich meine, dass ich ihn abgegeben hab?"

Jörg atmete tief. „Hanne, wenn das Ding zweihundert Euro wert ist, dann sind das zehn Euro Finderlohn, wenn ihn je einer abholt."

Hanne wurde blass.

Jörg missdeutete die Blässe. „Von mir aus." Unwillig zog er ein rosafarbenes Formular aus einer der Schubladen. Leise nuschelte er vor sich hin: „Beschreibung der Fundsache." Ohne aufzustehen, zog er den Rucksack zwischen die Knie, um ihn nach eingehender Untersuchung wieder an seinen alten Platz zurückzuschieben. „Trekkingrucksack hundert Liter von Tashev Mount aus Cordura, schadhaft."

„Ich hab ihn gewaschen und genäht", meldete sich Hanne mit brüchiger Stimme.

„Vom Finder repariert und gereinigt. Gewicht ..." Jetzt war es doch nötig, aufzustehen und den Fund auf eine Personenwage zu hieven. „... Sechsunddreißig Komma acht Kilo. - Hast du drin was entdeckt, was helfen könnte, den Verlierer zu finden?"

„Nein."

„Inhalt: Kein Hinweis auf den Eigentümer. - Hast du eine Liste gemacht von dem, was drin war?"

„Das ist immer noch drin. Alles!"

„Ja doch. - Das mach ich später. Funddatum und - zeit?"

„Gestern. Halb zwei ungefähr."

„Finder: Hanne Berggruber, Sennhüttenweg 3, Else- tal", murmelte er immer unverständlicher. - Fundort?"

„Im Elsetal."

„Wo?" Er sah sie an, wie jemanden, der nicht ganz bei Trost ist.

„Gleich vorn, vielleicht hundert Meter ..."

„Hanne, du hast den Rucksack in der Gräberschlucht gefunden, ohne die Bergwacht zu rufen?!", rief er auf- gebracht.

„Ich hab alles abgesucht. Da war keiner, weder vorn noch überhaupt im Tal und auch ringsum nicht."

„Es lässt doch niemand so einen Rucksack irgendwo im Freien liegen!", erwiderte er noch immer vorwurfs- voll.

„So schlau war ich auch. Ich hab das Ding aus dem Tal geholt und dabei Kopf und Kragen riskiert. Jetzt mecker nicht!"

„Na, wenn da mal nicht noch was nachkommt." Er wandte sich wieder dem Formular zu. „Beanspruchst du Finderlohn?"

„Ja."

„Willst du eine Aufwandsentschädigung?"

„Ja", antwortete Hanne zögerlich.

„Wie viel?"

„Hundert Euro?"

Jörg lachte. „Das ganze Ding ist wahrscheinlich keine hundert Euro wert."

„Ich hab ihn genäht und gewaschen, auch was drin war", rechtfertigte sie sich entrüstet. „Einen ganzen Tag hab ich ..."

Jörg winkte kopfschüttelnd ab. „Verzichtest du auf Eigentumserwerb?"

„Eigentumserwerb?"

„Willst du das Ding haben, wenn sich keiner meldet?"

„Da meldet sich bestimmt einer."

„Ja. Und wenn nicht?", fragte er genervt.

„Dann ja." Bei dieser Vorstellung hätte Hanne beinahe lachen müssen.

„Willst du benachrichtigt werden, wenn sich der Finder meldet?"

„Ja."

„Sollen Finderlohn und Aufwendungen einbehalten werden? Ich meine, für dich, falls der Finder sich meldet."

„Klar."

„Klar. Verbleib der Fundsache: im Fundbüro. - Heute haben wir den ... Hier noch die Unterschrift."

„Und der Inhalt?"

„Den kann ich doch erst eintragen, wenn ich weiß, was drin ist", schnarrte Jörg genervt.

„Ich kann dir sagen, was drin ist." Der Kloß im Hals verdickte sich.

„Das weißt du auswendig", sagte er wie einer, der seinem Gegenüber nicht zutraut, drei Dinge im Kopf zu behalten.

„Ja."

„Also los." Er sah sie erwartungsvoll an, nicht, weil er auf den Inhalt gespannt war, sondern auf die unerwartete Gedächtnisleistung.

„Sechs Millionen in Zweihundert-Euro-Scheinen und hunderttausend in Fünfhundert-Euro-Scheinen", haspelte Hanne herunter. Sie schaute auf das Formular. Die Sechs hatte er noch geschrieben, dann war ihm der Stift weggerutscht.

Jörg öffnete den Rucksack, um ihn gleich wieder zu schließen. Dann stützte er den Kopf in beide Hände, ohne das Schütteln zu bezwingen. Er stierte auf das Formular, als wenn Hanne nicht vorhanden wäre.

„Soll i c h den Inhalt eintragen?", fragte sie vorsichtig.

Jörg erwachte. „Nein. - Ich nehm ihn nicht an. - Du weißt hoffentlich, was das ist?"

„Was was ist?"

„Du machst mich wahnsinnig!" Er verlor die Fassung. „Seit drei Wochen lungert die Polizei auf beinahe allen Straßen rum. Man kommt kaum zehn Kilometer, ohne angehalten und kontrolliert zu werden. Die vergraulen uns noch die paar Touristen, die sich hierher verirren. Alles, um einen Ganoven zu fassen, der einen Haufen Geld von einem Transport geklaut haben soll. Und du willst nicht wissen, was das ist?!"

„Schrei nicht so! Ich war doch auf der Hütte!"

„Ach ja, auf der Hütte." Wieder verfiel er in tiefes Schweigen. „Warum hast du das Zeug nicht da versteckt?"

„Na, hör mal."

„Mit der Kohle könnte man alle Leute in diesem Nest von beinahe all ihren Sorgen befreien", erklärte er halb schwärmerisch, halb verzweifelt.

Hanne schaute ihn betroffen an. Ihre Gedanken verflogen sich.

„Hanne?" Er sah sie an, als wäre sie geistesgestört.

Sie begegnete dem Blick mit einer Grimasse der Abscheu. „Sag mir einen vernünftigen Grund, warum ich die Leute, für die ich nicht mehr bin als ein dummes, triebhaftes, verkommenes Flittchen, von all ihren Sorgen befreien soll mit Geld, das ich unter Lebensgefahr aus der Schlucht gezogen hab?" Nachdrücklich und immer lauter werdend belehrte sie ihn: „Das hier ist ein Fundbüro, und das da ist ein Fund! Ich glaube nicht, dass du berechtigt bist, die Annahme zu verweigern!"

Jörg schaute sie verdattert an. Er hatte auf einmal das Gefühl, sich bisher in ihr getäuscht zu haben. Kommentarlos trug er die noch fehlenden Fakten ein. „Dann unterschreib hier."

Langsam malte Hanne ihren Namenszug.

Jörg starrte sie noch immer fassungslos an.

„Krieg ich eine Kopie? - Nur, damit ich am Ende nicht die einzige bin, die *in diesem Nest* leer ausgeht."

Jörg zog die Kopie und gab sie ihr wortlos, sprachlos.

„Danke. - Vielleicht musst du die Sache ja nicht gleich im ganzen Ort bekannt machen. Könnte sein, dass mir der eine oder andere den Finderlohn nicht gönnt."

Als sie die Tür des Ladens hinter sich zuzog, fühlte sie sich um eine Zentnerlast befreit. Sie atmete tief die kalte Luft. Warum war ihr nicht wohler? Statt der Last spürte sie umso aufgeregter die Krallen der Zeit im Nacken. Der abgegebene Rucksack wird einen gewaltigen Wirbel hervorrufen, dessen Umfang sich nur erahnen ließ.

Es hatte aufgehört zu schneien. Hanne lenkte das Gespann über die lange, beinahe schnurgerade Auffahrt zum Hof der Mutter. Sie musste den Müll von der Hütte loswerden und einige Utensilien holen, die als Requisiten ihres Spieles unerlässlich waren.

Die Mutter war nüchtern, also fahrig und zudem aufgeregt. Sie gab sich Mühe, ruhig ihren Beschäftigungen nachzugehen. Einerseits war sie erleichtert, die Tochter gesund wiederzusehen, andererseits fürchtete sie das anstehende Gespräch.

Hanne war kurzsilbig. Sie setzte eine Waschmaschine mit ihren und den Sachen des Fremden an. Hernach ging sie in ihr Zimmer, um die gedanklich zurechtgelegten Dinge zusammenzusuchen.

Irgendwann stand die Mutter in der Tür. „Hanne, wir müssen reden. Du kannst nicht einfach so weggehen. Ich mag eine miserable Mutter sein. Wahrscheinlich war es falsch, dem Großvater das ganze Feld zu überlassen."

„Mutter hör auf. Der Großvater war das Beste, was mir passiert ist."

„Das mein ich ja. Andre sagen das von ihrer Mutter."

Hanne schwieg, weil sie nicht heucheln mochte.

Der Mutter war es schwergefallen, sich die ersten Sätze zurechtzulegen. Jetzt hatte sie schon den Anschluss verloren. „In den letzten Wochen bin ich fast verrückt geworden vor Angst. Ein Bankräuber soll sich hier verstecken. Nimm wenigstens das Telefon mit und ruf alle drei Tage an. Du musst ja nicht reden. Sag einfach, dass es dir gut geht."

Hanne schaute die Mutter nachdenklich an. „Wie lange hättest du noch gewartet, ehe du mal nachgeschaut hättest, wie es mir geht?"

Die Mutter wurde blass. „Aber Hanne", stammelte sie mit flirrender Stimme. „Du hast mir doch verboten …"

„Vergiss es. Es war eine blödsinnige Frage."

„Ich würde gern mal sehen, wie …"

„Nein, Mutter." Hanne nahm ihr das Telefon aus der Hand. „Ich mag allein sein. Ich kann es im Augenblick nicht brauchen, dass mir Leute auf die Bude rücken."

Die Einordnung in die Gruppe beliebiger Leute kränkte die Mutter schmerzhaft. „Hanne, wenn sich das rumspricht. Du weißt, dass sich die Leute eh schon die

Mäuler zerreißen. In den letzten Jahren war es ein bissel stiller geworden. Aber das ist doch wieder Wasser auf ihre Mühlen. Kannst du dir nicht denken …"

„Die Leute sind mir sowas von schnurz!"

Die Mutter fingerte nervös an ihrer Bluse. Das feindselige Gesicht der Tochter machte ihr Angst. Leise, als wenn sie sich schon im Voraus für ihre Eigennützigkeit entschuldigen wollte, sagte sie: „Mir nicht, Hanne. Mir nicht. - Tonis Familie ist nach der Geschichte weggezogen. Das hätte ich auch gern getan. Aber ich konnte Rudolph nicht allein lassen. Er war so schon am Boden. Du hast die schlimmste Zeit zum Glück nicht miterlebt. Das Getratsche und dass mir plötzlich alle aus dem Weg gingen war schon schlimm genug. Aber noch schlimmer war, dass Rudolph mir die Schuld an allem gab; an deiner Flucht in die Stadt und an der Geschichte selbst. Ich hätte mich mehr um dich kümmern sollen; hätte von Frau zu Frau …"

„Hör auf, das ist doch Quatsch!"

Die Mutter atmete schwer. „Hast du ihm das gesagt? - Habt ihr noch mal drüber gesprochen?"

Hanne schwieg. Sie hatten nicht noch einmal darüber gesprochen. Wie auch? Da war ja nicht mehr die Nähe und Vertrautheit gewesen wie einst. Der Großvater schien innerlich schwer verletzt durch die Geschichte oder Hannes Fortgang. Er hatte die Pferde gekauft, um ihre Stelle zu ersetzen. Und auch als sie wieder da war, hatte er sich mehr mit Ginger und Fred beschäftigt und unterhalten als mit ihr. Wahrscheinlich war sie auch Schuld, dass … Hanne konnte die Tränen nicht halten. Sie wendete sich ab und kramte in der Tasche, um der Mutter das Herz nicht noch schwerer zu machen.

„Ich werde zu Vroni ziehen", sagte die Mutter unvermittelt. „Du kannst den Hof haben, wenn du willst, und wenn es dir nichts ausmacht, hier zu leben. Du musst nicht in einer Hütte hausen, um von mir wegzukommen. Wir können auch versuchen, den Hof zu verkaufen. Dann teilen wir das Geld, und jeder geht seiner Wege."

Hanne rang nach Luft. Den Hof verkaufen? Den Hof, auf dem schon der Großvater des Großvaters gelebt hat? Ihr Zuhause aufgeben, fortziehen, jetzt, wo sie vielleicht kurz davor stand, dem geschwätzigen Volk eine schallende Maulschelle zu verpassen? „Können wir damit nicht noch ein paar Tage warten?"

Die Mutter lachte. Da auch die Tochter um ein Lächeln bemüht war, fand sie den Mut, noch einmal auf die Vorgänge vor drei Jahren zurückzukommen. „Warum hast du eigentlich nie versucht, mit mir über die Geschichte zu reden?", begann sie zaghaft. „Bin ich dir nicht gescheit genug?"

Hanne war verdutzt. Das gleiche hätte sie fragen können.

„Eine Sache will mir nicht aus dem Kopf."

Hanne wusste, was sie meint, war aber nicht in der Lage, ihr ins Wort zu fallen.

„Im Gericht, in der Toilette, als du zusammengebrochen bist und dir den Kopf aufgeschlagen hast, da hat dich Tonis Mutter getröstet. Sie hat dich an sich gedrückt, ohne Rücksicht darauf, sich die Bluse mit Blut zu verderben. Sie hat dich getröstet, obwohl du den Toni zum Krüppel gemacht hast."

Hanne ließ das Wasser aus den Augen laufen.

„Ich mag ja nicht weiterreden, wenn du weinst. Aber ich muss es sagen. Einmal muss ich es sagen. Sie war so edel, so großherzig. Ich stand wie gelähmt in der Tür. Und weißt du, was ich gefühlt hab? - Eifersucht. Ich war einfach nur grausam neidisch auf sie. Ich hab's nicht fertiggebracht ..."

10

Ein Hubschrauber knatterte im Tiefflug über den Hof. Hanne lief ans Fenster und konnte gerade noch den Aufdruck lesen. Polizei. Nur einen Augenblick später hörte sie Autotüren schlagen. Mutter und Tochter liefen in die Küche, um zu sehen, wer aus dem Wagen steigt. Vier Herren in sportlicher Kleidung kamen schnellen Schrittes auf das Haus zu.

„Hanne, um Gottes Willen, was wollen die Leute?"

„Vielleicht musst du ihnen nicht auf die Nase binden, dass ich ausgezogen bin." Hanne ging rasch zur Tür, um vor der Mutter da zu sein.

Der lächelnde Herr ganz vorn zeigte einen Ausweis. „Kommissar Eggers. Sind Sie der Glückspilz?"

„Wenn es ein Glück ist, in einer sehr wachen Gemeinde am helllichten Tag von vier Polizisten heimgesucht zu werden." Erschrocken über ihre Forschheit bat sie die Herren mit einer nicht gerade einladenden Geste ins Haus.

„Solch geistreichen Witz hatte ich nicht erwartet", sagte der Kommissar ernst. „Immerhin kommen wir in Zivil."

„D e r Witz war auch nicht schlecht, aber weniger geistreich. Der Hubschrauber hat Sie sehr wirkungsvoll angekündigt und auch noch den letzten Bewohner dieses ehrenwerten Dörfchens aus dem Schlaf geschreckt. - Mutter, die Herren wollen zu mir. - Kommen Sie." Hanne war erstaunt über ihre Courage.

„Können sich meine Mitarbeiter derweil ein wenig im Haus umsehen?"

Die Mutter nickte eifrig wie verlegen.

„Wenn sie nichts kaputt machen", wendete Hanne schnippisch, aber selbstsicher ein. Sie führte den Kommissar in ihr Zimmer und ließ sich auf den noch warmen Platz im Bett fallen.

Eggers setzte sich bedächtig auf den einzigen Stuhl. „Ich muss Ihnen nicht sagen, warum wir gekommen sind." Er war an die Fünfzig und sah nicht nur gut, sondern auch vertrauenerweckend aus.

„Sie wollen den Stößel."

Die Freundlichkeit wich aus Eggers Gesicht. Er mochte es nicht, mit Spitzfindigkeiten aus dem Konzept gebracht oder gar vorgeführt zu werden. „Wie bitte?"

„Sie wollen, dass ich Ihnen jetzt auch noch sage, wo Sie den Ganoven finden können."

„Könnte doch sein, dass Sie irgendwas wissen, das uns zumindest auf eine Spur bringt." Eggers hatte sich gegen alle Zweifler mit seiner Strategie durchgesetzt, den Geldräuber nicht in den umliegenden Städten, sondern im Gebirge zu suchen. „Ich war von Anfang an davon überzeugt, den Kerl hier in der Gegend zu finden. Der Fund der Beute bestätigt das."

„Und jetzt können Sie nicht mal nach oben melden, dass S i e das Geld gefunden haben. - Klar, dass Sie nicht begeistert sind."

„Sie haben eine spitze Zunge, Fräulein Berggruber. Dabei hatte man mir geraten, mich auf eine eher schwerfällige Zunge einzustellen und auf ..." Weitere Einlassungen schienen ihm nicht zweckdienlich zu sein. „Es sollte nun nicht mehr schwer sein, den Täter zu fassen."

„Zu finden", verbesserte Hanne den Kommissar. „Ich möchte Ihre Hoffnung nicht dämpfen, aber jemand, der so einen Haufen Geld zurücklässt, muss sich in einem jämmerlichen Zustand befinden. Ich würde eher davon ausgehen, dass er längst tot und nur mit viel Glück zu finden ist."

Eggers, der natürlich die Möglichkeit bedachte, dass die junge Frau Komplizin oder Rivalin des Täters ist oder, besser, das eine war und das andere - durch welche Umstände auch immer - geworden ist, hatte mit einer so wachen Zeugin nicht gerechnet. „Sie wissen nicht zufällig, wo wir ihn finden können?"

Hanne sah ihn brüskiert an. Die Frage war unverschämt, gerade weil Eggers es für möglich hielt, ins Schwarze zu treffen. Er hatte sich vor ihrer Begegnung beraten lassen und von der Schwerfälligkeit ihrer Zunge gehört. Das Hühnchen würde sie mit Jörg zu rupfen haben. Und er hielt sie offenbar für dumm genug, sich von einer so plumpen Frage aus der Reserve locken zu lassen. Hanne sah ihn noch immer verärgert an, als warte sie auf eine Entschuldigung. Sie nahm sich vor, nicht eher zu antworten, als sie den Kommissar durch ihre Beharrlichkeit zwang, ihrem Blick auszuweichen.

Eggers war auf einen solchen Wettkampf nicht vorbereitet. Schon nach wenigen Augenblicken schaute er auf seine Füße.

„Ich vermute, er hat sich im Elsetal verletzt, und zwar nicht nur so schwer, dass er den Rucksack nicht mehr tragen konnte, sondern so arg, dass er nur noch daran dachte, seine Haut zu retten."

„Warum denken Sie das?"

„Weil er sonst den Rucksack wenigstens im Schnee vergraben hätte. - Der kann nicht mehr weit gekommen sein."

Eggers schürzte die Lippen und wiegte den Kopf. „Klingt gar nicht mal so dumm. - Wenn Sie von einer schweren Verletzung ausgegangen sind, warum haben sie dann nicht die Bergwacht gerufen?"

Zum Glück hatte Hanne in den vergangenen Tagen genügend Zeit gehabt, um sich Antworten auf Fragen dieser Art zurechtzulegen. Jörg hatte ihr vorhin das gleiche vorgehalten. Schon auf dem Weg zum Hof war sie bestrebt gewesen, eine glaubhafte Begründung zu finden. „Auch die Bergwacht steigt nicht gern in das Tal, und schon gar nicht, um einen Toten zu bergen. Hätte ich auch nur das kleinste Lebenszeichen gefunden, hätte ich nicht gezögert."

„Was ist das für ein Tal?"

Geduldig erklärte Hanne dem Kommissar die Eigenheiten der Gräberschlucht.

„Und Sie glauben, er hat sich an einem der *Zähne* so schwer verletzt? und liegt noch in der *Gräberschlucht?*"

Hanne zog den Kopf zwischen die Schultern.

„Wo ist diese Schlucht?"

„Vier Kilometer von hier, unterhalb vom Massiv."

„Kommen wir da zu Fuß hin?"

„Klar. Eine gute Stunde müssen Sie aber rechnen. Es geht bergan und durch Tiefschnee."

„Gibt's hier Leute, bei denen man einen Motorschlitten leihen kann?"

„Jörg, ich meine, Herr Kammerlander hat einen. Den kennen Sie ja schon. Und der Baumgärtl, dem das Wirtshaus gehört." Hanne kannte noch mehr, hatte aber keine Lust, Leute ins Spiel zu bringen, die ihr mit ihrem Lästermaul schaden können.

„Wovon leben Sie eigentlich?"

„Na vom Hof. Ein bissel Landwirtschaft, ein bissel Fremdenverkehr. Wir wursteln uns so durch." Hanne stand auf. „Ich könnte Sie auch mit dem Schlitten hinbringen. Kostet allerdings eine Kleinigkeit."

„Wie klein?"

„Fünfzig, für alle vier, mit Rückweg. In zwanzig Minuten sind wir da, wenn sich die Pferdchen ordentlich ins Zeug legen. Vor der Dämmerung müssen wir aber wieder zurück sein."

Im Hausflur trafen sie auf die drei anderen Beamten. So, wie die aussehen, haben sie nichts gefunden. Was auch? Als sich Hanne Strickjacke, Mantel und Mütze anzog, warfen sich die Männer grinsend Blicke zu. „Ist was?", fragte sie giftig.

„Laufen Sie immer so rum?", wagte sich der Mutigste aus der Deckung der anderen.

„Vielleicht wollen Sie ja doch lieber laufen."

Der Vorlaute kassierte vom Kommissar per Blick einen Rüffel.

Hanne hob die Einkaufskiste aus dem Schlitten und nahm den Pferden die Futtersäcke ab. „Jetzt geht's gleich nochmal los, mit vier ganz wichtigen Herren. Von der Polizei sind die. Also haltet 's Maul, sonst merken sie noch was."

Das Gespann kam gut voran. Die Herren unterhielten sich mit verhaltener Stimme hinter Hannes Rücken. Nur ab und zu schnappte sie ein paar Brocken auf. Wie es aussah, hatte Engel keinerlei Spuren hinterlassen. Die Kriminalisten wussten also gar nicht, was sie mit Fingerabdrücken und all dem anderen Kram anfangen sollten, da eh noch nichts zuzuordnen war. Erheitert schienen sie über die Menge der in allen Schränken gefundenen Schnapsflaschen und die Verlegenheit der ertappten Hausherrin. Noch lustiger fanden sie den Umstand, dass es einen Schrank mit der Wäsche eines Mannes gibt, der vor zwanzig Jahren Weib und Kind und Haus und Hof verlassen hat. Zum Glück verstand Hanne nur Satzfetzen, konnte sich aber dennoch ihren Reim darauf machen. Sie hörte den Kommissar flüstern. Drauf erscholl ein herzhaftes Lachen, als hätte der Chef einen originellen Witz gemacht. Hanne lachte mit. Die Pointe war unschwer zu erraten. Offensichtlich hatte Eggers gemutmaßt, die Sachen des Vaters und der Schnaps könnten auch Hinweis auf einen anderen Bewohner des Hauses sein. Jetzt dozierte er laut über die Möglichkeit, einen Haufen Geld zu klauen, um dann den legalen Finderlohn zu kassieren und damit das Geld zu waschen.

Hanne fand die Idee bemerkenswert. Sie konnte es sich nicht verkneifen, den Kopf zu wenden. „Ich glaube, Sie sind ganz nah dran, Herr Kommissar." Auch wenn das Lachen verhaltener ausfiel, war Hanne zufrieden über die Wirkung ihres Satzes, der für sie umso witziger war, weil Eggers und seine Leute ihn für einen Witz hielten.

Die Herren hüllten sich noch fester in die schweren Decken ein und genossen nun schweigend die Fahrt.

Die Sonne schien durch einen dünnen Wolkenschleier. In der Luft flirrten winzige Kristalle. Der Hubschrauber kreiste noch immer überm Massiv, mal ferner, mal näher.

Hanne hielt am Hang, etwa da, wo sie schon auf dem Hinweg die Abbruchstelle begutachtet hatte. „Sehen Sie? Dort drüben hat sich ein Schneebrett gelöst. Ein bissel eher, und das Geld wäre frühestens im Frühjahr wieder aufgetaucht. - Ich vermutlich auch", setzte sie leise hinzu.

Die Herren pellten sich aus den Decken.

Als sie zur gewiesenen Stelle aufbrechen wollten, stellte sich Hanne dem Kommissar in den Weg. „Hallo? Was, bitte schön, war an meinen Worten vorhin nicht zu verstehen? Sie können hier nicht runter, es sei denn, Sie sind scharf drauf, sich den Hals zu brechen."

Die drei Unkundigen sahen ihren Chef fragend an.

„Hier soll man nicht heil runterkommen?", fragte der Kommissar argwöhnisch.

„Da sehen Sie, dass der Geldräuber nicht dümmer war als Sie. - Wenn Sie schon da runter wollen, dann über den Eingang des Tals." Hanne wies mit ausgestrecktem Arm in die Richtung, bereute aber augenblicklich diese

Unachtsamkeit. Sie war zu schnell und daher nicht bedachtsam genug. Wenn Eggers dem Vorschlag folgt, wird er die Hütte sehen. Und dann wird er ...

Schon gab er den anderen ein Zeichen, in den Schlitten zu steigen.

„Sollte sich aber, wenn Sie unten sind, auf der Südseite ein Brett lösen, mache ich Ihnen nicht viel Hoffnung auf Rettung."

Nun sahen die drei den Kommissar befremdet an.

Hanne glaubte, mit dummen Kindern zu verhandeln. „Was, zum Kuckuck, wollen Sie denn da unten in meterhohem Schnee finden? und vor allem, wie? ohne Schaufeln."

Der Hubschrauber drehte bei.

„Die haben offensichtlich auch nichts gefunden", wagte sich der Mutige vor.

Der Kommissar schaute sich immer wieder um. Er hatte nicht vor, sich derart schnell geschlagen zu geben. Auch dachte er an den Fahrpreis, den er kaum würde absetzen können. „Sagen Sie, Fräulein Berggruber, was hatten Sie hier eigentlich zu tun?"

Hanne hatte auch diese Frage erwartet. „Die Pferde brauchen Auslauf. Außerdem kümmere ich mich ein bissel um das Tal. - Da, sehen Sie? Die Warnschilder sind schon wieder verschneit. - Solange selbst Leute wie Sie trotz Warnung da runtersteigen, solange ist es nicht ganz sinnlos, ab und an mal hier vorbeizuschauen."

Die drei Beamten grinsten.

Eggers wendete sich ab und beäugte missmutig das Tal. „Alles deutet darauf hin, dass da ein Toter unterm Schnee liegt. Und Sie behaupten, dass die Bergwacht da nicht runtersteigt, um die Leiche zu bergen? Die können doch nicht einfach einen Mann unterm Schnee liegenlassen und auf den Frühling warten."

Hanne schaute genervt auf die Uhr. „Wenn Sie sie ganz lieb bitten, graben sie vielleicht eine Woche im Schnee. Und wenn sie Glück haben, rutscht keiner nach. Aber die haben besseres Gerät und Luftkissen und solchen Kram. - Kann ich den Schlitten wenden?"

Eggers gab auf. „Von mir aus", knurrte er.

Hanne freute sich schon diebisch auf die Rückfahrt. Nachdem sie gewendet hatte, wartete sie, bis sich alle wieder in die Decken gewickelt hatten. „Kann's losgehen?", fragte sie arglos. „Halten Sie sich gut fest." Laut und wie eine Zauberformel tönte ihr Kommando: „Ginger und Fred? - Geht!"

Die Haflinger sprangen aus dem Stand. Was dann geschah, haben die Beamten sicher so schnell nicht vergessen. In der ausgefahrenen Spur raste das Gespann bergab dem Hof der Mutter zu. Der Schlitten wankte, schleuderte, sprang, setzte unsanft auf, fuhr bald in gefährlicher Nähe der Felsen, bald am Rand der Hänge, geriet in bedrohliche Schräglage, um schlagartig wieder auf die andere Seite geworfen zu werden.

Wann immer sich Hanne lachend nach ihren Fahrgästen umschaute, sah sie in vier bangblasse Gesichter. Erst am Stall brachte sie das Gespann zum Stehen. Arglos tadelte sie die Pferde. „G e h t hab ich gesagt, nicht f l i e g t. Habt mir am Ende die tapferen Polizisten erschreckt."

Die Männer gaben ihr die Hand, der Kommissar zudem noch einen Schein. „Danke, Sie haben uns sehr geholfen", sagte er, ohne einen zynischen Ton zu unterdrücken.

„Es war mir eine große Freude, Herr Kommissar. Wenn Sie mal Grimms Märchen in die Hände kriegen, sollten Sie unbedingt *Die kluge Bauerntochter* lesen."

Nachdem die Männer abgezogen waren, gab Hanne den Pferden noch einen Schlag Hafer. Sie lud den Einkauf wieder in den Schlitten und trug die anderen Sachen im Haus zusammen.

„Was wollten sie von dir?", fragte die Mutter schüchtern.

„Nichts weiter. Sie suchen den Kerl, der das Geld geklaut hat."

„Aber wieso ausgerechnet bei dir?", fragte sie ängstlich.

Hanne sah die Mutter verschmitzt an. „Weil ich die Klügste bin im Ort, deshalb." Sie drückte die Mutter, wie sie es schon sehr lange nicht mehr getan hatte. „Danke, dass du das Geld für den Einkauf ausgelegt hast. - Hier ist schon mal eine Anzahlung." Weil sie wusste, dass die Mutter kein Geld von ihr nehmen wird, steckte sie den Schein in den noch immer recht formschönen und ebenso stabilen Busen. „Aber versauf's nicht."

Gemächlichen Schrittes führte sie das Gespann zur Schneefeldhütte zurück. Das Gewicht der Zeit im Nacken hatte sich verdoppelt. Hanne trieb nun die Angst, vom Kommissar in der Hütte überrascht zu werden. Sie versuchte sich darüber klar zu werden, welche Folgen ein solcher Besuch haben kann. Wenn du noch ein, zwei Tage gewinnst, kannst du behaupten, den Verletzten eben erst gefunden zu haben. Vielleicht würdest du den Finderlohn trotzdem kriegen und einer Anklage wegen unterlassener Hilfe oder Strafvereitelung oder Begünstigung einer Straftat oder wie das ganze Zeug genannt wird, entgehen. Und wenn Engel sich nicht ganz und gar blöd verhält, wird es schwer werden, ihm den Raub anzuhängen. Aber du kannst Gift drauf nehmen, dass sie die Hütte und die Umgebung pingelig Millimeter für Millimeter unter die Lupe nehmen werden.

Hanne dachte an den Kommissar, dem ihre spitze Zunge und ihr Witz aufgefallen waren; der sie anders erlebt hatte, als sie ihm angekündigt worden war. Je länger sie darüber nachdachte, je klarer wurde ihr, dass sie sich in den letzten Tagen verändert hat. War sie geschwätzig geworden? - Nein. Sie hatte ja nur ihre Rolle gespielt. Sie sprach schneller. Aber war es weniger bedachtsam? - Nein. Es war improvisiert, ja, aber nicht weniger vorbereitet, im Gegenteil. Bisher hatte Hanne die *Sprache* für etwas sehr Kostbares, ja Heiliges gehalten; für ein Mittel, der Wahrheit näher zu kommen; die Welt und sich selbst zu erkennen und zu begreifen. Hatte Sprache nicht deshalb einen so hohen Wert, weil die Natur mit ihr wiedergutzumachen schien, was ihr sonst alles am Menschen missraten war? - Nein. D i e Sprache gibt es nicht. Es gibt die kostbare Sprache der Bedächtigen und die lose Sprache der Geschwätzigen, die im harmlosesten Fall nur Zeit totschlägt und im schlimmsten Fall Menschen. Vielleicht gibt es auch nicht nur Geschwätzige und Bedächtige, sondern vielmehr die, die sich der Sprache bedienen, um Wahrheiten zu finden und durchzusetzen, und andere, die sie gebrauchen, um sich selbst durchzusetzen.

Bevor Worte von der Zunge über die Lippen kommen, müssen sie an den Zähnen vorbei. Gibt es einen Zusammenhang zwischen der Entstehung der Sprache und dem immer sparsameren Gebrauch der Zähne? Seit wann wurden Zähne seltener als Waffe benutzt als Worte?

In der Hütte angekommen, versorgte Hanne die Pferde und den Mann im Verschlag. Erstere bedachte sie mit viel Lob, letzteren mit Tadel. „Herr Engel, wir haben weder getrunken noch gegessen. So können wir nicht gesund werden." Mit der Spritze flößte sie ihm Tee und später auch Apfelmus ein. Dann ging sie mit

Hast daran, in aller gebotenen Sorgfalt die Spuren eines Ganoven zu beseitigen.

11

In der ersten Dämmerung verließ Hanne mit schmerzenden Gliedern das warme Nest. In der Nacht waren ihr noch einige vertrackte Stellen und Gefahren eingefallen, die ihr zum Verhängnis werden könnten. Gewohnheitsmäßig verrichtete sie die Handgriffe wie jeden Morgen. Sie schaute ins Schneefeld, wie an diesem Tag noch unzählige Male. Die Sicht war klar. Es sollte ein sonniger Tag werden. Lange blieb sie bei den Pferden. „Ihr könnt euch nicht vorstellen, wie dämlich ich bin. - Hör auf zu nicken, du Dussel! - Ich schufte für einen Schuft, einen Schuft und Ganoven, und rette ihm am Ende nicht nur den Arsch, sondern auch noch sein beschissenes Leben. Aber sonst krieg ich den Finderlohn nicht. Das wäre doch blöd, oder? - Warum nickst du jetzt nicht? - Wenn sie mir den Finderlohn nicht geben, hab ich immer noch einen Spaß gehabt und eine süße Rache. - Ich hab das ganze Geld fortgeschafft", flüsterte sie. „Und jetzt schert euch raus!" Sie schob die blechbeschlagene Tür beiseite und lockte die beiden Richtung Vorhang.

Als sie die Außentür aufstieß, öffnete sich ihr Mund von allein. Die Augen starrten ins Massiv, dessen Gipfel sich in zartem Rosa vom dämmrigen Himmel abhob. „Kommt raus. Das ist wunderschön." Gern hätte sie auch Engel an diesem beeindruckenden Schauspiel der Natur teilhaben lassen. Die Sonne war noch nicht über die ferne Gebirgskette gestiegen, da kündete ihr Licht schon von einem neuen Tag. Wofür können Menschen dankbarer sein? Welchem Vorgang widmen sie weniger Aufmerksamkeit?

Ginger und Fred hatten keinen Blick für dieses eindrückliche Lichtspiel. Mit flatternder Mähne und wehendem Schwanz galoppierten sie in die Weite der Ebene.

Hanne lehnte mit dem Kopf am Türrahmen. Die Luft war kalt und belebend. Was gäbe sie, wenn jetzt der Großvater neben ihr stünde. Es gab so vieles, worüber sie ihn gern um Rat gefragt hätte, und noch mehr, das sie ihm so oft hatte sagen wollen und doch nie gesagt hat …

Sie untersuchte den Schlitten, klopfte die Decken und Matratzen im Schnee aus, beräumte anschließend den verdreckten Schnee, auch jenen in der Nähe der Hütte, um mögliche tiefer gelegene Spuren diverser Körpersäfte zu tilgen. Allen Schnee warf sie über die Mauer in den Abgrund. Oft war sie der Verzweiflung nahe über die Absonderlichkeit ihrer Situation; gezwungen zu sein, Spuren eines Verbrechers zu beseitigen, nur um selber möglichst ungeschoren aus der Sache herauszukommen.

Manchmal kam der Fremde zu sich, redete aber meist nur wirres Zeug. Hanne bemühte sich, dem Kranken in den Wachphasen so wenig wie möglich zu begegnen. Die Beschaffenheit der durch Vorhang und Trennwand geschützten Bettstelle war dabei sehr hilfreich.

Immer wieder spielte sie das Szenarium eines überraschenden Besuches der Polizei durch. Immer blieb sie unbefriedigt. Wann immer sie den Mann fanden, standen ihre Chancen schlecht. Aber wie sollte sie ihn loswerden? Jetzt, wo er vielleicht das Schlimmste überstanden hatte, konnte sie ihn nicht in den Abgrund werfen, nicht lebend.

Sie erinnerte sich an das Rucksackversteck im Bettkasten. Wenn sie das Bettlaken an den Seiten zusammennahm, konnte sie den Kranken, wenn sie das Lager vorn anhob, hinten in den Kasten gleiten lassen, ohne dass er aufwacht. Sie probierte es, natürlich ohne ihn wirklich zu versenken. Mit den alten Decken polsterte sie den Boden des Verstecks. Die schienen eh - auch nach der Reinigung im Schnee - mit Spuren des Gesuchten verseucht zu sein. Sie ölte die beiden Löcher im Bettkasten, die Engel mit den Nägeln ins Holz getrieben hatte, steckte die blankgeschliffenen Nägel ein und stellte die Axt an die Wand des Bettkastens. Wenn alles so lief, wie bedacht, konnte sie Engel in wenigen Sekunden verschwinden lassen, vorausgesetzt, dass sie die Beamten früh genug im Schneefeld ausmacht und Engel sich auch später im sargartigen Kasten ruhig verhält.

Sie wusch und fütterte den ganz und gar Hilflosen. Das Fieber war gesunken. Die Blutergüsse erstreckten sich dunkelrot und blau über Kopf und Bein. Die Kopfverletzung war so gut verheilt, dass ein Verband nicht mehr nötig war. Das Bein musste weiterhin geschient und verbunden werden, weil sie nicht wusste, ob es gebrochen ist oder nicht. „Sie dürfen sich nicht so viel bewegen, Herr Engel. Ihr Kopf und das Bein brauchen Ruhe."

Wie im Rausch und bis zur Erschöpfung scheuerte sie die Räume, als gelte es, sich und die Hütte von einem Makel zu befreien.

Ginger und Fred warteten schon ungeduldig, also mit den Hufen scharrend, vor der Tür, um eingelassen und gefüttert zu werden.

„Wenn ihr die Tür kaputt macht, könnt ihr draußen schlafen und euch von den Wölfen fressen lassen", polterte ihnen Hanne entgegen.

Ohne sich beirren zu lassen, schoben sie die massigen Leiber an ihrer Wohltäterin vorbei in den engen, aber behaglichen Stall.

Hanne tränkte und fütterte die beiden, obwohl sie sich nur noch mit letzter Kraftanstrengung auf den Beinen hielt. „Schlaft gut." Sie kraulte die beiden mittlerweile unverzichtbaren Hausgenossen. Mit dem letzten warmen Wasser wusch sie sich, so gut es ging. Mit weichen Knien wankte sie ins Bett. Ihre Gedanken verflogen sich.

Ihr war so, als sei sie eben erst eingeschlafen. Sie hörte Motorengeräusche. Das war nicht mehr im Traum. Die Deckenbalken schälten sich erst schemenhaft, dann klar aus der Finsternis. Hanne taumelte zum Fenster und sah die abgeblendeten Scheinwerfer mehrerer Motorschlitten. Im Dunkel tappend, versenkte sie den Fremden im vorbereiteten Versteck, das sie wie in Trance vernagelte und mit ihrer Matratze samt Bettzeug bedeckte. Sie lauschte. Im Kasten blieb es ruhig. Sie nahm die Schwesternkluft vom Stuhl, legte sie zusammen und verwahrte sie im Schrank. Mit rasendem Herzen stieg sie wieder ins Bett.

Ohne anzuklopfen traten die Männer in die Hütte.

Hanne hörte ihre Schritte und das Scharren des Vorhangs am Verschlag. Als sie den Lichtkegel einer Taschenlampe spürte, spielte sie ein schweres Erwachen, dann ein Erschrecken, Angst.

Eggers stand vor ihr wie ein rächender Gott, hellwach und sprühend vor Eifer. „Guten Morgen, Fräulein Berggruber. Darf ich fragen, mit welchem Recht Sie in dieser Schutzhütte nächtigen?"

Hanne sah die Handscheinwerfer und hörte Geräusche emsiger Geschäftigkeit. Die Stunde der Wahrheit war gekommen; schneller als erwartet, aber nicht zu schnell. Ihr Herz raste. Jetzt wird sich alles entscheiden. „Ich kümmere mich ein bissel um die Hütte." Ohne Rücksicht auf die herumwuselnden Männer zog sie sich den Schlafanzug aus und die bereitliegenden Sachen an. „Ist es schicklich, hier einfach so reinzupoltern?"

„Die Hütte ist ein öffentlicher Raum, also für jedermann ohne weiteres zugänglich", parierte der Kommissar unbeeindruckt. „Warum haben Sie uns Ihren Aufenthaltsort verschwiegen?"

Hanne blinzelte in die hellerleuchtete Stube. „Eben darum", raunte sie schlaftrunken. „Außerdem kann ich mich nicht erinnern, danach gefragt worden zu sein." Sie überlegte, wie sich Engel wohl fühlen mag, wenn er jetzt zu sich kommt. Vermutlich wird er wie ein erwachter Scheintoter schreien und an die Wände des Bettkastens hämmern. Ihr war klar, was dann geschieht.

Nicht nur alle Messingknaufe wurden auf Fingerabdrücke hin untersucht. Die Ermittler nahmen auch Fenster und Türen, die Möbel, den Kamin und die Fußböden ins Visier.

„Befinden sich Medikamente in der Hütte?"

„Ja." Hanne ging zum Stubenschrank und öffnete ihn. „Hier."

„Darf ich fragen, woher Sie die haben?" Der Kommissar durchsuchte auch die anderen Schrankbereiche.

„Aus der Apotheke. Gesammelt. - Es macht keinen Sinn, eine Schutzhütte zu betreuen, wenn man den Leuten nicht helfen kann."

Eggers begutachtete Hannes Wäsche und alle Arzneien und Hilfsmittel. „Wer hat Sie beauftragt oder Ihnen erlaubt, die Hütte zu betreuen?"

„Niemand. - Aber ich störe doch keinen. Ich will nur helfen."

Eggers legte Bettpfanne und Ente zurück. Aus der Innentasche des Anoraks brachte er ein Foto zum Vorschein. „Was ist das für ein Seil?"

Hannes Herz schlug im Hals. Sie war klug genug, das Foto nicht in die zitternde Hand zu nehmen. Es war eine Luftaufnahme von der Hütte und ihrer Umgebung. Von oben sah der seitliche Grat wirklich hauchdünn aus. „Ich hab es noch nie gesehen. Kann man es von hier aus sehen?"

„Nein. Aber wenn Sie das Foto genau betrachten, können sie auf der anderen Seite Skispuren erkennen. Hier, im Windschatten des Felsens."

„Ja."

„Ist es nicht merkwürdig, dass das Seil ganz zufällig bis zur Mauer hinter der Hütte reicht? Der Umstand, dass das Seil mehr zur anderen Seite hängt, könnte bedeuten, dass sich jemand mithilfe des Seils von hier nach drüben geschwungen hat und dann weiter Richtung Grömbach gefahren ist."

„Ja, das sieht so aus", bestätigte Hanne Eggers Vermutung. Im Stillen zollte sie ihm Respekt: Er glaubt, der Ganove hat das Geld in die Hütte gebracht und ist dann mit dem Seil nach drüben, wo er nun getrost jeder Kontrolle begegnen konnte.

„Leider sind die Spuren diesseits wohl Ihrem Ordnungssinn zum Opfer gefallen."

„Wenn jemand hier durch ist, dann muss es eine Weile her sein. Oder er ist hier lang, als ich nicht da war."

Der Kommissar musterte sie argwöhnisch.

„Ich bin doch nicht immer hier", verteidigte sich Hanne. „Und wenn er mit Skiern gekommen ist … Wie soll ich denn fremde Spuren von meinen unterscheiden? Hinter der Hütte liegt kaum Schnee. Als ich das Holz aus dem Stall geräumt hab, bin ich zigmal da hinten langgegangen. Da waren keine fremden Spuren. Das wäre mir aufgefallen."

Der Kommissar war in der Stube auf und ab gegangen. Kaum ein Spalt, ein Winkel, ein Hohlraum, der dem Licht der Taschenlampe entging. „Die Hütte ist bis in die kleinste Ecke sauber", erklärte er misstrauisch.

„Für mein Dafürhalten ein bisschen zu sauber. Auch draußen sieht es aus wie geleckt."

„Wäre es Ihnen lieber, alles verdreckt zu finden? Ich hab doch sonst nichts zu tun." Hanne hörte Schritte auf dem Heuboden und im Vorraum. Die Pferde scharrten und schnauften unruhig.

„Sie haben nicht damit gerechnet, dass wir vorbeischauen?"

„Doch. - Ich hatte keine Lust drauf, dass sich die Leute nach Ihrem Besuch erzählen, dass ich hier in einem Dreckloch hause."

Ab und an trat von draußen ein Mann ins Sichtfeld des Kommissars, um nach einem beinahe unauffälligen Kopfschütteln wieder zu verschwinden.

„Fräulein Berggruber, Sie wollen mich anscheinend nicht verstehen", mutmaßte Eggers streng. „Die Hütte ist nicht sauber, sie ist geradezu clean. Wenn jemand versucht hätte, Spuren zu beseitigen, sähe sie nicht anders aus."

Vor lauter Beklommenheit traten Hanne Tränen in die Augen. „Sie sind gemein", hauchte sie.

„Den Rucksack haben Sie vermutlich auch nur gewaschen, um nicht für schlampig gehalten zu werden. Damit haben Sie vermutlich ein sehr wichtiges Beweismittel verdorben", rief er nun doch sehr zornig.

„Der war doch völlig versifft."

„Mein kleines Fräulein, ich denke, dass Sie nicht so unschuldig und naiv sind, wie Sie tun!" Der Kommissar unterbrach sich, um der Selbstbeherrschung eine Chance zu geben. Sehr viel ruhiger fuhr er fort. „Ich halte es nach wie vor für wahrscheinlich, dass Sie mit der Sache sehr direkt etwas zu tun haben. Entweder Sie stecken mit dem Täter unter einer Decke oder Sie haben ihn beiseitegeräumt. Eine Spezialeinheit erkundet mit Hilfe der Bergwacht das Tal. Auch das Geröllfeld am Fuße des Abgrunds wird untersucht. Früher oder später finden wir, was wir suchen."

Hanne hielt die Spannung nicht mehr aus. Jeden Moment war sie darauf gefasst, dass Engel sich im engen Versteck bemerkbar macht. Nun konnte sie auch aufs Ganze gehen. „Sie können suchen, so lange Sie wollen", schrie sie tränenerstickt. „Vielleicht sollten Sie mal unterm Bett nachsehen. Werden da nicht die meisten Leichen versteckt? erst recht, wenn es im Haus keinen Keller gibt?" Da Furcht und Spannung nach Empörung klangen, wirkten die Worte glaubhaft.

Der Kommissar wendete sich zur Tür, wo ihn die anderen Männer schon erwarteten. „Und der Müll?"

Der Angesprochene schüttelte den Kopf. Die anderen machten keine hoffnungsvollere Miene.

Hanne folgte ihnen bis vors Haus.

„Ich versichere Ihnen, dass wir uns wiedersehen", sagte Eggers leidenschaftslos. „Wir kommen wieder mit Spürnasen, denen auch in einem gescheuerten Haus nichts entgeht. Wir behalten Sie im Auge, verlassen Sie sich drauf!"

„Haben Sie das *Märchen von der klugen Bauerntochter* inzwischen gelesen?"

„Was wollen Sie mit dem Märchen?"

„Wenn Sie's gelesen hätten, wäre Ihnen vielleicht die Ähnlichkeit mit meiner Situation aufgefallen."

„Ach was."

„Ein Mann findet beim Pflügen einen goldenen Mörser. Und weil er eine ehrliche Haut ist, beschließt er, den Fund zum König zu bringen. Das war sehr dumm."

„Wieso war das dumm?"

„Die kluge Tochter hatte ihn gewarnt. Der König wird nach dem Stößel fragen, hatte sie gesagt. Und wenn du den nicht hast, dann …" Hanne zog ihren Zeigefinger über den Hals. „Wenn ich mit dem Ganoven unter einer Decke stecken würde, hätte ich das Geld wohl kaum ins Fundbüro gebracht. Und wenn ich es dem Bankräuber abgejagt hätte, erst recht nicht. Kein normaler Mensch wäscht sechs Millionen in ein paarhunderttausend."

Eggers schüttelte den Kopf, seinen Zweifel mit winkendem Zeigefinger bekräftigend. „Ein normaler Mensch vermutlich nicht, aber ein sehr kluger, dem der Spatz in der Hand mehr wert ist als ein paar Jahre Gefängnis."

Die in diesem Satz steckende Wertschätzung hätte Hanne beinahe aus der Rolle gebracht. „Wenn ich den Rucksack hier auf dem Heuboden versteckt hätte, wäre er nie gefunden worden. Anstatt zufrieden zu sein, das Geld zu haben, wollen Sie von mir jetzt auch noch den Täter, und wie's so schön heißt: tot oder lebendig."

Der Kommissar nickte mit ausgestrecktem Finger, den er dann zum Abschied an die edle Fellmütze legte.

Hanne blickte den Motorschlitten nach, bis sie außer Sicht waren. Diesmal hatte sie kein Auge für den glühenden Berg.

Ins Haus zurückgekehrt, wechselte sie die schweißgetränkten Sachen gegen die Schwesternkluft. Sie warf ihr Bettzeug auf die andere Seite und löste mit Axt und Kneifzange die Nägel. Sowie sie den Kasten öffnete, erschrak sie bis ins Mark.

Engel blinzelte sie an, irritiert und verstört.

„Aber Herr Engel, wir wollten ruhig liegen. Wer sich so rumschmeißt, muss sich nicht wundern, wenn er aus dem Bett fällt."

Zu Hannes großem Erstaunen kletterte der Kranke ganz eigenständig aus dem Kasten in ihr Bett.

Sie drehte ihn zur Wand und deckte ihn zu. Das Fieber war weiter zurückgegangen. Hanne hob das Bettzeug, in dem Engel zuvor gelegen hatte, aus dem Kasten, schloss die Klappe und richtete das Krankenlager.

Sie schaute auf die Uhr. Eggers und seine Männer waren gerade mal eine halbe Stunde zu Gange gewesen. Nun suchen sie also mit Hochdruck und großem Aufwand einen Toten. Auch das konnten sie ihr am Ende anhängen.

12

Engel forderte nunmehr ihre ganze Aufmerksamkeit. Viele Varianten eines ersten Gespräches hatte sie sich zurechtgelegt und sich vorgenommen, gegen Engel ebenso geschwätzig oder wortgewandt zu sein wie gegen Jörg, den Doktor und Eggers. Dann war es soweit. Als sie sich mit Tee und einem Haferbrei durch den Vorhang zwängte, saß Engel mit offenen Augen im Bett.

Hanne tat erstaunt. „Herr Engel, haben Sie sich also doch entschieden, noch ein bissel zu leben? - Kluge Entscheidung. Glückwunsch." Sie stellte das Tablett auf ihrem Bett ab und setzte sich auf die Bettkante zum Auferstandenen. „Wie geht es Ihnen?"

Engel sah sie lächelnd an mit diesem einseitigen Flunsch, den sie schon kannte. „Wenn ich Sie sehe, gut."

„Können Sie mir sagen, wie Sie mit Vornamen heißen?"

Engel schaute sie verblüfft oder ungläubig an.

„Herr Engel, haben Sie meine Frage verstanden?"

„Kennen wir uns nicht?"

„Ich kenne Sie mittlerweile ganz gut, ich meine körperlich. Wenn Sie mich schon mal gesehen haben, dann vielleicht in einem Ihrer wachen Momente."

„Sie sind doch …"

„Schwester Hanne." Sie gab ihm die Hand. „Wenn Sie jetzt bitte so lieb wären, mir Ihren Vornamen zu verraten. Einen Fehlversuch hatten wir schon. Hans ist es nicht."

„Bernhard?", fragte er scherzhaft.

„Können Sie sich an Ihren Geburtstag erinnern?"

„Siebzehnter März Neunzehnhundertzweiundachtzig."

„Gut. Auch an Ihre Adresse?"

Engel stotterte die Münchner Anschrift, die im Ausweis stand. „Warum fragen Sie mich, wenn Sie es wissen?"

„Sie hatten einen sehr schweren Unfall, Herr Engel. Es war nicht viel Hoffnung. Ihre Kopfverletzung war so akut, dass Doktor Gruber davor gewarnt hat, Sie auch nur einen Meter weiter zu bewegen, als unbedingt nötig. So kamen Sie hierher. Was mir einen Vierundzwanzig-Stunden-Dienst mit Übernachtung im Nachbarbett bescherte und drei durchweg unruhige Nächte. Aber es wird anständig bezahlt. - Haben Sie Schmerzen?"

„Es geht. Der Kopf ein bisschen und das Bein."

„Erträglich?"

„Ja. - Wo ist das passiert?"

„Bis wohin können Sie sich erinnern?"

Engel dachte lange nach. Dann schloss er die Augen. Als Hanne schon nicht mehr mit einer Antwort rechnete, sagte er leise: „Ich bin einen Hang abgestiegen. Dann war da ein Schlag, ein Schmerz im Bein, dann noch ein Schlag. Ich lag im Schnee. Ich muss ohnmächtig geworden sein, bin aber noch ein Stück gekrochen. Ich wollte … Sie heißen nicht Hanne."

Hanne lachte. „Sie wären der erste Patient mit einer solchen Kopfverletzung, der nachher mehr weiß als davor. - Wie heiße ich Ihrer Meinung nach?"

Engel schwieg.

„Was wollten Sie in dem Tal?"

„Ich war einfach so mit Skiern unterwegs, querfeldein." Engel schnellte in den aufrechten Sitz. „Haben Sie den Rucksack?"

Hanne legte ihm die Hand auf die Brust und drückte ihn ins Kissen zurück. „Aber ja. Es ist alles da."

Engel atmete aufgeregt.

„Warum ist Ihnen der Rucksack so wichtig?"

„Da sind Dinge drin, die mir viel bedeuten." Engel sah aus wie einer, der Mühe hat, seine Gedanken auf einen einzelnen Gegenstand zu richten.

„Wollen Sie was gegen die Schmerzen?"

Engel nickte.

Hanne ging hinaus und kam mit einem kleinen Teller zurück. Während sie ihm half, das Medikament einzunehmen, fragte sie: „Woran können Sie sich noch erinner?"

Engel fielen die Augen zu. „An den Schnee und die Schmerzen. Ich konnte nicht weiterkriechen. Ich wusste, dass ich sterben werde."

„Ja, Sie hatten mehr als Glück. Ein paar Stunden später, und man hätte Sie vermutlich erst im Frühjahr wiedergefunden. - Haben Sie die Warnschilder nicht gelesen?"

„Nein", hauchte Engel müde.

„Das Tal, in dem Sie gefunden wurden, wird Gräberschlucht genannt. Sie hätten diesem Namen fast ein weiteres Mal alle Ehre gemacht."

Engel drehte den Kopf und schlief ein.

Hanne atmete auf. Sie war ganz zufrieden mit der ersten Reaktion des Kranken auf die neue Situation.

Als er ein paar Stunden später wieder zu sich kam, war er etwas munterer. „Schwester? - Schwester?!"

Hanne trat ein, als wäre sie ihr Lebtag keinem anderen Ruf gefolgt. „Was wünschen der Herr?"

„Können Sie mir den Rucksack bringen?"

„Was wollen Sie damit."

„Ich will einfach nur etwas haben, was ich beim Unfall dabei hatte. Vielleicht hilft mir das, mich genauer zu erinnern."

„Sie erinnern sich gut genug. Dass Sie an die Zeit Ihrer Ohnmacht keine Erinnerung haben, muss Sie nicht beunruhigen. Das ist ganz normal."

„Ich würde den Rucksack trotzdem gern haben."

Hanne überlegte einen Augenblick. „Na schön." Sie griff am Kopfende in den stuhlbreiten Gang zwischen den Betten und legte Engel ihren alten Rucksack auf den Bauch.

Die Reaktion war heftig. Engel erschrak, warf den Gegenstand angewidert von sich, als hätte ihm jemand eine Klapperschlange ins Bett gelegt. „Aaaa! Das ist nicht mein Rucksack! Das wissen Sie doch ganz genau! Was soll diese Scheiße, verdammt! Das elende Ding gehört Ihnen! Wo ist mein Rucksack?! Was haben Sie mit meinem Rucksack gemacht?!"

„Herr Engel, beruhigen Sie sich! Hören Sie auf, um sich zu schlagen!" Sie fing beherzt seine Handgelenke und ließ sie nicht mehr los.

Viel zu schwach, um ihr etwas entgegensetzen zu können, sank er zurück. Er weinte wie ein Kind. Irgendwann gaben auch die Arme jeden Kampf auf.

Hanne legte sie auf der Bettdecke ab. „Würden Sie mir bitte erklären, was Sie eben so erregt hat?"

Engel schwieg.

„Wieso weiß ich genau, dass das nicht Ihr Rucksack ist? Wieso glauben Sie, dass er mir gehört? Was soll ich mit Ihrem Rucksack gemacht haben?"

Engel drehte sich zur Wand.

„Herr Engel, ich war dabei, als man Sie fand. Sie lagen auf diesem Rucksack. Das hat Ihnen vielleicht das Leben gerettet. In ihm fanden sich zwei Hosen, zwei

Hemden, ein Pullover, zwei Unterwäschegarnituren, drei Paar warme Strümpfe, ein Handtuch, Zahnputzzeug, eine Kerze und eine Rolle Klopapier. In Ihrem Skianzug steckten zudem zwei Taschentücher, ein Feuerzeug, ein Leatherman, drei Karabinerhaken, ein Kamm, eine Karte dieser Gegend, Ihr Portemonnaie mit reichlich sechshundert Euro und ein Schlüssel. - Was haben Sie für einen Rucksack erwartet?"

Engel verweigerte sich beharrlich der Wirklichkeit.

„Wenn Sie die Situation nicht erklären wollen, muss ich in der Klinik anrufen und bitten, Sie hier abzuholen. Jetzt, wo Sie außer Lebensgefahr und transportfähig sind, bedarf es eh nicht mehr meines Dienstes." Hanne verließ den Bettenverschlag und trat vor den Vorhang.

Engel drehte sich um und lauschte. Kaum hörbar drangen die Sätze an sein Ohr.

„Guten Tag, hier ist Berggruber. - Ja, die Schwester. Ist Doktor Gruber in der Nähe? - Sonst würde ich nicht anrufen." Hanne wartete lange. „Doktor Gruber? Ich hab ein Problem. - Nein, ihm geht es ganz gut. Allerdings scheint er Schwierigkeiten mit dem Gedächtnis zu haben. - Ich weiß. - Ja. - Aber vorhin hat er sich furchtbar aufgeregt, weil ich ihm angeblich nicht seinen Rucksack ... - Das weiß ich alles." Hanne flüsterte: „Er war aber ganz wild. - Das ist mir zu gefährlich. - Ich bin doch ganz allein hier. - Nein. - Jetzt ist er ruhig. - Er weigert sich ja eben, mir die Sache zu erklären." Wieder wartete sie lange. „Doktor Gruber, ich hab Geduld. Aber hier geht es ... - Versprechen Sie mir das? - Ja. - Nein. - Aber wirklich. - Auf dem Heuboden. - Danke. Ja, Sie auch." Hanne werkelte in der Küche.

„Schwester?"

Hanne ließ ihn warten.

„Schwester?!"

„Ich habe einen Namen!"

„Ich hab ihn vergessen."

„Schwester Hanne."

„Bitte, kommen Sie."

Mit sehr ernstem Gesicht trat Hanne neben das Bett. „Wollen Sie mir etwas erklären?"

„Zeigen Sie mir bitte das Telefon?"

Hanne zog es aus dem Kasack.

„Geben Sie's mir."

„Nein." Hanne wich zurück. „Ich warne Sie. Nehmen Sie sich keine Frechheiten raus."

Engel war fahrig. „Können Sie mir Ihren Ausweis zeigen?"

„Warum?"

„Bitte."

Hanne atmete tief. Ihr Unwillen war nicht gespielt. Sie holte den Ausweis. „Was wollen Sie sehen?"

„Nur den Namen."

„Mehr hätte ich Ihnen auch nicht gezeigt." Hanne verdeckte die Anschrift und zeigte den Rest.

Engel beugte sich vor und ließ sich wieder ins Kissen fallen.

„Wollen Sie mir nicht sagen, was Sie bedrückt?"

„Wann kommt der Hubschrauber?"

„Wenn's nötig ist. Ich soll noch ein bissel Geduld mit Ihnen haben." Dann erläuterte sie wie jemand, der sich freuen würde, wenn das Gesagte Wirklichkeit wird: „Wenn Sie drauf bestehen, in die Klinik verlegt zu werden, kommt er natürlich gleich. Das kostet dann aber eine Kleinigkeit."

Engel schüttelte den Kopf. „Das ist doch hier die Schneefeldhütte, oder?"

„Ja."

„War sie leer, als Sie herkamen?"

„Ja. - Warum fragen Sie das?"

„Wie lange bin ich jetzt hier?"

„Das sagte ich schon. Heut Nachmittag sind es vier Tage."

„Welcher Tag ist heute?"

„Der 31. Januar." Hanne sah, wie Engel rechnete und wie der ungeheuerliche Gedanke langsam von ihm Besitz ergriff. Offensichtlich hatte die Kopfverletzung keine erkennbaren Schäden hinterlassen. „Haben Sie Hunger?"

Engel schüttelte den Kopf. Er stand noch ganz unterm Einfluss des Gedankens. „Das kann nicht sein."

Hanne schaute ihn fragend an.

„Dann hätte ich zwei Tage in der Schlucht gelegen."

„Sie können sich an das Datum Ihres Unfalls erinnern?"

„Ja doch!" polterte er unwillig. „Ich kann mich an alles erinnern, verdammt!"

„Offensichtlich nicht. - Zwei Tage überlebt kein Mensch im Schnee." Hanne lächelte über Engels etwas dümmlichen Gesichtsausdruck. „Soll ich beweisen, dass heute der Einunddreißigste ist und dass wir Sie am Siebenundzwanzigsten gegen fünfzehn Uhr gefunden haben?"

Engel schien nun doch beeindruckt von der Unverträglichkeit seiner Erinnerungen mit den Schilderungen der Schwester. „Kann ich noch mal den Rucksack haben?"

„Wenn Sie *bitte* sagen und versprechen, nicht wieder herumzuschreien."

„Bitte. - Ich werde ganz still sein." Aufgeregt durchfingerte er den Rucksack, den er gerade noch weit von sich geworfen hatte. Auch das Portemonnaie untersuchte er lange.

„Fehlt was?"

„Nein. - An die Hosen und Hemden und den Pullover kann ich mich nicht erinnern."

„Wenn Sie es so ausdrücken, klingt es richtig vernünftig", lobte ihn Hanne mitfühlend. „Machen Sie sich deswegen mal keine Sorgen. Es gibt Patienten, die nicht einmal mehr wissen, wer sie sind. - Warum hat Sie der Rucksack vorhin so erregt? Was für einen hatten Sie denn erwartet?"

„Einen irgendwie größeren."

„D e r ist doch schon für das bissel Zeug zu groß", lachte Hanne. „Aber auch für eine Querfeldeintour sind die Sachen ziemlich knapp bemessen, finden Sie nicht? Erst recht, wenn man Hemden und Hosen und den Pullover weglässt."

„Ich bin nicht so anspruchsvoll."

„Aber vielleicht sind es andere, die gezwungen sind, sich in Ihrer Nähe aufzuhalten."

„Ich hatte nicht vor, anderen Leuten nahe zu kommen", murrte Engel. Er beugte sich zum anderen Bett und angelte sich den Haferbrei.

Hanne setzte sich auf ihr Bett und schaute dem Essenden zu. Was mag in seinem Kopf vorgehen? Was - denkt er - wäre mit ihm passiert, wenn man den anderen Rucksack bei ihm gefunden und ebenso selbstverständlich geöffnet hätte? Er läge in einem Einzelzimmer mit Polizisten vor der Tür. Glaubte er immer noch, sie macht nur ihren Ulk mit ihm?

Hanne zeigte ihre lieblichste Miene „Wer ist Sabine?"

Engel sah sie durchdringend an. Die Hoffnung erhob sich aus der Asche.

Lächelnd begegnete Hanne seinem Blick. „Sie haben im Fieber oft nach ihr gerufen." Sie ahnte, was jetzt in ihm vorgeht.

„Hab ich noch mehr erzählt?"

Hanne widerstand der Versuchung, pikante Sätze zu erfinden. „Heißt Ihre Freundin Sabine?"

Engel schüttelte fast unmerklich den Kopf.

„Patienten, die nach langer Ohnmacht zu sich kommen, haben in der Regel den Wunsch, Angehörigen oder Freunden ein Lebenszeichen zu schicken. - Sie fragen nach einem schäbigen Rucksack. Gibt es niemanden, der sich Sorgen macht?"

Engel stierte an die Decke. „Ich müsste mal pinkeln."

Hanne holte die Urinflasche.

„Traun Sie mir nicht zu, dass ich es aufs Klo schaffe?"

„Für Sie sollte es im Augenblick nicht so wichtig sein, den starken Max zu spielen, sondern gesund zu werden. Die Beinschienen tragen Sie nicht, weil die besonders hübsch aussehen, sondern weil der Verdacht besteht, dass das Bein gebrochen ist." Sie ging hinaus und schloss energisch den Vorhang, geradeso, als könne sie das Elend nicht länger ansehen.

Die nächsten Tage ähnelten einander sehr. Vor der Morgentoilette heizte Hanne Kamin und Herd. Sie versorgte die Pferde und trieb sie ins Schneefeld, reinigte den Stall. Sie richtete das Frühstück an, aß allein und schaute dabei allenthalben ins Schneefeld. Hernach kümmerte sie sich um Engel, untersuchte und wusch ihn, salbte, schiente und verband das Bein, wechselte, wenn nötig, die Wäsche, schüttelte die Betten auf, brachte ihm das Frühstück und half ihm später auf den Schieber, kochte das Mittagessen, aß allein und schaute dabei oft ins Schneefeld, brachte dann auch Engel das Essen und redete ein wenig mit ihm, bereitete das Abendbrot, aß allein und schaute wieder lange ins Schneefeld, brachte Engel das Essen und hernach die Zahnbürste. Sie rief die Pferde und versorgte sie im Stall. Erst spät legte sie sich schlafen. Vormittags und nachmittags ergab sich meist eine Stunde Freizeit, die ihr laut ihres erfundenen Vertrages zustanden. Gewöhnlich brachte Hanne diese Zeit damit herum, Skizzen zu zeichnen und Berechnungen anzustellen, die mit der Zukunft der Hütte zu tun hatten.

Nach der ersten Untersuchung, die Engel bewusst miterlebte, wandelte sich sein Verhalten grundlegend. Seit er das unverbundene Bein mit ansehen musste, wollte er auch nicht mehr allein aufs Klo. Der Blick in den Spiegel hatte ihm den Rest gegeben. Ohne Bart wäre der Anblick noch erschreckender gewesen. Ausufernde schwarz-braune Blutergüsse entstellten Bein und Gesicht. Hanne salbte regelmäßig. Einmal waren Engel bei der Behandlung des Gesichtes die Hände durchgegangen. Hanne hatte ihn sehr grob zurückgestoßen und gefragt, ob er dem Gesicht keine Chance geben will, irgendwann wieder die ursprüngliche Farbe anzunehmen. Dieser Übergriff war auch Anlass dafür gewesen, dass Hanne ihre Schlafstatt auf den Heuboden verlegte. Seitdem war Engel lammfromm. Einmal überraschte sie ihn, als er unter der Bettdecke sehr bewegt mit sich selbst beschäftigt war. Hier fand sie die Erklärung für die Zunahme gestärkter Flecken in den Nachthemden, die nachließen, nachdem sie ihm kommentarlos ein kleines Handtuch zur Ente gelegt hatte.

Immer wieder fragte Engel nach Einzelheiten. Er tat sich schwer damit, sich auf die Mutmaßung einer Bewusstseinstrübung in Folge der Kopfverletzung einzulassen, auch wenn es ihm zunehmend schwerer fiel, die Erinnerungen sinnvoll mit der Wirklichkeit zu verknüpfen. Ihn bedrückte es offensichtlich sehr, nicht über die Erlebnisse vor seiner Verletzung reden zu können. Die Gefahr ließ sich nicht mehr einschätzen. War Hanne Sabine? Was aber, wenn doch alles ganz anders ist?

Hanne wusste, dass sie auf dünnem Eis ihre Posse treibt. Jeden Tag schaute sie wieder und wieder in die Weite des Schneefelds, um das bisschen zeitlichen Vorsprung nicht zu verlieren. Wenn Eggers kommt, musste sie ihr Spiel aufgeben. Den Text hatte sie sich schon zurechtgelegt: Herr Engel, vergessen Sie alles, was ich Ihnen vorgespielt habe. Die Polizei ist im Anmarsch. Wenn Sie nicht für Jahre ins Gefängnis wollen, dann steigen Sie ins alte Rucksackversteck.

13

Hanne hatte alle Morgenbeschäftigungen hinter sich gebracht. Sie saß am Tisch und arbeitete an Plänen für den Umbau der Hütte. Gelegentlich schaute sie auf, um ihre Gedanken zu sammeln. Die Sonne schien aus tiefblauem Himmel. Die Pferde alberten nicht weit von der Hütte im Schnee. In der Ferne sah sie einen Motorschlitten.

„Herr Engel? Ich glaube, wir bekommen Besuch", kündigte sie mit flattriger Stimme an.

„Der Hubschrauber?"

„Nein." Hanne überlegte, ob sie den bereitgelegten Text hersagen soll. Noch ist ein bissel Zeit. Es ist nur e i n Schlitten. Und wie es aussieht, sitzt auch nur e i n Mann drauf. Eggers kommt doch nicht allein. Endlich erkannte sie den Schlitten. Was wollte Jörg von ihr? „Ich glaube, das ist mein Mann." Hanne suchte ein paar Lebensmittel zusammen, die sich zum schnellen Verzehr eignen, stellte auch noch eine Kanne Tee aufs Tablett und trug alles in den Verschlag. „Ich werde wohl ein Weilchen fort sein. Kommen Sie so lange allein zurecht?"

„Nein."

„Herr Engel, seien Sie ein braver Junge. Ich hab meinen Mann eine Woche nicht gesehen."

Hanne zog sich hastig im Vorraum um, warf sich Strickjacke und Mantel über, stieg in die Stiefel und lief mit der Mütze in der Hand ins Schneefeld. Erschrocken blieb sie stehen. Sie wandte sich um und lief zur Hütte zurück, um die Fensterläden zu schließen. Noch hatte Engel den Verschlag nicht verlassen. Wenn er dich in den alten Klamotten sieht, wird es schwer, dazu eine passende Geschichte zu erfinden. Sie lief nun hastig dem Schlitten entgegen, den sie knapp hundert Meter vor der Hütte erreichte. „Was willst du denn hier?", keuchte sie atemlos.

„Dich verführen."

„Quatschkopp! - Was willst du wirklich?"

„Hast du deinen Ausweis dabei?"

„Ja. - Warum?"

„Steig auf. Ich erklär's dir unterwegs. Wir haben nicht viel Zeit. Halt dich fest."

Der Schlitten zog eine enge Kurve und jagte an den verdutzten Pferden vorbei.

Hanne kam gerade noch dazu, die Mütze aufzusetzen und sich noch einmal zur Hütte umzudrehen. Sie klammerte sich an den Fahrer und legte den Kopf an seinen Nacken, um alles zu verstehen.

„Die Leute von der Bank haben angerufen", schrie Jörg gegen Fahrtwind und Motorengeräusch.

„Welcher Bank?"

„Welcher wohl? Von der, der das Geld geklaut wurde. Sie wollen sich bei dir bedanken. Ich dachte, es ist das Gescheiteste, wenn sie dich bei mir treffen. Oder wäre es dir lieber gewesen, ich hätte sie zur Hütte geschickt?"

„Nein. Das war eine Superidee", erwiderte sie kleinlaut.

„Ich stelle aber eine Bedingung."

„Wie viel?"

„Kein Geld. - Schlimmer."

Hanne hoffte, jetzt keinen dummen Spruch zu hören.

„Du musst dich duschen und dir ein paar Sachen von Gitte leihen."

„Was hältst du von mir? Ich bin gewaschen!"

„Wenigstes die Haare."

„Die sind sauber."

„Sehen aber furchtbar aus. Gitte macht dich ein bisschen zurecht."

„Von mir aus", fügte sich Hanne verstimmt.

Gitte nahm sie in Empfang und verschwand mit ihr im Badezimmer. Eine halbe Stunde verging, ehe sie Jörg mit dem Ergebnis ihrer Arbeit überraschte.

„Ich sag doch, man kann was aus ihr machen."

Hanne hätte gern ihrer Empörung Luft gemacht, aber sie war noch ganz von der Situation überrumpelt und regelrecht benommen von der Aussicht auf das, was wohl gleich geschehen wird.

Jörg führte sie ins Wohnzimmer. „Warte hier."

Hanne hatte kaum Zeit, sich ein wenig umzusehen. Als sie die Autotüren schlagen hörte, ging sie zum Fenster. Drei Herren in feinstem Tuch standen vorm Kofferraum eines weißen Mercedes und versuchten, einen riesigen Präsentkorb herauszuheben. Hanne war nun sehr aufgeregt. Sie hörte Jörg. Dann ging die Tür, und die Herren standen lächelnd vor ihr. Auch Jörg hatte sich zurechtgemacht. Es war kein Zweifel, dass er in ihrer Runde bleiben wollte. Hanne überlegte, ob sie das gut findet oder nicht, kam aber in so kurzer Zeit zu keinem brauchbaren Ergebnis.

Nach sehr freundlichen wie salbungsvollen Worten, die immerhin Hannes gefahrvollen Einsatz bei der Bergung des Geldes würdigten, nahm die Geehrte den schweren Korb entgegen, um ihn an Jörg weiterzureichen, der ihn unbeholfen aufs Büffet stellte.

Der erste Herr hatte mit der Rede und der Übergabe des Präsentes wohl seine Schuldigkeit getan.

Nun war der zweite an der Reihe. „Fräulein Berggruber, wir sind natürlich nicht nur gekommen, um Dank zu sagen, sondern auch, um unsere Schulden zu begleichen."

Jörg bat alle, sich zu setzen. Gitte kam mit Tee und Gebäck.

Der Herr, der eben gesprochen hatte, zog eine bunte, wertvoll anmutende Mappe mit dezentem Bank-Logo aus der Tasche. „Wir haben uns erlaubt, für Sie ein Konto in Höhe des Finderlohns zu eröffnen. Der Gesetzgeber schreibt für diesen Fund eine Summe von einhundertdreiundachtzigtausend Euro vor. Wir haben uns erlaubt, die Summe - entsprechend Ihres gefahrvollen Einsatzes, auf den uns Herr Kammerlander freundlicherweise aufmerksam gemacht hat, und auch in Rücksicht auf die ausgeschriebene Belohnung - sinnvoll aufzurunden. - Wir hatten Herrn Kammerlander gebeten, Ihnen wegen des Ausweises …"

Hanne legte die schweißnasse Karte auf den Tisch.

„Alles bestens." Nun folgten Wortschwalle ähnlich gediegener Rhetorik mit Erklärungen zu Kontovertrag und Kontoführungsmodalitäten. Eine vorbereitete EC-Karte wurde lässig aus der Jackettasche gezogen nebst einem geschlossenen Couvert mit der Geheimzahl, auch eine Kartenbox fürs Home-Banking. Ein halbes Dutzend Seiten wurden mit Kreuzen versehen und der Finderin zur Unterschrift vorgelegt.

Hanne saß da und schwitzte. Sie war nicht ganz unbeleckt in Finanzfragen, viel hatte sie dennoch in dieser Hast nicht verstanden. Da aber nicht zu befürchten war, von einer Bank über den Tisch gezogen zu werden, der man die Kohlen aus dem Feuer geholt hat oder, besser, die Kohle aus unberechenbarem Schnee, unterschrieb sie mit feuchter Hand.

Nun wollte auch der dritte seiner Wichtigkeit Ausdruck verleihen. Er legte Hanne zwei Schreiben vor. „Wenn Sie so freundlich wären, auch noch hier und hier zu unterschreiben. Das eine ist die eidesstattliche Erklärung, mit dem Raub nichts zu tun zu haben, und hier bestätigen Sie uns, im Zusammenhang mit dem Fund keine weiteren Forderungen an die Bank zu stellen."

Wieder malte Hanne, wie gewünscht, ihre Namenszüge. Ihr Lächeln tat mittlerweile ein bisschen weh.

Noch war es nicht ganz ausgestanden. Jörg wurde gebeten, in einer weiteren Erklärung als behördlicher Vertreter die korrekte Übergabe des Finderlohnes zu bestätigen.

Im Augenblick, da er den Füller ansetzte, meldete sich Hanne. „Herr Kammerlander, verzeihen Sie die Frage, aber hat die Bank auch hinreichende Beweise gebracht, Eigentümer des gefundenen Geldes zu sein und nichts mit dem Raub zu tun zu haben?"

Eine nahezu stofflich wahrnehmbare Befangenheit breitete sich in der Stube aus. Jörg schloss die Augen und schüttelte unmerklich den Kopf. In den Gesichtern der drei leitenden Mitarbeiter der beraubten Bank rangen Befangenheit und Befremden miteinander.

„Das sollte ein Scherz sein", entschuldigte sich Hanne schüchtern, erschrocken über die Wirkung.

Die Gesichter entspannten sich nur langsam.

Jörg konnte sich auch mit viel Mühe und starkem Einsatz der Bauchmuskulatur nicht verkneifen, laut herauszulachen. Er war erstaunt über Hannes Humor und - mehr noch - über ihren Charme.

Bevor sie gingen, riet der zweite Herr Hanne, zu ihrer Sicherheit ein Tageslimit zu aktivieren.

„Nein", trotzte Hanne bestimmt. „Vielleicht später."

Die Herren nickten verständnisvoll und verabschiedeten sich nicht weniger freundlich, als sie ihre Begrüßung vorgebracht hatten.

„Du hast Nerven", stöhnte Jörg, noch immer grinsend. „Meinen Glückwunsch. - Was wird mit dem Monster da?" Der Präsentkorb wirkte inzwischen wie ein innenarchitektonischer Blickfang.

„Den schenk ich Gitte für die geliehenen Sachen", sagte sie lieblich, „und für die Arbeit, die sie sich mit mir gemacht hat", setzte sie giftig, aber nicht böse hinzu. Hanne war in Hochstimmung. Mit großer Anstrengung unterdrückte sie einen Schrei, wie ihn die Welt noch nicht gehört hat. „Sag mal, wenn ich zehn Prozent vom Umsatz zahle, kannst du mir dann bis morgen ein paar Sachen besorgen?"

„Ich nehm nicht mehr als fünf." Das klang weniger bescheiden als gewitzt, um den Auftrag loszuwerden.

„Zehn! - Aber ich muss es bis morgen haben."

„Was brauchst du denn so dringend?"

„Gib mir Zettel und Stift."

„Komm ins Büro, sonst denkt Gitte noch, wir haben was miteinander."

Kaum dass sie am Kundentisch neben dem Schreibtisch saß, fing sie an zu schreiben.

Jörg setzte sich an den Rechner. Als sie nach einer Viertelstunde noch immer nicht fertig war, trat er hinter sie, um ihr über die Schulter zu schauen. Die Liste war lang und enthielt ausschließlich Bekleidung.

„Spinnst du? Ich besorg dir doch keine Büstenhalter und Schlüpfer." Er entzog ihr den Stift. „Das sieht aus wie eine komplette Garderobe. Hast du eine Vorstellung, wie lange eine Frau braucht, um all das Zeug zu kaufen? - Monate. Und ich soll das bis morgen schaffen? Und was soll der Zusatz *vom Feinsten*? Woher soll ich wissen, was bei Schlüpfern *vom Feinsten* ist? - Wenn ich Zeit hab, können wir zusammen fahren."

„Das würdest du tun?", fragte Hanne gerührt.

„Wenn ich Zeit hab", murrte er.

„Aber dann sind doch die zehn Prozent futsch. Lass uns jetzt fahren", rief Hanne begeistert.

Jörg schaute zur Wanduhr. Zum einen brachte er es nicht fertig, Hannes Jubelstimmung zu beschädigen, zum anderen war er neugierig, zu erfahren, was ein Mensch anstellt, der eben mal um zweihunderttausend Euro reicher geworden ist. „Die Sachen von Strauss kriegen wir aber nicht. Die verkaufen fast nur über Versand."

„Warum?", fragte Hanne enttäuscht.

„Wieso muss es gerade Strauss sein?"

„Weil es schick ist und praktisch."

Jörg hielt es zwar für einen Spleen, wie beinahe alles, was mit Mode zu tun hat, aber keiner wusste besser als er, dass immer mehr Leute bei Strauss bestellen. „Über Versand hast du die Klamotten in drei Tagen. - Mir reichen fünf Prozent."

„Kann ich mal sehen?"

Jörg begab sich wieder an den Rechner. Schnell fand er die übersichtliche Seite.

Hanne schob ihren Stuhl nah an den Bildschirm. „Das hätt ich gern in Weinrot. Und den in Hellblau. Von denen drei. Alles in der S."

Jörg hatte zu tun, ihr zu folgen.

„Die Schuhe in der Achtunddreißig und die Stiefel dort, so, wie sie sind."

Jörg geriet in Schweiß, obwohl er in Bestellungen dieser Art sehr erfahren war. Am Anfang dachte er noch, dass es Zufall ist, aber sie wählte auch weiterhin genau die Sachen aus, die er für gut befand. Allein die

Menge beunruhigte ihn. „Hanne, hör auf. Du bist verrückt! - Wozu brauchst du all das Zeug?"

„Nur noch das da, in Olivgrün. Und die Polo-Shirts."

„Farbe?"

„Alle. - Nimm alle."

„Das sind elf."

„Ja."

„Schaust du auch ab und zu mal auf die Preise?"

„Nein."

So ging es fort bis zum Ende der kompletten Kollektion. Sie hatten keine zwanzig Minuten gebraucht.

„Schick's ab."

Jörg tippte bis zum letzten Check. „Zweitausendvierundachtzig Euro sechzehn - Versand kostenfrei."

„Gut. Schick's ab."

„Willst du nicht wenigstens noch mal alles durchsehen, ob du nicht manches doppelt …"

„Nein."

Mit mürbem Finger drückte er die Taste.

„Und dafür brauchen andere Frauen Monate?"

Jörg lag eine spitze Bemerkung auf der Zunge.

„Hast du eben hundert Euro verdient?", kam ihm Hanne zuvor.

„Ungefähr. - Soll ich dich mit dem Schlitten zurückbringen?"

„Zurück? Du wolltest doch mit mir einkaufen fahren."

„Hanne, du hast gerade zweitausend Euro für Klamotten ausgegeben."

„Aber auf der Liste steht doch noch mehr. Und ich brauche auch noch Sachen für die Hütte, Matratzen und Bettzeug und Töpfe und …"

„Hanne, wie oft muss ich dir noch sagen, dass du illegal in der Hütte wohnst. Du kannst doch kein Zeug kaufen, solange du die Hütte weder gemietet noch …"

„Ich kaufe sie, wenn ihr sie mir so nicht geben wollt."

„Okay", sagte er geschlagen. „Unter der Bedingung, dass du Gittes Sachen anbehältst. - Warte vorn, ich hole den Transporter. - Hast du Ausweis und Karte dabei?"

„Wo soll ich sie denn sonst haben?"

Die Fahrt in die Stadt dauerte nicht lange. Hanne hatte gerade Zeit genug, das Hühnchen zu rupfen. „Eigentlich sollte ich ja sauer auf dich sein", begann sie zögerlich.

„Warum?"

„Weil du mir die Polizei auf die Bude geschickt hast."

„Dir mag das Versteckspiel vielleicht Spaß machen. Und offensichtlich lohnt es sich ja auch für dich. Mir hätte eine Falschaussage zumindest eine Menge Ärger eingebracht."

„Ich spiele nicht Verstecken. Und wieso lohnt es sich?"

Jörg sah sie nur kurz von der Seite an.

„Eh, dann warst du ja noch fieser, als ich dachte."

„Wieso?"

„Dann hätte es ja sein können, die stürmen in die Hütte, während ich mit dem Bankräuber im Nest liege."

Jörg prustete heraus, weil er versucht hatte, das Lachen zu unterdrücken.

„Was soll das denn? Denkst du, es gibt keinen Bankräuber auf der Welt, der mit mir ins Bett geht?"

„Das schon, aber keinen, der sich mit … Ich meine, solche Dinger sollte man allein drehen."

Hanne hatte die Andeutung auch so verstanden. „Vielen Dank." Den Rest der Fahrt verflogen sich ihre Gedanken. Sie schaute aus dem Türfenster, sodass sich Jörg nur an ihrem Hinterkopf erfreuen konnte.

Die beiden Straßenkontrollen passierten sie ohne Mätzchen. Die Polizisten agierten nicht besonders beflissen. Augenscheinlich kannten sie Jörg. Also warfen sie nur einen kurzen Blick in den leeren Frachtraum.

Im Zentrum der kleinen Stadt standen die Läden und Kaufhäuser eng beieinander. Da Hanne klare Vorstellungen hatte, kamen sie schnell voran. Immer wieder mahnte Jörg zu Vernunft und Maß. Hanne kleidete sich komplett neu ein und verwandelte sich in eine schicke und einigermaßen beeindruckende Frau. Gittes Sachen verschwanden nach und nach in einer Türe. Auch der Kleintransporter füllt sich zusehends. Neben Matratzen, Bettzeug und Bezügen, war es vor allem Küchengerät, Besteck und Geschirr, auch warme und weiche Decken, die die kontaminierten im Bettkasten der Hütte ersetzen sollten.

Hanne dachte an Engel. Was, wenn Eggers gerade jetzt seinen angedrohten Besuch macht? Wird Engel schnell genug reagieren? Wird er versuchen, seinen Aufenthalt so kurz wie möglich darzustellen?

Hanne trieb sich zur Eile. Selbst in einer noblen Parfümerie brauchte sie nur zehn Minuten, um einen Duft zu finden, der ihr geeignet schien, alle Welt zu betören.

Jörg stand dabei und beobachtete die noch nie geschaute Posse gewedelter Papierstreifen. Er gehörte zu jenen Männern, die Frauen am liebsten riechen, wie sie sind, ohne alle fremden Aromen. Hanne war zweifellos von allen Bekannten diejenige mit dem unverfälschtesten Geruch. Das konnte er ihr nicht sagen, erst recht nicht, dass sie gerade deshalb seine Begierde weckt. Letzteres hatte er nicht einmal den Mut, sich selbst einzugestehen. Als ihm Hanne ihren Hals zur Begutachtung bot, hätte er sich fast verraten. „Betörend", sagte er aber nur.

Hanne sah, dass er nicht blödelt, und ließ sich den kunstvollen Flakon nicht weniger kunstvoll einpacken.

Als Jörg den Preis hörte, japste er hörbar.

Die Fachverkäuferin, die mit hyperventilierenden Männern gerade in der Phase der Bezahlung Erfahrung hatte, gab ihm zu verstehen, dass das erworbene Fläschchen bei täglichem Gebrauch mindestens ein Jahr hinreicht und er ja im Grunde der eigentliche Nutznießer dieses wertvollen Elixiers ist.

Jörg erschütterte den Glauben dieser Dame nicht, die in ihrer kosmetischen, wie modischen, wie olfaktorischen Erscheinung für seine Sinne nicht abstoßender hätte sein können. Wenigstens war er ja auch nicht Mitglied des Haushaltes, dessen Zahlungsfähigkeit durch diesen Kauf in Gefahr geriet.

Hanne nahm nicht nur das Parfüm, sondern auch noch einen Haufen Bargeld in Empfang, das sie sich Kraft der magischen Karte auszahlen ließ.

Als Hanne vorm Schaufenster eines Juweliers stehenblieb, folgte ihr Jörg auf dem Fuße, nicht um die glitzernden Auslagen zu bestaunen, sondern die kleinen Zahlentäfelchen zu entziffern. „Hast du sie noch alle?", zischte er empört. „Vor zwei Stunden hattest du noch nicht mal ein ordentliches Hemd auf'm Arsch, und jetzt guckst du nach fünfstelligen Klunkern?"

„Hallo? - Wir sind nicht verheiratet. Ich kann mir angucken und kaufen, was ich will."

„Klar", maulte Jörg verstimmt. „Kauf, was du willst. Behäng dich mit dem Zeug und lauf rum wie ein Pfingstochse, genau wie's die Leute erwarten."

„Moment mal." Ihr Ton verschärfte sich. „Was erwarten die Leute?"

„Dass du dich benimmst wie ein dummes Kind."

Hanne rang nach Luft. Ihre Augen bekamen einen Schleier. „Ich bin jetzt zwanzig Jahre alt und hab noch nie echten Schmuck besessen. Alle, die ich kenne, haben welchen. Alle!", schrie sie unbeherrscht.

Passanten blieben stehen oder drehten sich erschrocken um.

„Und wenn ich mir welchen kaufe, bin ich ein dummes Kind?"

Jörg hätte den Leuten gern erklärt, dass er nicht der Mann, sondern nur ein fremder Begleiter dieser Frau ist. „Ich hab doch nur gemeint, dass es nicht vernünftig ist", versuchte er Hannes Zorn zu mildern.

„Nicht vernünftig?", fauchte sie leiser, aber umso nachdrücklicher. „Das ist ja noch schlimmer."

Die Umstehenden verfolgten ihren Disput, zum Teil belustigt, zum Teil ehrlich interessiert.

„Wenn es andere Frauen tun, dann ist es nicht dumm und …"

„Doch, dann auch", lenkte Jörg ein, gequält ob der zunehmenden Hörerschaft.

„Was ist das denn für ein Stuss?! Wenn alle Frauen gern Schmuck tragen, kannst du es nicht dumm oder unvernünftig nennen, weil es dann nämlich normal ist. Willst du behaupten, dass es zur Normalität der Frauen gehört, dumm und unvernünftig zu sein?"

Eine einzelne Dame klatschte verhalten Beifall.

„Gehen Sie weiter!", schrie Hanne außer sich.

„Schade", sagte ein Herr mit schalkhaftem Faltenwurf um den Augen. „Der letzte Satz scheint mir einer näheren Betrachtung wert zu sein."

Jörg lachte in die Faust.

14

Hanne wandte sich ab und lief mit schnellen Schritten davon. Sie war bestürzt. Sie hatte geschwätzt. Sie hatte sich kaum Zeit gelassen, um nachzudenken. Dennoch war sie nicht unzufrieden mit dem, was sie gesagt hatte.

Es hielt auch einer kritischen und urteilssicheren Nachbetrachtung stand. Ist es möglich, derart schnell auch schwierige Probleme zu erörtern, ohne sich zu blamieren?

Sie bog um die nächste Straßenecke und trat in die erste Tür, um Jörg ins Leere laufen zu lassen. Auf der Flurtreppe sitzend schaute sie auf ihre Uhr, das letzte Fossil der Sachen, die sie heute Morgen am Leib getragen hatte. Nach fünf Minuten erhob sie sich. Die Straße war leer. Sie fühlte sich unbeschwert. Endlich konnte die Phantasie das Gefieder schütteln und auffliegen.

In einer Drogerie kaufte sie Rasierzeug und Seife und Deodorant für den Herrn. Dann schlenderte sie weiter zum Wochenmarkt, um Lebensmittel zu kaufen. Sie kam sich vor wie in einem alten Film. Es war einfach wunderbar, mit den so unterschiedlichen Händlern zu scherzen und zu blödeln und zu feilschen. Mit einer großen Tasche, deren Träger tief in die Schulter schnitten, trat sie den Rückweg an.

Am Ausgang des Marktes passierte sie einen offenen Stand mit Körben. Ihr Blick fiel auf eine kleine Pyramide aus drei großen Wäschetruhen. Der Verkäufer konnte sein Glück nicht fassen, oder war er nur verdutzt darüber, dass jemand gleich drei dieser Ungetüme gebrauchen kann. Hanne bezahlte, stellte den Einkauf in eine der Truhen und sagte Bescheid, die Körbe später mit dem Wagen abzuholen.

Jörg saß nicht im Transporter. Hanne schaute sich um. Er war auch nicht in der Umgebung auszumachen. Was sie aber entdeckte, war ein Friseur. Hanne konnte sich nicht erinnern, je von einem richtigen Friseur bedient worden zu sein. Meist hatte ihr der Großvater die Haare geschnitten, später Theresa. Ihrer Meinung nach war es kaum bedachtsam, Geld zu bezahlen für eine so simple, von jedermann und sogar an sich selbst ausführbare Tätigkeit. Mit schwankenden Gefühlen begab sie sich in das Abenteuer. Wie gründlich hatte sie sich geirrt! Es war ein Labsal für Körper und Seele, auf das man nimmer verzichten möchte. Mit einer frechen, lockigen Kurzhaarfrisur und der umfassenden Lebensbeschreibung und dem Erfahrungsschatz eines betagten Meisters seiner Zunft verließ sie nach geraumer Zeit den Salon.

Jörg stand am Auto und sah immer wieder abwechselnd in beide Richtungen der Straße.

Hanne lief schneller und machte ein liebliches Gesicht. „Ich dachte, wenn ich schon mal hier bin … Wartest du schon lange?"

„Können wir fahren?", fragte er bemüht unaufgeregt.

„Sag schon, wie es aussieht", drängelte sie unsicher.

„Bezaubernd."

„Du bist ein Ekel. - Ich hab noch ein paar Sachen auf dem Markt gekauft."

Wortlos fuhr Jörg sie an die gewiesene Stelle.

Hanne stellte die Truhen in den Frachtraum, verstaute in den beiden noch leeren Körben alle gekauften, von Verpackung und Anhängern befreiten Kleidungsstücke und entsorgte den Müll an Ort und Stelle. „Jetzt kann's losgehen", sagte sie fast sanftmütig.

Jörg fuhr langsam durch die engen Straßen. Als ein Autohaus in Sicht kam, fragte er nüchtern: „Willst du dir nicht gleich noch einen schicken Wagen kaufen?"

„Halt an!", rief Hanne verzückt.

„Das war Spaß, Hanne."

„Bitte, halt an." Kaum dass sie standen, sprang sie auf den Gehsteig. Nach wenigen anmutigen Schritten stand sie vorm riesigen Fenster der Eingangshalle.

Nicht lange, und Jörg stand neben ihr. Beide schauten sie auf einen weinrot schillernden Motorschlitten mit großem, überplantem Anhänger. Jörg schwieg, um Hanne Zeit zu lassen, die Begeisterung etwas zu verhecheln.

„Kriegen wir den mit Anhänger weg?"

„Der ist nur Dekoration."

„Was?"

„Ein Lockvogel gewissermaßen."

„Quatsch. Wozu soll das gut sein?"

„Bei dir hat's doch fabelhaft funktioniert. Du springst aus dem Auto, drückst dir die Nase an der Scheibe platt, kriegst irgendwann mit, dass man das Ding nicht kaufen kann, und kaufst stattdessen vielleicht den BMW dort."

„Kommst du mit rein?"

„Hanne", warnte er, „den kann man nicht kaufen."

„Was kostet der?"

„Mit Anhänger um die fünfzehntausend, schätz ich."

„Das kleine Ding?"

„Der ist richtig schnell und richtig stark und richtig gut. - Aber nicht käuflich."

„Wir können's doch wenigstens versuchen. Wenn ich ..."

„Hanne, was willst du mit dem Schlitten?"

„Der ist totschick. Ich brauch ihn für die Hütte."

„Selbst wenn sie ihn verkaufen, du kriegst ihn nicht. Hierzulande braucht man eine Sondergenehmigung, um solche Dinger zu fahren."

„Aber ich will ihn ja nur kaufen."

„Auch dafür brauchst du eine Genehmigung."

„Du hast doch auch einen und der Baumgärtl und ..."

„Wir haben eine Genehmigung wegen des Geschäfts."

„Dann lass ihn uns mit deiner Genehmigung kaufen. Bitte!"

„Zum Teufel, es geht nicht!"

„Zehn Prozent!"

„Nein."

„Du bist ein Ekel. Du kannst es nur nicht ertragen, dass ich dann einen besseren Schlitten hab."

„Hanne, hör zu. Wenn ich diesen Schlitten da, der nicht zum Verkauf steht, kaufe, dann muss ich hier im Laden schriftlich erklären, wo ich meinen alten Schlitten verschrottet oder an wen ich ihn verkauft habe. Ich will ihn aber weder verschrotten noch verkaufen. Für die Ausnahmegenehmigung brauchst du einen Haufen Unterlagen und Genehmigungen. - Nebenbei bemerkt, hätte ich die Sondergenehmigung auch gar nicht dabei."

„Schade." Wie ein geprügelter Hund trottete Hanne zum Wagen zurück. Auch während der Fahrt hellte sich ihr Gesicht nicht auf.

„Tut mir leid", sagte Jörg, ohne sie anzusehen.

„Ach wirklich?"

„Es wäre nicht so schräg gewesen wie diese fünfstelligen …"

„Die Kette, die ich mir angeschaut hab, kostete nicht mal dreihundert."

„Du siehst gut aus", sagte er unvermittelt.

„Danke."

„Geschmack hast du, das muss man dir lassen."

„Danke. Das reicht dann."

Wieder saßen sie eine Zeitlang schweigend nebeneinander.

„Du willst allen Ernstes die Hütte kaufen?"

„Eigentlich hatte ich gehofft, dass ihr sie mir so gebt. Ihr habt ja eh nur Ärger mit ihr."

„Ich würde sie dir schenken, wenn ich dich nicht leiden könnte."

Hanne sah ihn an.

Jörg begegnete ihrem Blick und wurde rot. „Ich meine, mit der Hütte kannst du keinen Pfifferling verdienen. Du kannst nicht so blind sein …"

„Vielleicht seid ihr ja blind."

Jörg schüttelte den Kopf. „Alle."

„Ja, alle", erwiderte sie müde.

„Hanne, ich bin eben dabei, meine Meinung über dich zu ändern. Aber die Sache mit der Hütte ist töricht, das ist absolut hoffnungslos, unsinnig."

„Hör auf!"

„Komm mir aber nicht angeheult. Und erzähl nachher nicht, es hätte dich keiner gewarnt. Mit diesem Spleen untermauerst du doch nur deinen Ruf."

Hanne schaute wieder sehr weit nach rechts. Als sie glaubte, lange genug geschwiegen zu haben, fragte sie: „Wenn ich die Hütte kriege und betreiben darf, was denkst du, würden sie mir den Schlitten genehmigen?"

„Sicher. Du würdest ja nicht mal einen Weg befahren oder passieren. Um die Genehmigung musst du dir keine Sorgen machen. Ich würde dir aber raten, mit dem Kauf wenigstens so lange zu warten, bis der erste Verrückte in der Hütte geschlafen hat."

„Danke." Hannes Gedanken verflogen sich. Sie schaute in die Weite schneebedeckter Hänge. Auf manchen von ihnen tummelten sich Urlauber. An einer nahen Bushaltestelle küssten sich innig und sehr leidenschaftlich zwei Frischverliebte. Auf einer Koppel balgten sich Pferde. Ein Fuchs - von drei Saatkrähen befehdet - trottete teilnahmslos über freigewehte Flächen Richtung Wald. „Hattest du heute den Eindruck, dass ich kopflos unterwegs bin?"

„Das ist es ja gerade", sagte er ruhig, ohne den Kopf zu wenden. „Ich hab noch keinen erlebt, der so schnell und treffsicher Entscheidungen trifft. Ich kann nicht begreifen, wieso du so verbohrt und borniert sein kannst, wenn's um die Hütte geht."

Hanne war noch dabei, den ersten Teil der Rede zu genießen. Er hat *keinen* gesagt, das heißt, er kennt auch keinen Mann, der … „Und das, obwohl Frauen normalerweise dumm und unvernünftig sind?"

„Das muss kein Widerspruch sein", witzelte er. „Immerhin hast du in nur drei Stunden fünftausend Euro für Klamotten ausgegeben."

„Du siehst immer nur das Schlechte. Das waren nicht nur Klamotten. - Außerdem hab ich Monate, wenn nicht Jahre an Zeit gewonnen", stellte sie begeistert aus. „Nebenbei bemerkt, auch für dich. - Hast du schon oft fünfhundert Euro an einem Tag verdient?"

„Ich hab's nicht gewollt", beteuerte er aufgebracht. „Du hast drauf bestanden. - Und war das vernünftig?", setzte er vorsichtig hinzu.

Hanne lächelte ihn an. „Nein", sagte sie schelmisch. „Aber du bist so ein Kerl, der mich reizt, unvernünftige Dinge zu tun."

Jörgs Kopf erstrahlte in feurigem Rot.

Diesmal passierten sie die Polizeikontrollen mit nur kurzen Stopps ohne jede Kontrolle.

Im Dorf angekommen lud Jörg den Einkauf auf den Anhänger seines Motorschlittens.

Hanne bedachte bang das Risiko einer Fahrt mit Jörg zur Hütte, vor allem beim Entladen, fand aber keinen Ausweg. Wie hätte sie seinen Eifer zurückweisen sollen?

Sie brachte den Beutel mit den geborgten Sachen ins Haus. Gitte erkannte sie nicht gleich. Auf einmal hatte Hanne das merkwürdige Gefühl, von Gitte als Rivalin betrachtet zu werden. Beide waren unsicher, Gitte, weil sie nicht wusste, in welchem Verhältnis Jörg und Hanne stehen; Hanne, weil sie keine Ahnung hatte, wie die Ehe der beiden läuft. Warum haben sie noch keine Kinder? Hanne bedankte sich für die Sachen, Gitte für den Präsentkorb. Der letzte Blick beider war befangen.

Hanne half Jörg beim Verladen. „Ich würde gern die Provision bezahlen."

„Lass uns das später machen, wenn die Sachen von Strauss gekommen sind."

„Nein, bis dahin kann so viel passieren. Dann büßt du am Ende noch ein."

„Von mir aus. Komm mit."

Im Büro druckte er die Rechnung aus. Hanne zahlte mit Karte. Als er ihr Rechnung, Zahlungsbeleg und Karte gab, lächelte sie charmant, aber nur, bis sie die Zahl auf dem Beleg gelesen hatte.

„Es war mehr ausgemacht!"

„Lass gut sein, Hanne. Es hat ja kaum Arbeit und auch ein bisschen Spaß gemacht mit dir. - Du wirst es noch brauchen."

Hanne war gerührt. Sie nutzte die Verschämtheit des Augenblicks, um Jörg auf den Mundwinkel zu küssen. Bevor sie den Motorschlitten bestieg, warf sie den Beutel mit ihren alten Sachen in den Müll.

„Warum tust du das?"

„Das ist doch nur alter Plunder."

„Vor ein paar Tagen war's noch warm und praktisch. - War da etwa auch der Lodenmantel dabei?"

„Ja", erwiderte sie beinahe schuldbewusst.

„Das kannst du doch nicht machen." Jörg ging zurück und zog das altehrwürdige Teil aus dem Müll. „Ich lass ihn reinigen. So ein Stück Erinnerung schmeißt man doch nicht weg."

„Aber du hast dich doch auch lustig gemacht."

„Du musst ihn ja nicht anziehen", rief er aus dem Hausflur.

Hanne wartete. Als er wieder auf dem Schlitten saß, umfasste sie ihn sanft. „Du verrätst doch keinem, dass ich ein bissel Glück hatte? Ich möchte nicht gleich von Neid und Missgunst totgehetzt werden."

„Denkst du, die Ankunft der Herren im weißen Mercedes mit dem Monsterkorb ist nicht längst im Dorf rum? Und wenn nicht, spätestens, wenn sie dich das erste Mal in den neuen Klamotten sehen, denken sie, du hast im Lotto gewonnen. - Lass sie tratschen." Er startete die Maschine und fuhr langsam aus dem Tal.

Hanne schmiegte sich fester an ihn. „Super, so ein Schlitten!"

„Magst du mal ein Stück fahren?!", schrie er zurück.

„Ich kann ja nicht!"

„Das kann jeder! Ich zeig's dir!" Er hielt, tauschte mit ihr den Platz und erklärte geduldig das Gefährt. Dann ließ er sie mehrmals starten und gleich wieder halten. „Du stellst dich gar nicht mal dumm an."

„Danke."

„So, und nun fahr los, aber nicht zu schnell, hörst du, dass immer noch genügend Zeit zum Bremsen bleibt."

Hanne ließ es ruhig angehen. Sie hatte keine Lust, sich vor Jörg eine unnötige Blöße zu geben.

„Nun kannst du schneller, sonst kommen wir nie an!"

Hanne hielt. „Ich glaube, es ist besser, wenn du jetzt wieder …"

Jörg stieg ab. „Das Ding, das du kaufen wolltest, ist noch einen ganzen Zahn schärfer als der."

Hanne trat die Kupplung und gab mit dem Daumen Gas.

Jörg sprang zur Seite, um nicht vom Anhänger getroffen zu werden. Noch ehe er begriff, dass es keine Ungeschicklichkeit, sondern Absicht war, hatte Hanne schon ein paar Längen gewonnen.

„Ich bring ihn morgen zurück! Oder übermorgen!", quietschte sie vergnügt.

Jörg sah den Schlitten mit Hanne in der Dämmerung entschwinden. Dem Schlitten trauerte er nicht nach, wohl aber der reizvollen Frau, mit der er sich auf der Hütte einiges vorgestellt hatte.

Je übersichtlicher die Strecke wurde, je schneller jagte Hanne dahin. „Es ist beinahe wie fliegen!", schrie sie begeistert. Und dann holte sie tief Luft, um endlich über den ganzen Atem ihr bedrängtes Herz zu befreien mit einem Schrei, der noch von fernen Bergen widerhallte.

15

Mit hoher Geschwindigkeit näherte sich Hanne der Hütte. Schon von ferne sah sie die offenen Fensterläden und das Licht in der Stube. Sie wusste, dass Engel aufgestanden ist, und sie ging davon aus, dass er sie in diesem Moment beobachtet. Hoffentlich warten nicht noch andere in der Hütte. Wenn Engel laufen kann und überall rumgeschnüffelt hat, wird das Spiel kaum unentdeckt geblieben sein. Sie legte sich Worte zurecht auch für den Fall, dass Engel nicht allein sein sollte.

„Genauso hab ich mir das vorgestellt." Mit einem Blick erfasste sie, dass der schlimmere Fall nicht eingetreten war. Engel saß mit betrübter Miene am Tisch, vor sich das Tablett, das ihm Hanne am Morgen ans Bett gestellt hatte. In Kamin und Herd prasselten Feuer. „Solange ich hier bin, spielt er den Sterbenden. Kaum bin ich mal einen Augenblick außer Haus, wuselt er in der Hütte rum."

Die Wirkung ihres Auftritts war nahezu perfekt. Engel schaute sie an wie ein Phantom.

„Haben Sie jemand anderen erwartet?", fragte sie streng, Engels Verblüffung genießend.

Er schüttelte den Kopf. „Sie schauen aus wie aus einem Modekatalog."

„Ist das ein Kompliment?"

Engel hörte die Frage nicht. Wieder einmal war er damit beschäftigt, diese sich ständig verdickende Paradoxie aufzulösen. Gesichtszüge und Stimme dieser Frau entsprachen haargenau denen der Frau in seiner Erinnerung. Alles andere unterschied sie augenfällig auf immer unverträglichere Weise. Das ging nicht zusammen. Seit er sie auf dem Motorschlitten gesehen hatte, waren auch noch die letzten Stützen weggebrochen, die ihn an ein übles, wenn auch unergründliches Spiel der Schwester hatten glauben lassen. Engel mochte nicht länger darüber nachdenken. „Ich hab den Sterbenden nicht gespielt", maulte er verhalten. „Sie waren auch nicht nur einen Augenblick weg. Und ich bin nicht gewuselt, sondern mit großer Anstrengung vom Bett zum Kamin und zum Tisch gehumpelt. - Wo, zum Teufel, waren Sie so lange?"

„Ich hatte meinen Mann gebeten, mit mir in die Stadt zu fahren, um ein paar längst überfällige Sachen zu kaufen und frische Wäsche zu holen", entschuldigte sich Hanne. „Sie sollten sich jetzt wieder hinlegen."

Erst führte sie den Kranken ins Bett, dann die Pferde in den Stall. Weder der eine noch die anderen sollten ihr beim Entladen des Schlittens im Weg stehen. Eine Matratze brachte sie in den Verschlag, die anderen beiden hievte sie auf den Heuboden. Auch Bettzeug und Bezüge teilte sie entsprechend auf. Dabei plauderte sie von der Trägheit des Gemeinderats, der erst jetzt einer so lächerlichen Verbesserung der Bettstellen und Kücheneinrichtung zugestimmt hat.

Engel, der Hanne das erste Mal ohne Schwesternkluft sah, war beeindruckt vom Chic und Charme und mehr noch von der Betriebsamkeit der jungen Frau. Derart kann sich ein Mensch nicht verändern.

Hanne baute auf der neuen Matratze aus den mitgebrachten Sachen ein ganz neues Krankenlager. Hernach stellte sie den mit Schnee gefüllten neuen Wassertopf auf die glühende Ofenplatte. „Warum sind Sie eigentlich aus dem Bett gestiegen?!", rief sie Richtung Verschlag.

„Weil mir kalt war!", gab Engel gereizt zurück. „Außerdem hatte ich Hunger. Und Angst hatte ich auch, dass Sie nicht wiederkommen."

Hanne trat in den Verschlag, gerührt von Engels Offenheit. Wie groß muss die Angst eines Mannes sein, ehe er sie einer Frau gesteht? „Wenn Sie mal wieder das Bett verlassen, dann nehmen Sie wenigstens die Krücken." Sie stellte die Gehhilfen zwischen die Kopfenden der beiden Betten, wo schon der Rucksack lag.

„Seit wann gibt es hier Pferde?", fragte Engel vorsichtig. Er war sich nicht mehr sicher, welche Fragen er schon gestellt hatte. Sobald er wach war, führte er stumm Gespräche mit dieser rätselhaften Frau, oder er suchte, um das Rätsel zu lösen, nach Angriffspunkten, Widersprüchen, die er dann in die Selbstgespräche einbezog. Aber nicht alles traute er sich auszusprechen.

„Schon immer", erwiderte Hanne besonders heiter, wie immer, wenn Engel ein Thema ansprach, das besonders gut geeignet schien, seine alten Wahrnehmungen aus der Zeit vor dem Unfall zu überschreiben. „Der Stall hinterm Vorraum ist zwar klein, aber sehr praktisch, vor allem die Versorgungsluken zum Heuboden."

„Und wem gehören die Pferde?"

„Dem alten Mörsbach, der im Winter hier haust und wohl auch im Sommer immer mal nach dem Rechten schaut." Hanne war in Fahrt. Sie hatte ihren Vorsprung gut genutzt, um ihre erfundene Welt mit Geschichten nach allen Seiten abzuschirmen. Die Frage nach den Pferden hatte sie lange erwartet. Aber vielleicht war Engel im Kopf doch noch nicht ganz wieder hergestellt.

„Und wo ist er jetzt?"

„Zu Hause. - Es war ein ganzes Stück Arbeit, ihn davon zu überzeugen, uns die Hütte zu überlassen. Aber mit dem alten Zausel auf engem Raum hätten sie keinen gefunden, der hier Dienst macht."

„Und wer kümmert sich um die Pferde?"

„Na, wer wohl?", stöhnte Hanne. „Das war die Bedingung des Alten. Wir hatten zu Hause auch welche. Sind ganz manierlich, die zwei."

„Was treibt der Alte hier den ganzen Tag?" Engel hatte das unangenehme Gefühl, dass die unlösbaren Fragen in seinem Kopf in den letzten Minuten deutlich zugenommen haben.

„Tun, als ob er wichtig wäre." Hanne freute sich schon auf ihren nächsten Satz, der Engel sehr erregen dürfte. „Na gut, manchmal ist es auch gut, dass er sich hier im Schneefeld rumtreibt, sonst lägen Sie vermutlich immer noch in der Gräberschlucht."

„Ich denke, Sie waren dabei, als man mich fand", schnarrte Engel aufgeregt, der glaubte, einen Weg gefunden zu haben, um seinen Rucksack in die Wirklichkeit zurückzuholen.

„War ich auch", entgegnete Hanne beinahe mitleidvoll. „Es gibt nicht viele, die verwegen oder dumm genug sind, in das lebensgefährliche Tal zu steigen, um einen Verrückten zu bergen."

„Es ist doch aber immerhin möglich, dass der Alte meinen Rucksack gegen das alte Ding hier getauscht hat."

„Ach ja, der Rucksack", erwiderte Hanne mit hörbarem Spott. „Als die Rettungsmannschaft mit dem Schlitten vom alten Mörsbach eintraf, war die Schneedecke im Tal jungfräulich, also ganz und gar unberührt, wenn Sie wissen, was ich meine." Der letzte Teil war Hanne beinahe etwas zu emotional geraten.

„Wie wollen Sie sich denn so genau daran erinnern?", forschte Engel verzweifelt weiter.

„Herr Engel, in diesem Tal kann nicht nur im Winter schnell ein Schritt tödlich enden. Darum ist es von Tafeln umstellt, die die Leute, die lesen können, davor warnen, einen Fuß in die Schlucht zu setzen. Im Winter kommt noch eine akute Lawinengefahr hinzu. Eine unachtsame Bewegung, und Sie liegen unter ein paar Metern Schnee. Sie können Gift drauf nehmen, dass jeder, der da reinsteigt und noch alle beisammen hat, sehr genau den Schnee betrachtet. Ich könnte mich sogar an eine Hasenspur erinnern."

„Jeder übersieht mal was", maulte Engel trotzig.

Hanne nahm noch einmal die beiden Krücken und stellte sie wie Skistöcke hart auf den Boden auf. „Am besten, Sie schauen selber noch mal nach."

Engel sah sie entgeistert an.

Hanne lächelte. „Wenn ich den Herrn bitten darf, sich in den Vorraum an den Waschtisch zu begeben. Das warme Wasser ist angerichtet. - Die Schienen können Sie erst mal draußen liegen lassen. Und ziehen Sie sich dann bitte das bereitgelegte Nachthemd über. - Und machen Sie mir nicht die Pferde scheu", setzte sie schnippisch hinzu, als er auf zitterndem Bein - schwer und tief gebeugt auf die Krücken gestützt - vorüberhumpelte.

Gern wäre sie Zeugin seiner unbeholfenen Wäsche gewesen. Sie nutzte die Zeit, um die Pferde vom Heuboden aus zu füttern und mit frischem Stroh zu versorgen. Wenn sie sich tief genug beugte, konnte sie ihn auf wackligen Beinen vorm Spiegel im Windfang stehen sehen; nackt und unbeholfen, vor Kälte zitternd, kein sehr stolzer Anblick. „Machen Sie doch den Vorhang zu!"

Hanne bereitete das Abendessen: Beefsteak, Kaisergemüse und Kartoffelbrei. Das Kochen mit dem neuen Geschirr war ein Vergnügen. Mit den kleinen Töpfen ließ sich auf dem engen Herd viel leichter eine mehrteilige Mahlzeit kochen. Bald roch es anziehend nach gerösteter Zwiebel, gebratenem Fleisch und geschmortem Gemüse.

Engel brauchte lange. Der einfache Vorgang fühlte sich an wie Schwerstarbeit. „Schwester Hanne? - Haben Sie noch warmes Wasser? Zum Abspülen?"

„Gehen Sie raus in den Schnee", rief sie unernst. Als sie den Topf brachte, stand Engel tatsächlich nackt vor der Tür. „Sind Sie noch bei Trost?" Sie übergoss ihn mit einem Rinnsal, während er hektisch versuchte, das wohltuend warme Wasser an die richtigen Stellen zu leiten. In den deutlich wärmeren Vorraum zurückgekehrt, goss sie das Schmutzwasser unter der Stalltür hindurch in die Abflussrinne, um die Schüssel mit dem Rest aus dem Topf zu füllen.

„Ich hätte sie auch sauber gemacht", murrte Engel, der frierend am Vorhang stand.

Hanne half ihm auch noch beim Abtrocknen und Anziehen des neuen, sportlichen Nachthemds, irritiert vom Gefühl, das sie dabei überkam. „Warten Sie."

Engel machte sich linkisch an der Schüssel zu schaffen. Gern wäre er der Schwester in die warme Stube gefolgt.

„Hier, versuchen Sie mal, einen Menschen aus sich zu machen." Sie reichte ihm die Waschtasche mit dem Rasierzeug. „Dafür wäre im echten Rucksack auch noch Platz gewesen."

Hanne setzte sich auf die Eckbank an den Tisch und schaute wie immer ins Schneefeld, das der fortgeschrittenen Dunkelheit nur noch ein paar kümmerliche Umrisse abtrotzen konnte. Momentan fühlte sie sich ähnlich abgedunkelt und konturlos. Ist das ganze Leben Spiel? In den letzten Tagen war sie vier Männern etwas näher gekommen. Wobei das *etwas* unter Berücksichtigung ihres Naturells *sehr viel* genannt werden kann. Allen vieren hatte sie etwas vorgespielt. Und sie war sich sicher, mit ihrem Spiel beeindruckt, bisweilen sogar fasziniert zu haben. Aber was an der Rolle war noch echt? Wollte sie wirklich sein, wie die, die sie spielte? Kann man diese Rolle ein Leben lang spielen? - Es tut nicht Not. Wenn Engel aus dem Haus ist, kannst du sein, wie immer. Konnte sie das? Was ist mit den anderen? Wollte sie überhaupt, dass Engel ... Die inneren Stimmen starrten sie fassungslos an. Wie recht sie haben! Was dachte sie da?

Engel stakte an Krücken in die Stube. In der Mitte seines enganliegenden Nachthemds beulte sich der Ansatz eines zum Leben erwachten Glieds. Das frisch, aber nicht wundlos rasierte Gesicht zeigte ein verhaltenes Lächeln, das rechtsseitig vom nun noch gefährlicher anmutenden Bluterguss überschattet wurde. Mit kleinen Schritten schlurfte er auf den Tisch zu.

Hanne trat ihm entgegen. „Nicht zu übermütig, Herr Engel. - Wir legen uns schön wieder ins Bett."

„Wir? - Schön wär's", maulte er, in den Verschlag humpelnd.

Auf neuem, farbenfrohem Geschirr brachte ihm Hanne das Abendbrot, neben dem Hauptgericht eine Schüssel mit geschnittenem Obst, eine mit Joghurt, eine mit frischem Gemüse.

Engel betrachtete die sorgfältige Zusammenstellung. Am Tisch wäre ihm das Essen leichter gefallen, auch das Reden. Im kühlen Vorraum hatte er sich die Worte zurechtgelegt, die sich jetzt - wie es schien - an den Gaumen krallten. Seine Hände erfasste eine Unruhe, die sich nicht unterdrücken ließ.

„Geht's Ihnen gut?", fragte Hanne besorgt.

Er legte das Besteck aufs Tablett zurück und verbarg die Hände unterm Gesäß. „Nein. Aber das hat nichts mit meinem Unfall zu tun", antwortete er mit belegter Stimme. „Sagen Sie bitte, die Schweigepflicht, gilt die auch für Krankenschwestern?"

„Natürlich." Hanne setzte sich behutsam auf das andere Bett, gespannt auf Engels Enthüllung.

„Ich hab merkwürdige Träume", begann er, ohne zu drucksen, „oder, genauer gesagt, Erinnerungen. - Mir ist so, als wenn ich schon mal hier gewesen wäre, vor dem Unfall. Da waren aber weder Pferde noch ein Mann in der Hütte, sondern nur eine junge Frau."

„Sabine?", fragte Hanne heiter.

„Ja. So nannte sie sich wenigstens. Wir haben ... hatten ..."

„Sex?"

„Ja", gestand er bedrückt.

„Sind diese Träume Schuld an den bäuchlings gestärkten Nachthemden?"

Engel wurde rot. „Nein", hauchte er. „Sie dürfen mich nicht unterbrechen."

„Entschuldigung." Bis hierhin hatte Hanne die zunehmende Panik gut überspielt. Nun überkam sie die Angst, zuhören zu müssen, ohne sich durch flapsige Bemerkungen ab und an Luft verschaffen zu können.

„Ich hatte mich verstecken wollen in der Hütte, die angeblich immer leer steht, wie erzählt wurde. Jetzt mussten die Notkonserven für zwei reichen. Als nichts mehr da war, bin ich los. Dann kam der Unfall." Engel war scheinbar am Ende seiner Schilderung.

„Musste der Rucksack deshalb größer sein, damit ein Einkauf darin Platz hat?" Hanne war sehr zufrieden mit dieser Erwiderung.

„Ich wollte nicht einkaufen. Ich wollte einfach weg, bevor mich die Frau verrät." Engel sah Hanne durchdringend an.

„Was sollte die Frau nicht verraten?"

„Dass ich in der Hütte war."

„Jeder darf in der Hütte sein. Die ist dazu da, dass ..."

„Ich sollte ja überhaupt nirgends sein."

„Na, Sie haben vielleicht düstere Träume. Die möchte ich nicht deuten."

Engel fand in Hannes Gesicht nicht, was er suchte. „Sie verstehen mich nicht", begann er noch einmal bedrückt. „Ich durfte nirgends sein, weil ich gesucht wurde."

Jetzt ließ ihm Hanne Zeit.

„Im Rucksack, ich meine, in dem anderen, da war viel Geld. Geld, das mir nicht gehörte, verstehen Sie?"

„Geklaut?"

Engel senkte den Kopf.

„Dann ist es ja wirklich schade, dass wir ihn nicht gefunden haben. - Vielleicht hab ich ja doch eine Spur übersehen", witzelte sie.

Engel wollte schon aufgeben, brachte es aber nicht fertig, das Geständnis auf halber Strecke versacken zu lassen. „Da waren noch zwei Dinge, die wichtig sind: Der Sex mit ihr war nicht freiwillig. Ich meine, sie wollte nicht - so ganz."

Um ein Haar hätte sich Hanne verraten, so arg und unhaltbar kochten Empörung und Zorn in ihr auf. Die Gemütswallung kam ihr aber gerade zupass. „Sagen Sie, Herr Engel, Ihr Ausraster und die Sache mit dem Ausweis. Wollen Sie mir jetzt auch noch gestehen, dass i c h die Frau Ihrer Träume bin?"

Engel nickte schuldbewusst.

„Sie sind sicher nicht der einzige Patient, der's in seinen feuchten Träumen mit der Krankenschwester treibt. Ihre Vergewaltigungsphantasien machen mir aber schon ein bissel Angst."

Engel schaute sie traurig an. Sie sah aus wie jemand mit einem Hubschrauber im Kopf. „Sie müssen keine

Angst haben. Am besten, wir vergessen den Quatsch."
Engel griff nach dem Besteck und stocherte im lauwarmen Kartoffelbrei.

Hanne sah ihm eine Weile zu. „Sie sollten vorsichtig
sein mit solchen Geschichten", sagte sie ruhig. „In Bayern ist es mitunter schon für Gesunde schwer genug,
nicht in die geschlossene Psychiatrie zu geraten. Haben
Sie noch ein bissel Geduld mit Ihrer Kopfverletzung.
Bleiben Sie vor allem liegen, wenn Sie dabei helfen wollen, dass es schneller wieder gut wird. - Stellen Sie das
Tablett, wenn Sie fertig sind, aufs andere Bett. - Gute
Nacht, und angenehme Träume."

Am Tisch zog Hanne sich aus. Im Vorraum wusch sie
sich. Auf dem Heuboden legte sie sich in ihr vollkommen neues Bett. Heute war sie ganz in der Hütte angekommen. Müde und überaus zufrieden mit sich und der
Welt blies sie die Funzel aus.

Schlaf fand sie nicht. Eine tiefe Unruhe drängte ihre
Gedanken - gegen ihren Willen - zum einsamen Schläfer
im Verschlag. Sie hörte leises Schlurfen. Eine Diele
knarrte. Das Herz schlug ihr im Hals. Ihre Matratze lag
mit ganzem Gewicht auf der Luke. Wie viel Kraft hat
ein geschwächter Mann, wenn der Trieb mit ihm durchgeht? Theresa hatte eindrückliche Geschichten erzählt
von Männern, die - eben erst von schwerer Krankheit
genesen - Stunden brunftend gerackert haben.

Unten war es wieder still geworden. Hanne sah einen
Lichtschein am Rand der Luke. Durch den Spalt sah sie
Engel. Er lag wieder im Bett. Hanne suchte eine Empfindung, die sich wie Erleichterung anfühlt, empfand
aber nur eine Art Enttäuschung. Auf dem Tablett im
Nachbarbett brannte die dicke Kerze. Hanne wurde es
warm, als sie ihren Slip in Engels Händen erkannte.
Hatte er sich deswegen noch einmal bis zum Tisch gequält? Mit geschlossenen Augen, also nur mit der Nase,

suchte er den wohl würzigsten Punkt. Er schlug die Decke zurück, schob das Nachthemd über den Nabel, legte das kleine Handtuch zwischen Bauch und geschwollenes Glied und begann - blöde oder entrückt grinsend - mit der Ersatzhandlung, für die es viele Namen und noch mehr alberne Warnungen und Verbote gibt.

Hanne blieb nicht unberührt von dem, was sich da unten begab. Sie stellte ein Bein auf, um besser an die feuchte Stelle zu gelangen. Engel kam viel schneller als sie. Der Ausdruck in seinem Gesicht war eine Mischung aus Schmerz und Mordlust. Als sich das Gesicht entspannte, lag da ein befriedeter, friedlicher, friedvoller Mann. Hanne schaute auf den kleinen, weißen Kleks auf dem Handtuch. Idiotisch. Da gibt es zwei Männer, zu denen du dich heute hättest legen können, stattdessen liegst du auf einem kalten Heuboden und versuchst, mit eigenem Geschick auf den Punkt zu kommen.

Engel blieb liegen, ohne das Instrumentarium abzubauen. Er untersuchte den Schlüpfer, behauchte die wohl ergiebigste Stelle, presste die Nase daran und begann noch einmal mit der sehr kleinflächigen, nicht eben tiefgründigen Massage. Bei Hanne war es anders. Aber sie kam nun gut voran und überholte Engel noch, sodass ihr sein Finale nicht entging.

Diese Gesichter sollte man aufbewahren, am besten in Grabsteine meißeln, dachte sie. Etwas noch Persönlicheres und gleichzeitig vollkommen Selbstbefreites gibt es nicht, und auch kein passendes Wort, das diesen körperlichsten und dabei doch weltentrückten Zustand beschreiben kann.

Weinend schlief Hanne ein über dem Gedanken, dass die ach so gescheite Natur beim Menschen doch manches verhunzt haben muss.

16

Hanne hatte im neuen Bettzeug auf der neuen Matratze wunderbar geschlafen. In der Dämmerung stand sie auf. Beim Strecken der Glieder bemerkte sie wohltuend, dass der Muskelkater ganz abgeklungen ist und auch keine Sehne mehr schmerzt. Ihren Slip fand sie, wo sie ihn am Abend hingelegt hatte. Sie heizte, setzte Schnee auf und fütterte die Pferde.

„Was machst du eigentlich, wenn dir die Latte steht und keine Stute da oder bereit ist?"

Fred schüttelte den Kopf.

„Oder kriegst du erst eine Latte, wenn alles stimmt?" Oft genug hatte sie es anders erlebt. „Nein. - Ihr seid echt arm dran. Wenigstens wollt ihr nicht jeden Tag. Und wenn ihr wollt, dann hopp, und alles ist schon wieder vorbei. Das kann doch nicht wirklich Spaß machen."

Diesmal schüttelten beide den Kopf.

Hanne lachte laut. „Dir erst recht nicht. Ich weiß." Sie kraulte Ginger an der Stirn. „Findest du es manchmal schade, dass ihr nur gute Freunde seid und Fred auch gar nicht anders kann?"

Jetzt warf nur Fred den Kopf auf und nieder.

„Mit euch kann man nicht vernünftig reden. - Schert euch raus."

Diesmal gingen sie behäbig in den sonnigen Morgen und das schmerzlich gleißende Schneefeld, als hätten sie Hannes Worte traurig oder nachdenklich gemacht.

Da Engel noch schlief, verstaute sie leise den restlichen Inhalt der Korbtruhen in den Schränken. Die leeren Truhen brachte sie auf den Heuboden. Es war der bescheidene Anfang einer neuen Einrichtung.

Hanne saß beim Frühstück, als Engel verschlafen aus dem Verschlag gehumpelt kam und mit einem stimmschwachen „Guten Morgen" zum Klo schlurfte. Sie machte ihm die Waschschüssel zurecht und setzte sich wieder an den sonnigsten Platz der Stube, gedanklich noch einmal die wichtigsten Minenfelder abschreitend.

Diesmal ließ Engel nicht lange auf sich warten.

„Sie können getrost meine Bürste benutzen", sagte Hanne, auf das Haarchaos anspielend.

Engel winkte ab und humpelte auf den Tisch zu. „Ich hab mal gehört, dass man so schnell wie möglich das Krankenbett verlassen und wieder laufen soll." Behäbig setzte er sich auf den Stuhl an der Schmalseite des Tisches.

„Vor allem bei nichtgegipsten Beinbrüchen und schweren Kopfverletzungen", erwiderte Hanne ironisch.

„Ich laufe langsam. Im Bett werd ich erst recht verrückt."

Sie stellte das zurechtgemachte Tablett auf den Tisch.

„Wieso hat man gerade Sie mit meiner Pflege betraut?"

Hanne schluckte schwer. „Das hab ich Ihnen doch erzählt", antwortete sie befremdet, obwohl sie die Frage sehr wohl verstanden hatte. „Ach, Sie meinen, warum man gerade die ausgewählt hat, die Ihrer Sabine am ähnlichsten sieht?"

Engels Gesicht gewann an Frische. „Nein. Wieso waren Sie schon dabei, als ich gefunden wurde? Da konnte doch noch niemand wissen ..."

„Nicht, als Sie gefunden, sondern als Sie geborgen wurden. Sie haben mich nicht ausgewählt, ich war die, die dabei war, also die erste, die gefragt wurde. Wenn ich *nein* gesagt hätte, hätten sie wahrscheinlich auch keine andere gefunden, die in dieser Abgeschiedenheit allein einen Mann pflegt, der mehr tot als lebendig ist. Es gibt nicht viele Leute, die längere Zeit allein bleiben können. Das gibt's nur in Büchern und Filmen."

„Und was wäre dann gewesen?"

„Dann hätte man Sie in die nächste Klinik geflogen in der Hoffnung, dass Sie da lebend ankommen. Auch das sagte ich wohl schon."

„Ja, aber nicht, dass Sie die einzige waren, die …"

„Vermutlich", schränkte Hanne ein. „Vielleicht hätte es auch andere gegeben, die sich von der sehr ordentlichen Bezahlung hätten überrumpeln lassen."

„Bereuen Sie, den Job angenommen zu haben?"

„Ich hab kein Problem damit, allein zu sein", sagte Hanne ein bisschen fahrig. „Und auch nicht damit, mal eine Nacht mit einem Toten unter einem Dach zuzubringen. - Und ich denke, dass sich Leute, denen geholfen wird, nicht an den Helfern vergreifen."

Engel wich ihrem Blick aus und schaute auf das Essen. „Warum kommt eigentlich kein Doktor?"

„Haben Sie Grund, sich über mich zu beschweren?"

„Nein. Aber …"

„Die Visite wäre in Ihrem Fall ein Tagesausflug für den Professor. Wir telefonieren täglich. Er wird Sie sich in der Klinik anschauen. Ich denke, bald."

„Haben Sie ihm auch von den Träumen erzählt?"

Hanne lachte. „Andeutungsweise, nur damit sie den Hubschrauber nicht zu weit wegfliegen lassen."

Engel aß mit viel Appetit Eiersalat, Fischsalat, Obstsalat, heiße Würstchen.

„Wie geht es Ihnen heute?"

„Ganz gut. - Der Kopf macht mir Sorgen."

„Haben Sie Schmerzen?"

„Kaum."

„Die Träume?"

„Es fühlt sich nicht so an, verdammt."

„Wollen wir gemeinsam den Rucksack suchen?"

Engel legte das Besteck beiseite.

„Herr Engel, ich weiß nicht, wie viel Geld im Rucksack gewesen sein soll. Aber glauben Sie nicht, dass sich die Polizei für so eine Geschichte interessieren würde? Die wissen, dass wir einen Mann gefunden haben, und machen sich nicht die Mühe, vorbeizuschauen?"

„Ich weiß", sagte Engel gequält. „Das ist es ja gerade. Es passt eben gar nichts mehr zusammen."

Hanne wog lange ab, ob sie Engel mit dieser Frage kommen soll. „Ist es sehr erregend, sich vorzustellen, dass Sie mich vergewaltigt haben? - Wie oft eigentlich?"

„Keine Ahnung", log Engel. „Ein paar Tage. Ein paar Wochen", gab er dann aber doch verschämt zu.

„Oh. - Und ich hab mich nicht gewehrt?"

„Nicht wirklich."

„War ich angekettet?"

„Nein", sagte Engel gequält.

„Dann hätte ich totsicher eine Gelegenheit gefunden, Sie umzubringen und in den Abgrund zu schmeißen", fauchte Hanne giftig.

„Das Merkwürdige ist, dass ich mich schäme und trotzdem will, dass es wahr ist", erklärte er ruhig.

Hanne überkam auf einmal ein zärtliches Gefühl, eine Wallung, wie man sagt. Die inneren Stimmen erstarrten fassungslos mit aufgerissenen Mäulern. „Dem Rucksack zuliebe?", plapperte sie.

Er löste den Blick von der Tischplatte.

„Wem haben Sie das Geld eigentlich geklaut?"

Jetzt lächelte er in der ihm eigenen Weise.

Hanne hielt seinem Blick länger stand. „Sie sind ein seltsamer Typ. Sie wollen schon vor dem Unfall wochenlang hier gewesen sein und sagen keinem Bescheid. Und es scheint auch keinen zu geben, der sich Sorgen macht oder nach Ihnen sucht. Es interessiert Sie nicht, wie lange Sie noch in der Klinik bleiben müssen. Sie haben offenbar keinen Chef, der auf eine Nachricht wartet, von einer Krankmeldung ganz zu schweigen. - Was machen Sie eigentlich?"

Engels Lächeln verformte sich mit wenigen Änderungen zu einem verlegenen Grienen.

„Wenn Sie nicht arbeitslos oder asozial sind, dann bleibt nur Künstler."

Engel horchte auf. „Was meistens auf dasselbe rauskommt", sagte er ernst.

„Mögen Sie nicht über sich reden?"

„Ich kann mich nicht erinnern", log er.

Hanne versuchte, sich ihn vorzustellen als hungrigen, frierenden Einsiedler in einer ungemütlichen Kammer, dünn und ausgezehrt, mit wenig schlechtem Rotwein auf dem schmierigen Tisch und viel zerknülltem Papier auf dem staubigen Boden. So wie er aussieht, sollte es ihm nicht schwerfallen, eine Muse zu haben, die nicht nur seine geistigen Leidenschaften weckt und befriedigt.

„Kunst ist brotlos, wenn sie nicht gerade zum Brot geht", begann er schüchtern, ohne Hoffnung, ein Ohr zu finden. „Aber dann ist es vermutlich keine Kunst mehr. Entweder man fristet ein elendes Dasein oder man befriedigt den Zeitgeist. Da der meistens im Arsch ist, wird man früher oder später doch zum Arschkriecher."

„Das klingt sehr dramatisch", stichelte Hanne. „Dann sind alle, die von der Kunst leben können, Arschkriecher?"

„Ein paar Ausnahmen gibt es immer. Wenn Sie fragen, finden sich natürlich nur Ausnahmen."

„Und wie lassen sich Arschkriecher von Künstlern unterscheiden?"

Engel atmete tief. „Sie sollten dem Zeitgeist voraus sein. Aber das können eben nur die einschätzen, die es auch sind."

Hanne spielte den Kunstbanausen. „Oder diejenigen, die erst später kommen, wenn sich die Vorausschau bewahrheitet hat", plapperte sie gewitzt.

Engel beobachtete sie irritiert. „Mitunter braucht es einen langen Atem. Und allzu oft reicht er nicht ganz aus", sagte er bitter.

„Haben Sie eine Muse? - Ich meine, außerhalb der Träume."

„Manchmal." Engel rührte im Eiersalat. „Nach meiner Erfahrung haben Frauen eine geradezu zwanghafte Neigung zum Kreatürlichen, die allem Kreativen hinderlich ist."

„Ach ja? - Sie meinen den ganzen Unsinn mit dem Kinderkriegen und so."

Engel war überrascht. Sie hatte ihm nicht nur zugehört, sondern ganz offensichtlich auch verstanden. Sie roch verhängnisvoll. „Andererseits gibt es nichts, was die schöpferischen Kräfte stärker beflügelt als das Weib."

„Das ganze oder nur bestimmte Stellen?"

Engel hatte das Gefühl, die Kontrolle über den Gesprächsverlauf zu verlieren. Das war ihm bei solchen Themen noch nicht oft passiert; mit Frauen eigentlich noch nie.

Hanne glühte. „Ich meine, ist das Weib mehr ein kühlender Brunnen gegen kreatürliche Überhitzung oder mehr ein Schlupfloch für überhitzte kreative Widerstände?"

Engel wollte nun doch wieder ins Bett.

Lachend sprang Hanne auf den Heuboden, um den letzten Teil des Gespräches festzuhalten. Nie hätte sie geglaubt, dass es Leute gibt, mit denen man ernsthaft über sowas reden kann.

Den restlichen Tag mühte sie sich, Innenansichten der Hütte zu zeichnen. Hierbei musste sie sich nicht vor

Engel verstecken. Als Sabine hatte sie ja keine Gelegenheit zum Zeichnen gehabt.

Am Nachmittag hielt es ihn nicht mehr im engen Verschlag. Sie hörte ihn heranschlurfen. Lange stand er hinter ihr. Sie wurde rot. Die Einsicht eines Fremden in ihr zeichnerisches Können war ihr peinlicher als die Betrachtung ihres nackten Körpers. Entsprechend schamhaft empfand sie Engels Nähe.

„Sie können ja zeichnen", sagte er nüchtern. „Ist d i e Linie und d i e hier nicht ein wenig zu steil? Dadurch wirkt es hier irgendwie verzerrt. - Das hier ist dunkler, oder?"

„Es ist ja noch nicht fertig."

„Zeichnen Sie oft?"

„Selten. Wenn's mal passt."

„Die Tischkante liegt außerhalb des Ausschnittes. Wenn Sie sie reinnehmen, sollte sie flacher sein."

„Ich find's gerade schön, wenn's ein bissel hakt."

„Ja, natürlich." Engel setzte sich an den Tisch und sah ihr zu, ohne sich noch einmal einzumischen.

„Mögen Sie auch mal?"

Er schüttelte den Kopf. „Es genügt mir, wenn ich zuschauen darf."

Wieder schoss Hanne das Blut ins Gesicht.

Engel saß da und knetete von Zeit zu Zeit die Hände.

Hanne spürte, dass er nicht nur auf den großen Bogen sah, der vor ihr lag und willig Linien und Farben aufnahm, die immer mehr der Stubenecke ähnelten.

Engel fixierte sie auf merkwürdige Weise: nicht begehrend, nicht ängstigend, nicht provokant, nicht wehmütig, nicht überheblich, nicht schüchtern, nicht erheitert, nicht abfällig. Am ehesten war es von allem etwas.

Hanne hielt es aus, ohne dass sich ihre innere Unruhe auf die Hände übertrug.

Engel blieb merkwürdig still und wortkarg.

Bei der Zubereitung des Abendbrotes half er, ohne eine wirkliche Hilfe zu sein. Hanne schickte ihn mit dem großen Topf in den Schnee, um das Waschwasser vorzubereiten. Es gab Spiegelei mit Schinken und Brot, eine große Schüssel mit gemischtem Salat, Oliven und Apfelschnitzel, alles sehr lecker angerichtet. Auch beim Tischabräumen stand Engel mehr im Weg.

Hanne drängte zeitig ins Bett, weil sie am kommenden Tag sehr früh den Schlitten zurückbringen wollte.

Er wusch sich, ganz ohne ihre Hilfe in Anspruch zu nehmen. An den Krücken humpelte er schon recht forsch ins Bett.

Beim Ausziehen sah Hanne - vom Fenster gespiegelt - Engels Kopf über der Trennwand des Verschlags. Sie ließ sich Zeit. Um nicht geizig zu wirken, stellte sie sich so, dass der freche Beobachter möglichst viele ihrer Reize zu sehen bekam. Es war ein gutes Gefühl. Bevor sie ihren Slip auszog, drehte sie sich langsam zum Verschlag, um Engel genug Zeit zu geben, sich hinter der brusthohen Wand zu verbergen. Hanne drapierte den Slip, nachdem sie ihn beschnuppert hatte, recht keusch auf der Stuhllehne. Im Weiteren glich der Abend sehr seinem Vorgänger. Engel fand Gelegenheit, die Würze für gut zu befinden.

17

Noch vorm Morgengrauen fütterte Hanne die Pferde. In ihrer warmen wie beeindruckenden Garderobe schlich sie zum Schlitten, den sie nach einigen Fehlversuchen in Gang brachte. Noch einmal genoss sie die Jagd mit dem Wind. Als sie eintraf, erwachte Elsetal langsam.

Hanne lud die Skier vom Anhänger und ging ins Haus. Die Mutter war schon wach. Sie saß im Bademantel am Küchenfenster und schaute ins Dunkel, vor sich Flasche und Glas. Als sie Hanne in der Tür stehen sah, schrak sie zusammen. „Hanne, du?" Sie erhob sich rasch, um Flasche und Glas zur Spüle zu bringen und sich sehr geschäftig übers Frühstück herzumachen.

Hanne sah, dass die Mutter mehr über ihr Aussehen erschrocken war, als darüber, beim Saufen erwischt worden zu sein. Sie ging hinaus, um den fellbesetzten Mantel an die Garderobe zu hängen. Als sie in die Küche zurückkehrte, wiederholte sich der Schreck der Mutter.

„Hanne, wie siehst du denn aus? Und wo kommst du her?"

„Ich komme eben aus der Hütte. Und wie du siehst, hab ich mir ein paar Sachen gekauft."

Die Mutter nickte lange. „Aus der Hütte. So", sagte sie verhalten. „Was wollte die Polizei wirklich von dir?"

„Das hab ich dir doch schon gesagt."

„Hanne!", rief die Mutter leidenschaftlich. „Kannst du dir vorstellen, wie ein Gehirn arbeitet, das sich sorgt, aber nur mit Andeutungen gefüttert wird? - Es denkt an Drogen und Strich und all dieses …"

„Man hat ein paar Männer mit abgebissenen Schwänzen gefunden, und da dachten sie …" Hanne traf ein harter Schlag im Gesicht.

„Entschuldige, das wollte ich nicht. Es tut mir leid."

Hanne konnte sich nicht erinnern, je von der Mutter geschlagen worden zu sein. Sie überdachte, dass dieser Schlag auch bedeuten kann, dass ihr die Mutter wenigstens das nicht zutraut. „Du hast die Geschichte vom Geldraub gehört."

„Ja?", hauchte die Mutter ängstlich.

„Ich hab das Geld gefunden."

„Hanne, bist du toll? Du kannst doch nicht …"

„Behalt's für dich!"

Die Mutter nickte. „Natürlich", stammelte sie gehorsam wie bitter. „Ich behalt ja alles für mich. Mit wem sollte ich auch reden? Leider ist dieses *Alles* nicht eben viel."

Hanne setzte sich an den Tisch. Sie aßen wortlos. Das Schweigen wurde dornig wie immer. Hanne schaute die Mutter an. „Letztens, die Geschichte mit Tonis Mutter, die dir nicht aus dem Kopf geht … Hast du mal daran gedacht, dass es auch anders gewesen sein könnte?"

„Was meinst du?"

„Ach, nichts weiter."

Es dauerte wieder eine Weile, bis das Schweigen unerträglich wurde. Beide hatten sie versucht, die wortlose Zeit so gut wie möglich fürs Frühstück zu nutzen.

„Warum ist der Vater fortgegangen?"

„Das hast du mich schon so oft gefragt", erwiderte die Mutter gereizt. „Ich weiß es nicht."

„Kein Mensch geht einfach so", sagte Hanne ungläubig.

„Mag sein. Aber er hat nicht gesagt, warum er geht. Wir haben uns nicht gestritten. Es war nicht immer einfach mit dem Hof. Aber das ist es bei andern auch nicht. Manchmal war so viel Arbeit, dass kaum noch Zeit blieb für uns. Aber es hat keine Geschichte gegeben, das musst du mir glauben. Alle waren ratlos, als er sang- und klanglos verschwand, auch Rudolph. Und der kannte ihn doch am besten."

„Und warum hast du nicht wieder geheiratet?"

„Wie denn? Ich bin ja noch immer verheiratet. Ich hab mich geschämt, die Scheidung einzureichen von einem Mann, der sich spurlos fortgeschlichen hat."

„Hast du nicht manchmal Lust. Ich meine, brauchst du nicht ab und zu mal einen Mann?"

„Ach, Hanne. In der Stadt wäre alles viel einfacher gewesen." Sie sah die Tochter besorgt an. „Warum hast du Wäsche aus seinem Schrank genommen?"

Hanne wich dem Blick der Mutter aus. Sie schämte sich. Nie hätte sie für möglich gehalten, dass die Mutter den Verlust bemerkt. Waren die Klamotten des Vaters doch nicht nur liegengeblieben, weil sich keiner die Mühe hatte machen wollen, sie wegzuschmeißen? „Ich hab sie gebraucht, zum Arbeiten."

Wieder nickte die Mutter lange. Dann ging sie hinaus, um mit einem Brief in der Hand zurückzukehren. „Der liegt schon eine Woche hier."

Hanne schaute nur flüchtig auf den Umschlag. Wer sollte ihr schreiben, ohne Absender und mit gedruckter Anschrift? „Sicher Werbung." Sie warf ihn in den Müllkarton.

Der Abschied war wie immer kurz und kühl.

Natürlich hätte sie nun mit ihren Skiern ins Tal fahren können. Aber dann müsste sie die schicken Stiefel gegen die Skischuhe tauschen. Nein. Sie wollte gesehen werden, und je langsamer sie unterwegs war, je größer war die Wahrscheinlichkeit, den allzeit Neugierigen ins Auge zu springen.

Merkwürdigerweise war Jörg nicht böse auf Hannes Extratour, nur erleichtert, sie gesund wiederzusehen.

„Wenn ich in Lumpen hier aufkreuze, maulst du rum. Wenn ich hübsch aussehe, sagst du kein Wort. - Wieso bist du nicht sauer?"

Er lachte sie an. „Weil du mir zwei sehr erregende und leidenschaftliche Nächte beschert hast."

„Ach was. Wie denn?", fragte sie unsicher.

„Mit deinem Abschiedskuss."

„So lange hält sowas an bei dir?"

„Gitte hat es gesehen."

Hanne verstand. „Ich dachte, bei euch sind nahezu alle Nächte - leidenschaftlich."

Jörg verkniff sich die Antwort. Die dabei entstehende Grimasse war nicht weniger verräterisch.

„Warum habt ihr keine Kinder?"

„Frag Gitte."

„Den Schlitten hab ich bei meiner Mutter untergestellt. Muss ja nicht jeder wissen, dass ..."

Wieder war Jörg überrascht von Hannes Weitsicht.

„Hat Gitte Grund, eifersüchtig zu sein?"

Jörg überlegte zu lange, um seine Gefühle nachher glaubhaft überspielen zu können.

Hanne war nicht sehr erstaunt.

Als sie gehen wollte, hielt Jörg sie zurück.

„Was ist?" 'Kein Geständnis!', flehte sie inbrünstig.

„Ich hab gestern im Gemeinderat angedeutet, dass du vorhast, dich um die Hütte zu kümmern."

„Du bist ein Schatz. - Und?"

„Die Reaktionen waren ziemlich heftig", druckste er. „Wenn der Doktor dich nicht vor den schlimmsten Verunglimpfungen in Schutz genommen hätte ..."

„Und du?"

„Was?"

„Hast du auch was gesagt?"

„Hanne, die haben mich beinahe gesteinigt allein für die Unverfrorenheit, auch nur die Rede drauf zu bringen."

„Schade, ich hätte dir gern noch ein paar erregende Nächte beschert. Aber nun hat sie sich der Doktor verdient."

Der Doktor war nicht erstaunt über ihr Erscheinen, über ihre Erscheinung schon. „Oh. Der Schmetterling hat sich entpuppt. - Wie geht's deinen Patienten? Reichen die Medikamente noch?"

Hanne überhörte den Spott.

„Welche Geschichte steckt diesmal hinterm Besuch der Polizei?"

„Welche schon. Sie suchen den Geldräuber."

„Bei mir? - Kommissar Eggers war hier und hat Fragen gestellt; über dich, und ob du vielleicht versucht hast, an Medikamente ranzukommen."

„Dann haben Sie mir die Leute von der Kripo auf die Hütte gehetzt?"

„Von mir wissen sie weder was von der Hütte noch von der Sache mit den Medikamenten. Letzteres hätte mir wohl auch einigen Ärger eingebracht." Er nahm ihr den Mantel ab, führte sie ins Wohnzimmer und bat sie, sich zu setzen.

Hanne hatte sich die Stube des Doktors ganz anders vorgestellt, irgendwie biederer. An allen Wänden standen schwere, helle Bücherschränke mit riesigen Schiebetüren, leicht getöntes, geschliffenes Glas in verzierten Rahmen, eine meisterhafte Tischlerarbeit. Vorm breiten Fenster stand eine Ottomane, daneben eine moderne Sitzgarnitur. Dann gab es noch einen großen Tisch mit acht eleganten Stühlen und einen riesigen Konzertflügel in makellosem, schwarzem Lack. Überall, wo Platz war, zierten Grünpflanzen den Raum, bisweilen auch solche von beachtlicher Größe. Es war hell und einladend und gemütlich. Die Atmosphäre des Raumes musste jeden Besucher sogleich für den Hausherrn einnehmen. Hanne wählte einen Sessel der lichtüberfluteten Sitzgarnitur und fühlte sich sofort geborgen.

„Wie kommt Eggers gerade auf dich?"

Hanne hob die Schultern.

„Na gut. Es geht mich ja im Grunde auch nichts an."

Hanne sah die Enttäuschung im gealterten, aber noch immer interessanten Gesicht.

„Anders deine Hüttenpläne. Die haben uns schon im Gemeinderat beschäftigt. *Aufgeregt* wäre das passendere Wort. Ich kann meine Hände drüber halten, bis du dich ausgespielt hast. Wenn ich dir aber einen Rat geben darf, dann beende die Schrulle, so schnell es geht, und kehr wieder heim."

„Es ist keine Schrulle", erwiderte Hanne trotzig. „Es ist in fast jeder Einzelheit bedacht."

„Da bin ich aber mal gespannt." Der Doktor setzte sich zu ihr.

„Ich mag noch nicht drüber reden."

„Und wann?"

„Wenn der Gemeinderat bereit ist, mir die Hütte zu geben."

„Hanne, zum Glück hast du sie nicht erlebt. Die brennen die Hütte eher ab, als sie dir zu geben. Der Ort hatte genug Drasch mit dem Ding. Sie werden einen Teufel tun, die ganze Sache noch mal aufzukochen, indem sie sie jemand wie dir anhängen."

Hanne trat Wasser in die Augen.

Der Doktor blieb unerbittlich. „Ich weiß, Rudolph war vernarrt in die Bude, wie er in dich vernarrt war."

„Was meinen Sie mit *jemand wie mir*?"

„Mach's mir nicht so schwer. Du weißt, wie die Leute seit der Geschichte über dich denken. - Das kannst du auch keinem wirklich verübeln. - Glaubst du, dass sie so schnell vergessen?"

Hanne war schmerzlich enttäuscht. Trotzdem fasste sie sich. „Glauben Sie, dass das, was die Leute von der Geschichte wissen, ausreicht, um für alle Zeit eine Lanze über mich zu brechen?"

Der Doktor löste sich aus ihrem Blick.

Hanne stand auf. „Und was wissen sie schon?!", schrie sie unbeherrscht.

Der Doktor sah sie verstört an. „Was alle wissen",
sagte er ruhig, wie einer, der Angst davor hat, mehr zu
hören. „Was sollten sie noch wissen?"

Hanne hatte sich wieder in der Gewalt. „Was ... Was,
wenn die leidenschaftliche Szene, in der ich - wie es hieß
- vor lauter Triebbessenheit den Kopf verloren habe,
in Wahrheit eine ..." Hanne zögerte. „... sehr unfreiwil-
lige Sache war?" So wie die Worte aus ihrem Mund,
liefen die Tränen aus ihren Augen.

Der Doktor starrte sie erschüttert an. Er hatte nicht
den geringsten Zweifel, dass Hanne die Wahrheit sagt.
Schwer drückte er sich aus dem Sessel. Mit immer laute-
rer und nachdrücklicherer Stimmer drang er in sie.
„Wusste Rudolph davon? - Weiß deine Mutter davon?!"

Hanne schüttelte den Kopf.

„Bist du von allen guten Geistern verlassen? Du musst
es ihr sagen. Weißt du, in welche Lage du sie und deinen
Großvater und vor allem dich selbst gebracht hast?!"

„Und der Toni? Dem ging's doch so schon beschissen
genug!"

Der Doktor verstand erst jetzt das ganze Drama.
Kopfschüttelnd lief er im Zimmer auf und ab. „Der
Toni. Gut", stammelte er ratlos. „Du musst es der Mut-
ter trotzdem erzählen. Die wird dem Toni nichts tun.
Der ist weg." Er trat auf Hanne zu und fasste sie bei
den Armen. „Ich beschwör dich, spiel nicht länger die
Edle. Du schonst damit doch nur die Falschen, die oh-
nehin im Elend sind."

„Auch wenn sie so im Elend sind, dass die Wahrheit
sie umbringt?" Hanne sah, wie dem alten Mann Wasser
in die Augen trat.

„Nicht bei der Wahrheit liegt die Schuld", sagte er
gefasst, „sondern immer bei denen, die sie nicht ertragen können. Die fadeste Wahrheit taugt mehr als die
edelste Lüge, glaub mir das. Ich weiß, wovon ich rede.

Du hast keine Ahnung, wie viele Leute ich belogen hab, ums ihnen leichter zu machen. Glaubst du, es hat mir nur einer gedankt? - Lüge bleibt Lüge, auch wenn sie mit einem noch so edlen Motiv einhergeht. Auch Güte ist kein Indiz der Wahrheit."

Hanne, die die Worte des Großvaters erkannte, fiel dem Doktor an die Brust. Diesmal brauchte sie lange, ehe sie wieder Gewalt über ihr Zwerchfell hatte. Sie wischte die Augen trocken und putzte sich die Nase. Das letzte Mal hatte sie mit Theresa über Wert und Nutzen der Wahrheit gesprochen. „Und wenn man fremdgeht, was ist dann mit der Wahrheit? Soll man das dem Partner beichten? Der kann doch nichts dafür. Was hat der anderes von der Wahrheit als ein Scheißgefühl?"

Der Doktor sah sie - nach Eigenart der Bedachtsamen - lange an. „Kann er wirklich nichts dafür, Hanne? Und vielleicht gäb's das Scheißgefühl schon längst nicht mehr, wenn alle ehrlich drüber reden würden. - Die wichtigsten Dinge lernen die Menschen zu spät. Als ich so alt war wie du, hab ich gedacht wie du. Auch bei mir gibt's Geschichten, die niemand sonst kennt, außer der Einen. - Wir bleiben zu lange dumm, Hanne, weil wir die Wahrheit nicht glauben wollen, auch wenn sie von denen kommt, die wir am besten kennen und am höchsten achten. - Dem Rudolph hab ich auch nicht geglaubt, dass du anders bist, als die Leute reden. Wir sind alle dumm, egal wie alt wir sind. Trotzdem hat er mich gebeten, mich um dich zu kümmern und auf dich aufzupassen."

„Das haben Sie aber bisher sehr unauffällig gemacht."

Der Doktor lachte. „Ja, ich bin ein miserabler Freund. Vielleicht willst du es ja trotzdem noch mal mit mir versuchen, falls da ein Rest Vertrauen ist."

Hanne lächelte bitter. „Wenn Sie was für mich tun wollen, dann helfen Sie mir, die Hütte zu kriegen."

Der Doktor machte ein gequältes Gesicht. „Hanne, ich bitte dich! Du hast nicht die geringste Chance."

Hanne nickte ihm mit schmallippigem Lächeln zu und wandte sich zum Gehen.

„Nein, geh nicht wieder so!" Er suchte nach Worten. „Ich will sehen, was ich für dich tun kann. Bitte denk dran, dass mich im Augenblick nichts so sehr schmerzen würde, wie dir einen Bärendienst zu erweisen. Was ich auch immer in der Sache für dich tu, es wird falsch sein, glaub's mir."

„Hatten Sie das mit dem Vertrauen vorhin ernst gemeint?"

Der Doktor sah sie erwartungsvoll an.

„Der Großvater hat mir mal beigebracht, dass Vertrauen eine gegenseitige Geschichte ist."

Der Doktor atmete tief. „Willst du nicht *du* und *Sepp* sagen?"

Hanne ging zur Tür.

„Ich will versuchen, der Tagesordnung für die Gemeinderatssitzung kommenden Donnerstag noch einen Punkt hinzuzufügen. Nimm dir frei an diesem Abend und sei zeitig genug beim Kammerlander."

„Danke, Sepp."

„Ich muss verrückt sein. Bis dahin werd ich wohl den gesamten Vorrat an Magentropfen und Beruhigungsmitteln und Schlaftabletten fressen", sagte er verzweifelt ganz ohne Ironie. „Ich will hoffen, dass ich nach diesem Abend noch einen andren Wunsch hab, als zu sterben."

„Danke für das Vertrauen." Hanne hatte schon die Klinke in der Hand. „Vielleicht musst du ja weniger Pillen schlucken, wenn du weißt, dass ich das Geld vom Bankraub gefunden hab. Eggers wollte, dass ich ihm auch noch den Räuber liefere. Wie du siehst, hat sich die Bank beim Finderlohn nicht lumpen lassen. Am Geiz der Gemeinde soll's nicht scheitern."

Der Doktor ließ es sich nicht nehmen, Hanne in den Mantel zu helfen.

Beim Abschied gab sie ihm einen Kuss. „Danke auch, dass du beim Gemeinderat für mich gesprochen hast."

Sie verließ den Doktor mit einem Hochgefühl. Der Rückweg führte sie noch einmal am Hof der Mutter vorbei. Eigentlich hatte sie nur die Skier holen wollen, aber dann ging sie doch noch mal ins Haus.

Die Mutter war erstaunt, Hanne so schnell wiederzusehen. Sie hatte den Brief in der Hand. „Er sieht nicht aus wie eine Wurfsendung", entschuldigte sie sich. Verlegen reichte sie der Tochter das geschlossene Couvert.

Hanne riss es auf, schaute hinein und wusste Bescheid.

„Was ist?", fragte die Mutter, erschrocken über die Blässe, die die Tochter so plötzlich überfiel.

Hanne zitterte.

„Setz dich doch, Kind."

Kind hatte die Mutter schon ewig nicht mehr gesagt. Hanne sank auf den Stuhl und überflog die Zeilen und steckte den Brief zurück und sank weiter auf den Boden. Ihr war, als hätte sie jemand all ihrer Muskeln beraubt. Sie war kalt und stumpf, vernahm aber, was um sie herum geschieht.

Die Mutter kniete bei ihr. „Hanne. Hanne, hörst du mich?" Ihr Name hallte. Dann wurden die Wörter langsam wieder klar.

Sie ließ sich aufhelfen und zum Stuhl führen. Sie trank das Wasser. Sie fingerte eine Seite aus dem Umschlag, den sie nicht aus der Hand gelassen hatte. Sie probierte zu reden und war überrascht, als es gelang. „Du wolltest mehr von mir wissen, um mehr für dich behalten zu können?" Sie streckte den Arm aus und war erstaunt, ihn einen Augenblick halten zu können.

Die Mutter griff nach dem knittrigen Blatt und murmelte leise: „Liebe Hanne. Darf ich dich noch einmal so nennen? Es ist alles so fad und so ganz ohne Hoffnung. Immer wieder hab ich versucht, in Gedanken das Geschehene ungeschehen zu machen. Es ist ja zwecklos. Aber nicht das Körperliche ist es. Die Ärzte waren gar nicht so schlecht. Sie hätten mir nur noch einen neuen Kopf aufsetzen müssen, einen, der vergessen kann oder von all dem, was war, nichts mehr weiß. Glaub mir, dass ich es mir nicht leicht gemacht hab. Ich hab's wieder und wieder versucht. Vielleicht hätte ich alles besser hinter mich gebracht, wenn du mich nicht geschont hättest …" Jetzt war auch die Mutter blass geworden, die das Ungeheuerliche und doch so Naheliegende zu ahnen begann. „Hat Rudolph das gewusst?"

„Nein. Aber geglaubt hat er die Geschichte auch nie."

Die Mutter suchte nach Worten. „Hanne, das kannst du mir nicht vorwerfen. Wie kann man etwas nicht glauben, wenn alle, die daran beteiligt sind, das gleiche reden?"

„Ich werf's dir ja nicht vor", erwiderte Hanne müde.

Gern hätte die Mutter Hanne in die Arme genommen, wenn nicht die Angst so groß gewesen wäre, von ihr zurückgestoßen zu werden. Sie las auch noch den Rest, den sie geahnt hatte. „Daran bist du nicht schuld, Hanne. Daran nicht!"

Hanne saß da, wie jemand, der für Außenreize nicht mehr empfänglich ist.

Die Mutter ging zu ihr, nahm ihr den Umschlag aus der Hand und las auch noch die schwarzumrandete Seite, die Tonis Mutter geschrieben hatte. „Hanne, um Gottes Willen, was war damals anders? - Was war damals anders?!", schrie sie, um die Mauer zu durchdringen, hinter der die Tochter zu sitzen schien.

„Ich war nicht zusammengebrochen im Klo", begann Hanne mit starrem Blick. „Wahrscheinlich hätte sie mich in ihrer Raserei totgeschlagen, wenn ich ihr nicht gesagt hätte, wie es wirklich war."

Die Mutter stand hilflos in Reichweite der Tochter.

Hanne erhob sich mühsam, um der bedrückten Szene zu entfliehen.

„Geh nicht fort, Hanne", bat die Mutter. „Bleib die Nacht hier. Ich lass dich auch in Ruhe, wenn du willst."

„Ich kann nicht so lange von der Hütte wegbleiben. Die Pferde sind doch da."

Die Mutter nickte. „Drei Wochen waren die Pferde hier, und du warst fort."

Hanne nahm die Mutter unbeholfen in die Arme. „Der Dokter sagt, die fadeste Wahrheit ist besser als die edelste Lüge", sagte sie mit erstickender Stimme. „Denkst du, er hat recht?"

„Ja, ich denk schon", entgegnete die Mutter bebend, auf Schlimmes gefasst.

Hanne ließ die Mutter los, nahm ihr den Brief aus der Hand und ging zur Tür. Mit kurzem Fluchtweg im Rücken und aus sicherer Entfernung gestand sie mit belegter Stimme: „Ich kann nicht länger bleiben, weil da ein Mann in der Hütte liegt, den ich schwerverletzt neben dem Rucksack mit dem Geld gefunden hab, der gleiche Mann, der mich zuvor drei Wochen in der Hütte … festgehalten und … und der in zehn Tagen nach Hause fahren und hoffentlich denken wird, es war alles nur ein böser Traum."

Die Mutter schaute sie hilflos an. Sie redet wirr. Kein Wunder nach dem Brief. Die Worte sind ohne Sinn und Verstand. „Hanne, bitte, lass uns fortziehen, weit weg."

„Ich hab hier noch was zu tun, Mutter."

„Was denn nur?"

„Kommenden Donnerstag wird mir der Gemeinderat hoffentlich die Hütte verkaufen. Ich mach eine Herberge draus."

„Um Gottes Willen, wie viel war denn drin im Rucksack?"

Hanne konnte das Lachen nicht verbeißen. „Gibt's irgendwas, das du mir nicht zutraust? - Für die sechs Millionen im Rucksack hat mir die Bank einen Haufen Finderlohn gezahlt."

„Ach Kind."

„Mach dir keine Gedanken, Mutter. Es ist mein Leben, und bis hierher bin ich ganz zufrieden damit."

18

Die Sonne schien mollig durch den dunkelblauen Himmel und weckte eine Ahnung ihrer wahren Kraft. Hanne hatte die Schuhe gewechselt und den leichten aber warmen Mantel um die Hüften geschlungen. Kraftvoll bezwang sie auf ihren Skiern den steilen Anstieg. Die kühle Luft linderte die Spannung in den bedrückten Augen. Der Pullover war warm, blieb aber trotz der Anstrengung trocken. Hanne genoss die neue Haut. Sie lief diesmal nicht gegen die Zeit. Das wäre - so glaubte sie - ungehörig gewesen angesichts dessen, was geschehen war.

Warum hat er nicht vorher geschrieben? Warum hat er dich nicht um Hilfe gebeten? Warum hat er für sich allein gelitten wie ein Hund? - Diese Fragen konnte niemand mehr beantworten. Daher zerfledderten sie und flogen in den Hintergrund, um anderen Fragen den Vortritt zu lassen: Warum hast du die Situation nicht einfach über dich ergehen lassen, ohne dich zu wehren? Was wäre denn gewesen? Keiner hätte je erfahren, was in Tonis Bude geschah, von dir nicht, und die beiden hätten es erst recht nicht an die große Glocke gehängt. Warum bist du hingegangen? Warum hast du dich so weit in das Spiel eingelassen? An welchem Punkt hättest du gehen sollen? Warum hat er nicht auf den ersten Biss reagiert? Auch diese Frage erstarrte zu einem hilflosen, stummen Schrei. Hanne wusste längst, welche Frage die hässlichste war, welche immer zuletzt kam und das letzte Wort behielt: Warum hast du diesen Kerl gern gehabt? dieses Jüngelchen, das noch nicht einmal genug Mut hatte, mit dir allein zu sein? dieses Kind, das zwei Jahre älter war als du? - Hanne kannte die Antwort: Weil er einer war wie du, ein Ausgestoßener, der nicht bereit oder fähig war, mit dem Schwarm zu schwimmen. Das war aber nur die halbe Wahrheit. Sie hatte gelernt, auch der hässlicheren Seite ins Gesicht zu sehen: Sie mochte ihn, weil er noch schlimmer dran war als sie; weil ihm die innere Kraft und das Selbstvertrauen fehlten, das sie an der Seite des Großvaters gewonnen hatte.

Nach vier Stunden erreichte sie in der Dämmerung wohltuend erschöpft die Hütte. Sie war länger fortgeblieben als gedacht. In der Stube brannte Licht. Hanne stellte die Skier im Vorraum ab und hängte den Mantel auf den Bügel. Leise betrat sie die Stube. Die funzlige Lampe tauchte die Szene in ein merkwürdiges, beinahe unwirkliches Licht.

Engel saß schlafend an der Stirnseite des Tisches, den Kopf auf beide Arme gebettet. Auf Tisch und Boden verstreut lagen Bögen ihres Zeichenkartons. Hanne hob sie auf und versenkte sich zunehmend bestrickt in jede der stimmungsvollen Ansichten, fasziniert von der räumlichen Tiefe und dem Spiel von Licht und Schatten. Auf allen Bildern hatte die Lampe, die auf dem Tisch noch immer vor sich hin funzelte, die Funktion einer Sonne, hell und warm, nur einen Teil der Stube oder des Vorraumes heraushebend aus dem Dunkel, das den größten Teil aller Blätter beherrschte. Auf dem Tisch fanden sich auch zwei Außenansichten, eine im grellen Sonnenlicht, die andere dämmrig in dichtem Schneetreiben mit dem Schatten eines Mannes, der unschwer zu erkennen war. Ganz und gar bezaubert war sie von einer Darstellung des Vorraumes. Von der Tür durch den Vorhang über die Stalltür mit den beiden weit übergebeugten Köpfen der neugierigen Pferde bis hin zum schmalen, lichtarmen Fenster im Hintergrund zog es den Blick in eine hinreißende Tiefe. Wie ist das möglich auf einem Blatt? Die Pferdeköpfe waren bis in die Halsadern genau, geradezu haarklein ausgeführt, auch Zaumzeug und Kumte neben der Lampe an der Wand.

Hanne zählte sechs Bögen, alle durchgestaltet bis in die Einzelheiten. Unaufhörlich schob sie einen Bogen hinter den anderen. Wann hat er all das gezeichnet? An diesem einen Tag? Ist das möglich? Wenn, dann nur in einem Zustand der Raserei.

Hanne legte die Blätter auf den Tisch und half dem Schläfer auf die Beine. Willenlos schlafwandelnd ließ er sich ins Bett bringen. Zum Tisch zurückgekehrt, fand Hanne auch noch das Bild, über dem der Maler eingeschlafen war. Ihre Hände stellten sich beinahe reflexartig vor den Mund. Die Lider kniffen das Wasser aus den Augen, das beim Schauen hinderlich war.

Im Zentrum des Bildes stand eine junge Frau in langer Unterwäsche, im Gesicht einen Ausdruck zwischen Angst und provozierendem Stolz, der sich in der anmutigen Haltung noch verstärkte. Hanne hatte der Natur nie Vorhaltungen gemacht, wenn sie ihren Körper kritisch im Spiegel besah. Aber so hatte sie sich noch nie gesehen: wach, schön, stolz und auf eine Weise reizend, wie es selbst die formschönste Nacktheit nur schwer zu überbieten vermag.

Je länger sie sich in das Bild vertiefte, umso trauriger wurde sie. Wie geht das zusammen? Wie kann ein Kerl, der auf empörende, ja kriminelle Art egoistisch und selbstverliebt ist, solche Bilder zeichnen? Aus welchem unverdorbenen Winkel seiner Seele hat er ihr Bild geholt? Wie ist er zu diesem Bild gekommen? Mit den gleichen Augen, die sich am Anblick ihrer Angst weideten? Mit dem gleichen Hirn, das die niederträchtigen Wege ersann, sie seinem Willen zu unterwerfen? Sind Männer so? Können Menschen so sein? Sie legte auch dieses Blatt in die Mappe und schob sie mit den Malutensilien auf den Stubenschrank.

Noch einmal las sie den Brief. Wie einfühlsam und liebevoll er geschrieben ist. Was, wenn er ihr schon mal geschrieben und sie den Brief wie diesen weggeworfen hat? Nein, das war auszuschließen. Wieder und wieder las Hanne den verzweifelten Abschied. Vermutlich hätte sie ihn sentimental oder gar kitschig empfunden, wenn nicht diese unumkehrbare Tat den letzten Punkt gesetzt hätte. Wie abgrundtief dumm das alles ist. Wie unnütz. Bald war sie ganz beherrscht vom Zorn. Ein Leben verlischt, ohne Spuren zu hinterlassen, aus Schmerz über die Erinnerung an eine Episode, einen Augenblick. Sie hätte, hatte ihm ja längst verziehen, hatte selbst ihre Härte bereut. Sie stand nicht dafür. Nichts steht dafür. Man muss sich lieb haben, um sich verzeihen zu können, dachte Hanne. War es das, was ihm gefehlt hat?

Sie ging in den Stall, um die Pferde zu versorgen und etwas Lebendiges um sich zu haben. „Auf so einen Scheiß würdet ihr nicht kommen, oder?"

Beide schüttelten den Kopf.

„Das ist auch idiotisch!", schrie sie ungehalten.

Die Pferde scheuten zurück.

„Ist ja alles gut", sagte sie besänftigend. „Ist doch komisch: Ihr habt keine Ahnung, wie einmalig und wie wertvoll eben drum das Leben ist. Und trotzdem kommt ihr nie auf so eine Idee, wie elend ihr euch auch immer fühlt. Und wir, wir wissen ... Aber vielleicht wissen es manche nicht." Das konnte sich Hanne nicht vorstellen. Es tat ihr gut, mit den Pferden zu sprechen. Jetzt verstand sie den Großvater. Es war etwas anderes, mit sich oder mit den beiden zu sprechen, auch wenn sie ohne Verstand waren. Was nützt aller Verstand, wenn Dinge geschehen, die nicht zu begreifen sind?

Als ihr kalt wurde, ging sie in die Stube zurück.

Engel saß am Tisch, ihren Brief in der Hand.

„Geht's noch? - Wie kommen Sie dazu, sich an meinem Zeug zu vergreifen?!" Empört entriss sie ihm den Brief.

Engel schaute sie bestürzt an.

„Was glotzen Sie so? - Sie könnten sich wenigstens entschuldigen!"

„Es tut mir leid", sagte er betreten. „Was haben Sie mit den Zeichnungen gemacht?"

Hanne machte eine abfällige Geste zum Kamin hin.

„Das ist nicht wahr!" Engels Versuch, aufzuspringen, misslang.

Hanne stieß ihn grob auf die Bank zurück. „Was nehmen Sie sich raus? Nicht nur, dass Sie fast alle Bögen bekritzeln, Sie zeichnen mich, ohne zu fragen! und dann auch noch in anstößigen, schamlosen Lumpen!"

„Wenigstens haben Sie etwas in all dem Gekritzel erkannt", entgegnete er niedergeschlagen.

Hanne spürte das verzweifelt rasende Herz, das ihre Atemnot nicht lindern konnte. Sie war zu weit gegangen in ihrem Spiel. Sie fand sich ekelhaft und gemein und ungerecht und abscheulich. Unwillig langte sie Scheite vom Holzstoß unter der Treppe, um sie unbeherrscht in den Kamin und den Herd zu werfen. „Das mit dem *Gekritzel* tut mir leid", sagte sie trotzig.

Engel lächelte einseitig. „Die Frau in den schamlosen Lumpen waren nicht Sie."

„Ach ja, richtig. - Sabine", erwiderte sie sarkastisch, sich der leidigen Szene ab- und der Bereitung des Abendbrotes zuwendend. Bald duftete es nach geröstetem Knoblauchbrot.

Engel sah ihr zu. Sie war schön und in ihrer Empörung dieser Sabine noch ähnlicher. Seit dem Brief war er froh, dass beide Frauen nicht identisch sind. Gern wäre er auch ebenso überzeugt davon gewesen. „In Ihrem Leben gab's aber auch schon heftige Geschichten", kam er vorsichtig auf den Brief zurück.

Sie ging nicht darauf ein.

„Es tut mir leid", sagte er hilflos. „Ich meine, was mit dem Jungen passiert ist."

Ihr lag schon wieder ein kränkender Spruch auf der Zunge, den sie dann aber doch verlegen hinter eingezogenen Lippen verbarg.

Auch diese Eigenart kannte Engel. „Hat er Sie …"

„Es gibt noch mehr Männer, die sich mit Gewalt nehmen, was sie wollen." Hanne stutzte bestürzt. „Und nicht bei allen bleibt's beim Träumen", hängte sie rasch an.

Wenn diese Frau die gleiche ist, wie … dann ist sie ein Monster, dachte er bedrückt. Aber die Neugier und eine düstere Ahnung trieben ihn weiter. „Was haben Sie mit ihm gemacht?"

Hanne schwieg und tat geschäftig. Auf einmal hielt sie inne, wie jemand, der sich eines Besseren besinnt. „Sie waren zu zweit", begann sie ruhig. „Sein Freund hat mich festgehalten, und er hat mir sein Ding in den Mund geschoben. - Wollen Sie noch mehr wissen?"

Engel wurde blass. Dann brach ihm der Schweiß aus in einer Heftigkeit, dass er auf den Tisch tropfte.

Hanne hatte so etwas noch nie gesehen. „Was ist mit Ihnen?", fragte sie ehrlich besorgt. „Was hatten S i e denn gedacht? Dass ich ihm die Nase oder ein Ohr abgebissen hab?"

Engel erinnerte sich an Sabines ersten missglückten Versuch. Die Situation war rätselhaft gewesen, auch das, was später kam. Warum war ihr so schnell schlecht geworden? Warum hatte sie es dann gemacht, obwohl er es nicht mehr verlangt hatte? Und warum war sie dann so energisch bis zum Ende drangeblieben?

„Entschuldigen Sie", sagte Hanne weder spottend noch ironisch. „Ich hab Sie für weniger zart besaitet gehalten."

„Das hat nichts mit Ihnen zu tun", hauchte er dünnstimmig.

„Mit Ihren Träumen?"

„Ja."

„Sie haben wirklich krasse Träume."

Beim Abendbrot hatte sich Engel wieder gefangen. Langsam gabelte er den delikaten Gemüse-Mozzarella-Salat, nur unterbrochen von den gelegentlichen, knackenden Bissen ins Knoblauchbrot. „Was meinte er mit *wenn Sie ihn nicht geschont hätten*? - So schonend finde ich es nicht, wenn Sie ihm ..."

Hanne atmete hörbar. „Ich hab vor Gericht erzählt, es wäre mir nur so im Spaß passiert. - Könnten Sie bitte mit weiteren Fragen bis nach dem Essen warten?" Sie war unsicher, ob es klug ist, ihn mit der nächsten Frage so lange allein zu lassen.

Er schaffte es auch nicht ganz bis nach dem Essen. „Spielen Sie oft die Großmütige?"

Hanne war auf diese Frage nicht vorbereitet. „Mit sechzehn darf man noch dumm sein oder unerfahren, wie's da noch heißt. Heute käme ich nicht mal im Traum drauf, mich vor jemanden zu stellen, der Mist gebaut hat."

Engel fiel es immer schwerer, an eine Manipulation zu glauben. Nur weil die Alternative nicht weniger beunruhigend und bedrückend war, hielt er an der Möglichkeit fest, dass ein Monster sein Spiel mit ihm treibt. An diesem Abend wusch und rasierte er sich besonders gründlich und ohne sich zu verletzen.

Hanne untersuchte und salbte die inzwischen grindlosen Verletzungen, die aber noch immer schmerzempfindlich waren. Die Farbe der beiden Blutergüsse hatte sich mittlerweile ins Dunkelgrün gewandelt.

„Sie haben gefühlvolle Hände", lobte Engel, der mit geschlossenen Augen die Behandlung seines Gesichtes genoss.

„Danke." Erst jetzt bemerkte sie, dass ihre Finger so zärtlich zu Werke gingen, als gelte es, eine Hartherzigkeit wieder gut zu machen. Sind Hände manchmal klüger als der Kopf? „Die Bilder sind sehr schön", sagte sie wie nebenbei.

In der Nacht wiederholte sich ihre Beobachtung aus den letzten beiden Nächten. Hatte Theresa die Triebbedrücktheit der Männer doch nicht übertrieben? Sind sie wirklich so arm dran?

19

Die nächsten Tage gingen vor allem mit Lauftraining und Hannes konzentrierter Vorbereitung der Gemeinderatssitzung hin. Engel redete nur wenig, und wenn, dann drehte sich alles um die merkwürdige Krümmung der Wirklichkeit.

Faschingsdienstag wollten sie es sich ein bisschen gemütlich machen. Engel humpelte und sprang an den Krücken. Gemeinsam schmückten sie die Hütte. Hanne hatte etwas Besonderes gekocht: gebratene Medaillons in einer Gorgonzola-Bananen-Kokosmilch-Soße mit geschmortem Blumenkohl und gerösteten Kartoffelecken, ein erfundenes Leibgericht des Großvaters.

Beim Tischdecken kamen sie in ausgelassene Stimmung. Engel gelang es nur mit konzentrierter Selbstbeherrschung, seine Hände im Zaum zu halten. Eben als er die am Kamin warmgestellten Pfannen mit dem Blumenkohl und den Medaillons auf den Tisch stellte, bemerkte er eine Gestalt weit vor der Hütte, die in all dem Weiß kaum zu erkennen war. Sie zog einen Sack hinter sich her, lief ein Stück und blieb wieder stehen, als zögere sie unentschlossen. Der Wind spielte mit ihrem weißen Überwurf.

Auch Hanne stand jetzt vorm Fenster und betrachtete die merkwürdige Annäherung der rätselhaften Gestalt, die - nah genug - als Tod zu erkennen war. Warum hatten sie den nicht schon viel früher gesehen?

Engel schaute Hanne fragend an. Läuft darauf das ganze Spiel hinaus?

„Woher soll ich wissen, wer das ist und was das bedeutet?", fragte Hanne verärgert, die sich die Posse nicht erklären konnte und um die Entdeckung ihres Patienten bangte. Sie dachte an Jörg. Der läuft nie im Leben fast fünfzig Kilometer, nur um ... bestenfalls ... War Eggers ein solchermaßen origineller Besuch zuzutrauen?

Engel verlor die Fassung. „Ich glaub Ihnen kein Wort! Sie wissen sehr genau, was da vorgeht."

„Schreien Sie nicht rum", zischte nun auch Hanne gereizt. „Wenn Sie Angst haben, verkriechen Sie sich auf dem Heuboden." Sie wäre froh gewesen, wenn er dieser Aufforderung gefolgt wäre. Sie hatte Angst.

Schließlich stand der Tod mit beeindruckend naturnaher Maske vorm Fenster, in einer Hand die Sanduhr, in der anderen diesen mysteriösen Sack. Er hatte es nicht eilig, ins Haus zu kommen.

Engel schaute immer wieder zu Hanne. Sie sah nicht aus, wie eine, die weiß, was gespielt wird. „Gehen Sie raus, und sagen Sie ihm, er soll verschwinden. Wir sind nicht scharf auf diesen geschmacklosen Scherz." Als Hanne ging, hielt er sie zurück. „Nein, lassen Sie mich mit dem Spaßvogel reden."

Sowie er die Tür zum Vorraum aufriss, traf ihn der stumpfe, wenngleich heftige Schlag eines Säbels am Oberarm. Ein zweiter Hieb schlug ihm die noch verbliebene Krücke aus der Hand. Engel verbiss den Schmerz und wich blass bis um Tisch zurück. „Was wollen Sie?" Ihm war klar, dass der Maskierte keine lustige Programmeinlage ist.

Langsam, aber raumgreifend, näherte sich der Tod.

Hanne starrte auf den Säbel, in dem sie ein uraltes Erbstück der Familie erkannte. Eben als sie sich erinnerte, irgendwann gehört zu haben, dass die Mutter in der Jugend leidenschaftlich und gut gefochten hat, schwang der Tod beeindruckend schnell den Säbel in der Luft.

„Nein", hauchte Hanne. Mehr Zeit war nicht.

Der Tod schaute auf das erhobene Stundenglas, ließ es wieder sinken, lief rasch zwei Schritte und sprang mit weit vorgestrecktem Arm in einen Ausfall.

Der Säbel drang in Engels Brust, der schreiend zurücktaumelte. Eine Hand auf die Wunde gepresst, mit der anderen Halt suchend, sackte er auf die Bank.

Schwer atmend wischte der Maskierte am eigenen schlohweißen Gewand das Blut vom Säbel. Offenbar hatte er sein Ziel noch nicht erreicht. Unbarmherzig schritt er näher.

„Nein!", schrie Hanne aus Leibeskräften. Sollte sie ihr Spiel aufgeben? Sollte sie der Mutter in die Arme fallen? Warum ist sie gekommen? Was will sie, zum Teufel?

Wieder vollführte der Knochenmann seine imposanten Luftschläge. Endlich holte er weit aus zum finalen Schlag, mit der Klinge auf Engels Kopf zielend.

Hanne stockte das Herz.

Der Angegriffene folgte leichenblass und angstgelähmt nur noch den Bewegungen der Waffe, die fingerbreit an seiner Stirn vorbei in den Tisch hieb. Als sich der Säbel hob, hinterließ er eine tiefe Kerbe zwischen den drei Pfannen. Ein Wunder, dass kein Gegenstand getroffen wurde.

Engel war irr vor Angst. Hanne auch. Beide hatten das Wasser nicht halten können.

Bedächtig, ohne Hast, begab sich der Tod rückwärts zur Tür. Ebenso lief er auch ins Schneefeld, bis er auf einmal nicht mehr zu sehen war.

Hanne hatte sich als erste gefasst. „Wer zum Teufel war das?"

Engel nahm die blutige Hand von der Brust. Er sah die Pfütze zu Hannes Füßen. „Was fragen Sie mich das? Wer soll das wissen, wenn nicht Sie?", hauchte er.

„Sind Sie verrückt?!", schrie Hanne zurück. „Wem hat die geschmacklose Posse denn gegolten? mir oder Ihnen? Ich wüsste keinen in dieser Gegend, der Sie kennt, außer dem Doktor und mir. Sie glauben wohl nicht im Ernst, dass wir Sie aufgepäppelt haben, um Sie kurz vor der Entlassung abstechen zu lassen. - Was haben Sie nur für ein krankes Hirn?!"

Ein scharfer Harngeruch lag in der Luft.

Ohne den schüchternsten Versuch, die Folgen ihrer Blasenschwäche zu verbergen, trug Hanne den Wassertopf zum Tisch, um dem Verletzten das Blut von Händen und Brust zu waschen. Die Wunde war nicht tief. Hanne desinfizierte und pflasterte den Ritz und bedeckte das Ganze mit einem sterilen Verband. Es fiel ihr schwer, sich vorzustellen, dass die Mutter in der Lage ist, einen Stich derart präzise zu berechnen. Ein Stück tiefer, und Engel hätte tot sein können.

Der Verletzte kam nicht umhin, Hanne ihre heftige Gemütsbewegung zu glauben. Er war verwirrt und bis ins Mark unsicher und verängstigt.

„Wir zwei Helden sollten uns jetzt waschen und umziehen", schlug Hanne kleinlaut vor.

Als sie wenig später gereinigt und umgezogen am nicht weniger sorgfältig gesäuberten Kampfplatz saßen, war ihnen nicht mehr nach Fasching zu Mute. Appetitlos stocherten beide im kalten Essen.

Engel kreuzte das Besteck vorm Gesicht. „Was wollte er eigentlich mit dem Sack?"

Hanne erschrak aufs Neue. Hektisch wandte sie sich zur Tür. „Er hat ihn nicht mitgenommen."

„Woher wollen Sie das wissen?"

„Als er ging, hatte er in einer Hand das Stundenglas, in der anderen den Säbel", erklärte sie dünnstimmig. Zögerlich erhob sie sich.

„Warten Sie", rief Engel panisch. „Wollen Sie etwa da raus? - Vielleicht ist er ja zurückgekommen, weil er den Sack vergessen hat."

„Was ist mit dem Sack? Sie wissen doch was!"

„Nein, verdammt!"

Forschen Schrittes ging Hanne zur Tür. Der Sack lag im Vorraum vor den Schwingtüren zum Klo. In ihm fand Hanne die Sachen, die sie zu Hause gewaschen, nach Eggers Erscheinen aber in der Aufregung vergessen hatte. Engels Schneeanzug wird sie noch brauchen. Ihre Sachen waren eher verräterisch. Eilig stopfte sie die

Kleidungsstücke in den Vorratsschrank. Weil sie den Sack nicht leer lassen konnte, hielt sie Ausschau nach einem Ersatz. Kurzentschossen warf sie die uralten, zeitweilig im Holzstoß versteckten Konservendosen hinein.

„Schwester Hanne?!", rief Engel ängstlich.

Hanne kam in die Stube zurück. „Er lag ein Stück weg vor der Tür." Vorsichtig legte sie den Sack auf den Tisch.

Engel befühlte ihn. Dann schaute er hinein. Behutsam brachte er eine Büchse nach der anderen zum Vorschein, in allem sieben. Er erkannte sie sofort. „Wo sind die her?"

Hanne sah ihn verständnislos an. „Wie bitte?"

„Es gab doch keine mehr. Sie waren alle. Wo kommen die plötzlich her?"

Hanne verfluchte den gedankenlosen Einfall. Da sie nicht zurückkonnte, musste ihr schnell etwas einfallen. „Sie haben sie selbst eben aus dem Sack geholt. Wo - glauben Sie - waren die vorher?" Hanne hatte die Zügel wieder in der Hand. „Behaupten Sie immer noch, dass Sie den Typen von vorhin nicht kennen?" Sie sah, wie schwer es ihm fiel, abzuwägen, was er erzählen kann. „Nun reden Sie schon!"

„Ich sagte Ihnen, dass ich abgehauen bin, weil die Konserven alle waren."

„Jetzt erzählen Sie mir nicht, dass diese Büchsen aus Ihren idiotischen Träumen stammen!", schrie Hanne hysterisch. Sie steigerte sich in Rage. „Kann es sein, dass Sie aus einer Klapsmühle geflohen sind? vielleicht mit dem da draußen?" Beim letzten Satz griff sie sich den Schürhaken.

Engel schaute sie erschrocken an. Er war jetzt nicht nur unsicher, wann und was er geträumt hatte, er zweifelte auch an der Wirklichkeit der gegenwärtigen Situation.

Hanne beherrschte die Lage wieder ganz. „Wissen Sie, was ich jetzt mache? - Ich spann ein und bring Sie ins Dorf. Dort können Sie sich ein Taxi nehmen und nach Hause fahren oder von mir aus auch in die nächste Klinik. Und wenn Sie nicht wollen, fahre ich allein." Sie spielte ihre Rolle brillant und fand sich abscheulich. Aber sie hatte keine Wahl.

„Bitte, Schwester. Ich bin kein Feigling. Aber in der Hütte fühle ich mich um einiges sicherer als da draußen. Der hat doch keinen Spaß gemacht. Wer weiß, was mit ihm ist? Vielleicht will er ja nur, dass wir rauskommen."

„Der kam nicht zufällig auch in Ihren Träumen vor?"

„Nein", beteuerte Engel gequält.

„Wenn Sie denken, dass es draußen gefährlich ist, dann ruf ich an. Die holen uns hier raus."

„Machen Sie, was Sie wollen", stammelte er unsicher.

Hanne lief in den Vorraum, um nach einigen Minuten mit ernster Miene wieder in der Stube zu erscheinen.

„Was ist?"

„Sie kommen morgen früh", sagte sie wie jemand, der schlecht lügen kann.

„Wir müssen die Tür versperren." Engel war unüberhörbar um einen nüchternen Ton bemüht.

„Wenn er will, kommt er immer rein, sogar über den Heuboden."

„Aber das hören wir dann wenigstens. - Wir machen doch sonst kein Auge zu."

Sie gingen daran, mit dem rostigen Werkzeug die Innentür zu verschrauben. Auch die Fensterläden wurden geschlossen und sicher verhakt, bis auf die zum Schneefeld zu, das sie nicht mehr aus den Augen ließen. Hanne hatte jede Gelegenheit genutzt, um ihre alten Sachen aus dem Vorratsschrank zu holen und im Kamin zu verbrennen. Das, was Engel bei seinem Unfall anhatte, beließ sie im Schrank.

Mit Axt und Schürhaken bewehrt saßen sie hernach am Tisch und harrten der Dinge. Die Zeit vertropfte schlierig. Die Stimmung war trüb. Daran konnten auch die selbstgefertigten Girlanden nichts ändern, die eher einen hämischen Kontrapunkt zur verdorbenen Atmosphäre bildeten.

„Ich hatte es mir eigentlich ein bissel lustiger gedacht", sagte Hanne, um Engel aufzumuntern.

„Ich bin eh kein Faschingsfreund", gestand er entschuldigend.

„Tut's weh?"

„Es geht. Hab ich wenigstens etwas, woran ich mich halten kann, wenn ich unsicher werde, was Traum ist und was Wirklichkeit."

„Von Ihrer Wirklichkeit haben Sie noch nicht allzu viel erzählt."

„Da gibt's nichts zu erzählen. Die ist langweilig wie nur irgendwas: Einzelkind in nettem Elternhaus, neugieriger Schüler mit Neigung zum Lernen, unauffällige Pubertät, Einzelgänger, gutes Abitur, hoffnungsvolles Talent, Kunststudium, Gelegenheitsjobs, Lebenskünstler." Er lächelte einseitig.

„Klingt doch gar nicht so schlecht. - Keine Freunde. Keine Muse. Keine Frau. Kein Ziel."

„Letztes Jahr hab ich mit viel Kraft und Phantasie auf ein Ziel hingearbeitet."

„Ach ja?"

Engel stierte wieder auf die Tischplatte.

„An was haben Sie gearbeitet? - Einem Bild?"

Er wägte lange ab. „An meiner Unabhängigkeit", sagte er dann trocken.

Hanne hoffte, dass sich dahinter noch etwas anderes verbirgt als der Rucksack. „Haben Sie sich getrennt?"

„Auch. Das heißt, sie hat sich von mir getrennt."

„Warum?"

„Frauen wollen Sicherheit, schmücken sich aber gern mit bunten Federn. Künstler sind besonders bunt, tragen aber selten zu sicheren Lebensverhältnissen bei. Das ist anfangs meistens sehr amüsant, wird aber bald zum Spagat, um dann regelmäßig in eine Viecherei auszuarten. Es ist immer wieder dasselbe."

„Und Sie meinen, mit einem Rucksack voller Geld wird es besser?"

„Ja."

„Das glaub ich nicht", wendete Hanne nachdenklich ein. „Mit so einem Rucksack kann sich jeder einreden, ein Künstler zu sein. Er kann ja machen, was er will."

Verblüfft musterte Engel die junge Frau. „Das ist ja gerade das Gute. Man kann endlich machen, was man will, ohne sich mit der Frage herumquälen zu müssen, was bei den Leuten geht, was verfängt, was neu genug, aufregend genug, intelligent genug ist."

„Wenn Sie wirklich gut sind, dann wird es auch Leute geben, die es sehen."

„Ach hören Sie auf."

Hanne sah ihm an, wie zuwider ihm das ganze Thema ist. Wie oft mag er schon vergeblich versucht haben, sich verständlich zu machen?

„Der Markt wird derart überschwemmt. Man hat das Gefühl, es gibt mehr Künstler als Leute, die bereit sind, dafür einen Groschen auszugeben. Selbst die Verlage beklagen inzwischen, dass mehr Leute Bücher schreiben als lesen. Alles ist absolut beliebig und dabei von einer erschreckenden Mittelmäßigkeit. Überall. Ab und an suchen sie sich ein paar Leute aus, die sie hofieren und in den Himmel heben. Gehen erst mal ein paar Dumme auf den Leim, dann kommen immer mehr, vor allem solche, die wertstabile Anlagen suchen und horrende

Summen zahlen. Dann schreien auf einmal viele danach. Die Nachfrage bläst die Preise auf, und die Auktionshäuser verdienen das große Geld. Es ist ein niederträchtiges Geschäft, in dem künstlerischer Wert oder sachkundige Wertschätzung kaum eine Rolle spielen. Wer am lautesten klingelt, am spleenigsten auftritt und das Maul am unverschämtesten aufreißt, hat noch die größten Chancen. Anständigen Leuten kann es gar keinen Spaß machen, in diesem Rummel beachtet oder gar geehrt zu werden."

„Und dann kommt auch noch eine dumme Krankenschwester daher und nennt es Gekritzel."

„Nicht, dass es eine dumme Krankenschwester war, hat wehgetan."

„Sondern?"

Engel lachte verlegen. Dann schüttelte er den Kopf. „Menschen glauben, dass es Wege gibt, sich anderen verständlich zu machen oder gar anzuvertrauen. Oberflächlich mag Sprache dafür geeignet sein. Aber das, was wirklich wichtig ist, lässt sich auch mit ihr nicht vermitteln. Vielleicht ist alle Kunst nichts anderes, als der verzweifelte, wenngleich närrische Versuch, es wider alle Vernunft mit anderen Mitteln auf anderen Wegen zu versuchen, auf Schleichwegen gewissermaßen."

Hanne war fasziniert. Noch nie hatte jemand ihre Ansichten so klar in Worte gefasst.

Indessen dozierte Engel weiter. „Und diese Mittel und Wege nennen Kunstverständige und Professoren und Wissenschaftler *Stil*, um klug und vernünftig darüber reden und schreiben und vor allem streiten zu können."

Hannes Herz überschlug sich vor Aufregung. Er konnte ja nicht wissen, dass sie unlängst genau dazu ein paar originelle Sätze aufgeschrieben hat.

Engel war in seiner aufgebrochenen Verbitterung nicht zu bremsen. „Die schwätzen klug daher in ihrem elitären Dunst und machen um die Kunst wer weiß was für ein Gewese. Der großen Masse ist es Wurst. Die ist einfach nur dumm und damit auch noch gut beraten."

Hanne hielt es nicht mehr. „Nun hören Sie aber auf. Man könnte ja denken, der Säbel hätte da in Ihrer Brust einen Schalter erwischt. - So dumm sind die Leute auch wieder nicht. Heut ist Fasching. Lassen Sie uns was Lustiges spielen." Sie lief zum Schrank, um Papier und Stifte zu holen. „Da, nehmen Sie. Wir wollen kluge Sätze schreiben über etwas, worum sich die *dumme Masse* nicht schert."

Engel, der sich Hannes lustiges Spiel anders vorgestellt hatte, sah sie entgeistert an. „Was soll daran lustig sein?"

„Es wird genauso lustig, wie der Witz, den wir hineintun."

„Und über was - bitte - wollen wir schreiben?"

„Warten Sie." Obwohl Hanne das Thema längst parat hatte, schaute sie ihn an wie jemand, der angespannt sucht. „Wie wäre es mit *Stil oder Blüte*?"

Engel zog ein Gesicht, als wenn sie chinesisch gesprochen hätte. „Mit sowas kenn ich mich nicht aus", bekannte er unsicher.

Hanne war enttäuscht. Versteht er das Wortspiel nicht? „Als Künstler werden Sie wohl mit *Stil* was anfangen können und als Maler erst recht was mit *Blüte*. - Stil oder Bruch? - das ist hier die Frage."

Engel grinste und nickte und schrieb: „Wo ein Stil ist, ist gut brechen."

„Na, das ist doch witzig." Hanne setzte den Stift an. „Wo kein Stil ist, lässt sich auch nichts brechen."

Engel schrieb schnell, laut lesend: „Was nicht heißen soll, dass nicht auch Stillosigkeit mitunter zum Brechen reizt."

„Kürzer", mahnte Hanne mit erhobenem Zeigefinger. Sie ließ sich Zeit. „Jeder Stil kann zum Brechen sein."

„Es gibt Zeiten, da Brechen zum Stil wird", konterte Engel rasch.

„Nicht aus jedem Bruch erwächst ein neuer Stil", floss es aus Hannes Gedächtnis.

Engel grübelte. „Wer den Stil nicht achtet, hat keine Freude am Bruch."

„Das sagen ausgerechnet Sie?"

„Ich meine ja mich damit."

„Mancher Stil verdorrt, ehe er bricht", las Hanne.

„Mancher Stil muss erst verdorren, ehe er sich brechen lässt."

„Ist das nicht dasselbe?"

„Finden Sie? Gut, dann: Selten verrottet ein Stil eher, als er bricht."

Hanne überlegte und ließ es dann gelten. „Auch gebrochene Stile können noch pieken."

Engel schüttelte lachend den Kopf. „Manch gebrochener Stil lässt sich sogar als Waffe gebrauchen."

„Oh, der weltverbessernde Künstler auf der Barrikade." Sie sah Engel mit einem Gewehr in der Hand im Pulverdampf, um sich herum Verwundete und Sterbende, vor sich anrückendes Militär, er schießt verzweifelt und weiß doch, dass ihm nicht mehr viel Zeit bleibt bis zur Festnahme und anschließenden Erschießung. Woran denkt er wohl in diesen letzten Minuten? An die Idee, für die er glaubte, sterben zu müssen? an die gefallenen Freunde? an die Geliebte? die Mutter?

„Fällt Ihnen nichts mehr ein?"

Hanne wartete noch ein Weilchen, ehe sie ihren letzten Einfall preisgab. „Abgestandene Stile wirbeln beim Brechen besonders viel Staub auf."

Engel lachte lange. Dann schoss er geradezu nach vorn, um den Gedanken nicht zu verlieren. „In dürren Zeiten achtet man den Stil höher als die Frucht."

„Nein. - Nein, das glaube ich nicht", widersprach Hanne entschieden. „Das hättet ihr Männer gern."

Engel stutzte, las noch einmal und prustete dann unbeherrscht.

„Wo nichts wächst, fällt jeder Stil ins Auge", versuchte Hanne wieder Ernsthaftigkeit in die Sache zu bringen.

„Nirgends betet man einen Stil inbrünstiger an als in Wüsten."

„Apropos Wüsten. Mögen Sie einen Schluck Wein?" Ohne auf Antwort zu warten, lief Hanne in den Vorraum. Der Wein war kalt. Leider gab es in der Hütte nur einfache Saftgläser. Wenigstens inspirierten sie Hanne zu einer spontanen Stilblüte: „Auch stiellose Gläser haben manchmal Stil", sagte sie entschuldigend.

„Was man bei Männern nicht sagen kann", ergänzte Engel lachend, der Mühe hatte, den Korken aus der Flasche zu ziehen.

„Widerspruch", polterte Hanne, sich an eine Erfahrung Theresas erinnernd. „Stiellose Männer sind oft sogar besonders stilvoll."

Engel goss ein. „Na, das müssen Sie ja wissen."

Hanne sah ihn streng an. Sein erschrockenes Gesicht überforderte ihre Selbstbeherrschung. Jetzt lachte sie lange, ohne Engel anstecken zu können. „Mancher Stil ist auch schön ohne Blüten", sprach sie über das abflauende Lachen.

Engel hatte sich wieder - der Gegenwart abgewandt - in ihre Betrachtung vertieft. „Ein schöner Schluss", sagte er ernst.

Hanne nippte am Glas und probierte, ob sich mit diesem Mann schweigen lässt. Es fühlte sich nicht einmal schlecht an. „Was machen Sie mit den Bildern?"

„Keine Ahnung", gab Engel abwesend zurück.

„Warum machen Sie keinen Zyklus draus? - *Szenen eines Albtraums.*"

Er sah sie traurig an. „Wenn ich das wichtigste Bild mit den abstoßenden, schamlosen Lumpen nicht verwenden darf, würde keiner verstehen, was daran der Albtraum ist."

Hanne haderte mit sich und der ganzen Geschichte. Wie oft hatte sie sich gewünscht, jemanden zu finden, der ähnlich tickt wie sie. Und nun konnte sie nicht reden, wie sie wollte; musste sie sich verrenken und zügeln und verstellen. Warum muss es auch ausgerechnet so ein Ganove sein? „Gibt es noch andere Frauen, die Sie zu Albträumen inspirieren?" Sie sah, dass er mit dieser Frage nichts anfangen kann.

„Wollen wir nicht lieber beide da oben schlafen?", fragte Engel aus einer ganz anderen Welt.

„Wenn Sie es die Treppe raufschaffen und sich anständig benehmen."

Engel trank aus und stand auf, bevor die Wirklichkeit doch einer anderen Möglichkeit den Vorzug gibt.

Während er sich im Vorraum wusch, stieg Hanne auf den Heuboden, um alle unterm Bett versteckten Aufzeichnungen und Skizzen zu bergen, die sie für die Gemeinderatssitzung angefertigt hatte.

Wenig später bezwang Engel tapfer Stufe für Stufe die steile Treppe. „Das riecht ja betörend", rief er von oben.

Hanne verkniff sich die Frage, ob ihr Bett oder das Heu. Sie hatte es nicht eilig, dem Ungeduldigen zu folgen.

„Wenn Sie mir mein Bettzeug hochgeben, kann ich schon die Matratze beziehen."

„Legen Sie sich derweil in mein Bett", erwiderte Hanne mit schwerem Atem. Bedächtig trank sie noch ein zweites Glas und noch ein drittes. Es war ein komischer

Tag gewesen. Sie hatte gehofft, etwas über den Kerl zu erfahren, der sie in der Hütte so roh behandelt und skrupellos einem grausamen Schicksal überlassen hat. Stattdessen lernte sie einen resignierten und sensiblen Künstler kennen. Nach dem Waschen legte sie sich in Engels Bett.

„Kommen Sie nicht hoch?"

„Unten fühl ich mich sicherer", sagte sie müde. „Machen Sie die Luke zu und legen Sie die Matratze drauf, dann kommt der Tod nicht so leicht an Sie ran. Vielleicht nimmt er ja mit mir vorlieb. Er mag schöne Mädchen."

Engel war nicht zum Lachen zumute. Gehorsam schloss er die Luke.

20

Der Aschermittwoch war überschattet vom rätselhaften Besuch des Vortages. Als Hanne am frühen Morgen aufs Klo ging, fand sie es besetzt. Auf dem Klo war schon jemand, der aber vergessen hatte, die Türen von innen zu sichern. Hanne erkannte ihren Skistock in Engels Hand. Als er das Klo verließ, konnte er nicht verbergen, mit dem Stock in den Exkrementen gestochert zu haben.

„Wollen Sie mir das bitte erklären", forderte Hanne fassungslos. „Aber erzählen Sie mir nicht, dass Ihnen gerade die Zahnbürste da reingefallen ist."

Er hatte sie noch nicht erwartet. Unbeholfen hielt er den Stock in der Hand. „Vielleicht mach ich ihn erst mal sauber."

Hanne sah, dass er schon vorsorglich die Schrauben der Innentür gelöst hatte. Sie schaute ihm nach, dann ins Klo. Was hat er gesucht?

Engel kam wieder, stellte den Stock zu den Skiern und ging in die Stube.

Hanne beendete grübelnd die Morgentoilette. Nicht weniger gedankenvoll zog sie sich im Verschlag an.

Engel hatte inzwischen den Tisch gedeckt. „Mir gehen die alten Konserven nicht aus dem Kopf. Ich weiß bestimmt, dass sie alle waren", sagte er trotzig. „Wer kann so alte Konserven beschaffen?"

Hanne nahm mehrmals Anlauf. „Kann es sein, dass Sie wieder was durcheinanderbringen?", fragte sie müde.

Engel nickte beinahe schuldbewusst. „Darum hab ich nachschauen wollen", begann er zögerlich. „Ich hab mich erinnert ... Ich glaube, mich zu erinnern, auf dem Klo heimlich eine solche Büchse ausgelöffelt zu haben."

Hanne begriff. Auf einmal wurde ihr erschreckend klar, wie verräterisch die Grube ist. Hier haben Eggers Leute einen großen Fehler gemacht oder zumindest eine schwere Unterlassungssünde begangen. „Dann sollten Sie so lange suchen, bis Sie diese Büchse gefunden haben", sagte sie lächelnd. „Guten Appetit."

„Sie hatten offensichtlich keine Angst vor Besuch", spielte Engel auf die unverschlossenen Fensterläden und das von ihr gewählte unsichere Nachtlager an.

Hanne lächelte. „Da ich wusste, dass da noch jemand ist, der sich bei Gefahr von oben auf den Schurken stürzt, konnte ich ruhig schlafen."

Sie bat ihren Beschützer, sie nach dem Frühstück in Ruhe arbeiten zu lassen. Engel verschwand mit Zeichenmappe und Aquarellstiften folgsam im Verschlag.

Sie war aufgeregt, wann immer sie an den kommenden Abend dachte. Wieder und wieder probierte sie stumm Rede und Gegenrede, Argument für Argument. Hatte sie sich wirklich nach allen Seiten abgesichert? War sie in der Lage, jeden Einwand zu entkräften? Würde ihr jetzt auch noch Engel mit seinem beharrlichen Zweifel auf die Pelle rücken, sie wäre diesem nervlichen Druck nicht gewachsen. Wenigstens glaubte sie das bis zu dem Augenblick, da das Telefon klingelte.

Jörg war dran.

„Ja?"

„Hanne, ich weiß nicht, ob es dich interessiert, aber Kommissar Eggers war gerade da, um noch mal ein paar Leute im Dorf zu befragen."

„Was geht das mich an?"

„Er ist eben zu dir aufgebrochen mit noch einem Typen und einem Hund."

Hanne drückte es den Kehlkopf ab. Jeden Tag hatte sie mit Eggers gerechnet, jetzt nicht mehr. Sie wusste sofort, dass es das Aus ist für ihre Geschichte und all ihre Hüttenpläne. Sie werden Engel finden und sich ihren Reim drauf machen. Sie werden ihr das Geld abnehmen. Und das wird noch das Harmloseste sein.

„Hanne, bist du noch dran?"

„Ja", meldete sie sich tonlos. „Was wollen sie denn mit dem Hund?"

„Wenn ich es richtig verstanden hab, suchen sie noch immer die Leiche von dem … Na, du weißt schon."

„Wann - denkst du - werden sie hier sein?"

„Je nachdem, wie eilig sie's haben. Aber eine halbe Stunde hast du sicher noch, um den Toten in den Keller zu schaffen."

„Ich dank dir."

„Gern."

„Mach's gut."

„Du auch."

Hanne stierte auf den Tisch. Mechanisch schob sie die verteilten Blätter zusammen.

„Kommt der Hubschrauber?", fragte Engel unernst.

„Nein, nur die Polizei."

Buchstäblich in der nächsten Sekunde stand Engel neben ihr. „Machen Sie nicht solche Witze, verdammt."

Hanne schöpfte leise Hoffnung. „Was regen Sie sich so auf? Die suchen mal wieder einen Toten. Das ist hier nicht selten. Lassen Sie mich noch ein bissel arbeiten."

Engel war blass geworden. „Ich … Ich hab keine Lust auf die Polizei."

„Haben Sie mich nicht verstanden? Die suchen eine Leiche. Auch wenn Sie nah dran waren, eine zu werden, jetzt sind Sie ziemlich lebendig. Wir haben Ihren Unfall gemeldet. Die kämen nicht mit einem Hund, wenn sie zu Ihnen wollten."

Engel war noch immer blass, aber zudem auch noch nass im Gesicht. „Ich würde es trotzdem vorziehen, denen nicht zu begegnen."

„Dann müssen Sie über die Mauer springen oder übers Massiv klettern." Hanne versuchte, heiter zu klingen.

„Wenn ich die Skier nehme, kann ich vielleicht vor denen …"

„Herr Engel, bis zum anderen Ende des Schneefelds sind es zwanzig Kilometer. Warum haben Sie solche Angst vor der Polizei? Glauben Sie immer noch die absurde Geschichte von einem Rucksack voller Geld?"

Engel sah sehr verzweifelt aus. Wenn er wüsste, wie es mir geht, dachte Hanne. „Gehen Sie von mir aus wieder in mein Bett, wenn Sie sich da besser und sicherer fühlen. Vielleicht hat der Hund ja keine Lust, da raufzusteigen."

Engel ging in den Verschlag, um das Zeichenzeug zu holen. „Sie müssen aber auch …"

„Natürlich räume ich Ihr Bett weg und Ihre Tasse und Ihren Teller und Messerchen und Gäbelchen. Nun gehen Sie schon. Und sollte der Hund doch Lust haben, dann schwätzen Sie keinen Unsinn, vor allem nicht über

Ihren Traum. Es sei denn, Sie haben Lust, ein paar Monate in der Psychiatrie zuzubringen. - Gehen Sie noch mal aufs Klo."

Engel folgte wie ein kleiner Junge. Er beeilte sich.

„Sie liegen da oben, um mich hier unten nicht zu stören", rief Hanne, als er schon die Luke geschlossen hatte.

Sie sah sich in der Stube nach verfänglichen oder verdächtigen Dingen um. Außer dem Abwasch fand sich nichts. Mit einigen Handgriffen hatte sie das Bettzeug im Kasten versenkt. Auch den Rucksack und alle Kleidungsstücke, die auf die Anwesenheit eines Mannes hätten hinweisen können, warf sie da rein, zuletzt den Skianzug und die übrige Wäsche aus dem Sack des Todes.

Endlich tauchte der Schlitten im Schneefeld auf. Er war augenscheinlich nicht sehr schnell unterwegs. Hanne ging in der Stube nervös auf und ab. Die Minuten erschienen ihr endlos. Was sollte sie in welcher Situation reden? Je geschickter sie sich in den vorgedachten Möglichkeiten verhielt, je ärger konnte es ihr angerechnet werden, wenn Engel am Ende doch gefunden und überführt wird. Immer wieder tigerte sie durch die Hütte, um nach verräterischen Indizien Ausschau zu halten. Zuletzt nahm sie den Besen, ohne allzu gründlich zu sein, um den Kommissar nicht noch einmal zu verärgern.

Als sich der Schlitten näherte, zog sie sich warm und ausgesucht schick an. „Jetzt sind sie gleich da!", meldete sie nach oben, ohne Antwort zu erhalten.

Sie ging dem Schlitten entgegen, der ein Stück vor der Hütte hielt. „Nun kommen Sie ja doch noch", rief sie unverfänglich.

Eggers kam ihr freundlich entgegen. „Versprochen ist versprochen. - Sie sehen umwerfend aus."

„Danke."

„Die Bank konnte es wohl kaum erwarten, sich Ihnen erkenntlich zu zeigen."

„Ich dachte, das verdanke ich Ihnen."

Eggers lachte. „Sie haben doch nichts dagegen, wenn wir uns noch einmal ein bisschen umsehen? Es dauert nicht lange."

„Haben Sie ihn immer noch nicht gefunden?"

„Nein." Er winkte dem Hundeführer. „Ich denke, wir fangen draußen an!"

An einer langen Leine trottete der Riesenschnauzer bedächtig durch den Schnee.

Hanne hatte sich rücklings an die Mauer zum Abgrund gelehnt.

Der Kommissar stützte sich mit gekreuzten Unterarmen auf die Mauer, den Kopf weit übergebeugt. „Am ersten Tag fünftausend Euro für Garderobe auszugeben gelingt wohl nicht vielen."

„Sind Sie mir heimlich gefolgt?"

Eggers grinste. „Es sieht ein bisschen danach aus, als hätten Sie schon längere Zeit darüber nachgedacht. Oder anders gesagt, als hätten Sie schon ein Weilchen mit dem Geld gerechnet."

„Was denken Sie, woran eine Frau denkt, die jahrelang jeden Groschen umdrehen muss und in ihren Klamotten gegen andere wirkt wie eine Vogelscheuche", erwiderte Hanne ruhig. Der Wind trocknete ihr Gesicht, noch ehe es schweißnass glänzte. Am Rücken kribbelten unaufhörlich zwei parallele Tropfenspuren.

„Jetzt übertreiben Sie. Genaugenommen sahen Sie sogar interessanter aus."

„Danke."

Der Hundeführer trat zu ihnen. Hanne war ihm dankbar für die Unterbrechung der Fragerei. Mit einladender Geste hockte sie sich in den Schnee. Der Hund sah zum Führer. Erst auf sein Zeichen hin gönnte er sich eine Streichelpause.

„Hier liegt nicht mal ein toter Hund begraben. Selbst so ein kleines Loch müsste man in den Felsen sprengen", erklärte der Hundeführer trocken.

Eggers schürzte die Lippen und wiegte den Kopf.

„So nah am Abgrund ergäben sich auch bequemere Varianten, die kaum verdächtiger sind", setzte der Hundeführer hinzu.

„Gehen wir rein", schlug Eggers nicht sehr unternehmungslustig vor.

Hannes Gesicht überzog sich nun doch mit seidenem Glanz.

Der abgeleinte Hund schnupperte lange am Trockenklo. Im Stall stieg er bedächtig über den Pferdemist. Die Runde in der Stube war schnell abgeschritten. Der Hundeführer hob die Schultern. Der Hund sah gelangweilt aus. Er versuchte, in Hannes Nähe zu kommen.

„Der Dachboden?", fragte Eggers.

Wieder hob der Hundeführer die Schultern. „Wollen Sie den Hund wirklich die steile Treppe raufschicken?"

Jetzt hob Eggers die Schultern.

Der Hundeführer half seinem Schützling. Oben angekommen, stemmte er sich mit dem Rücken gegen die Luke. „Kommissar, wenn Sie mich fragen ... wer schleppt eine Leiche hier rauf? Die tropft doch schon nach ein paar Tagen durch die Decke."

„Bitte, keine Einzelheiten", bat Hanne.

„Oh, Verzeihung."

Die Männer waren bestürzt über Hannes beängstigende Blässe.

„Nicht, dass ich gehofft habe, hier etwas zu finden", entschuldigte sich Eggers. „Aber gerade im Augenblick kann ich mir den Vorwurf fahrlässiger Ermittlung nicht leisten."

„Wegen der Straßenkontrollen?" Augenblicklich bereute Hanne diese Frage. Straßenkontrollen wegen einer Leiche? Wie blöd ist das denn? - Hoffentlich hat Engel die Frage nicht gehört. Und hoffentlich geht Eggers nicht darauf ein.

Der Kommissar lachte trocken. „Auch. - Aber die sind ja seit gestern kein Thema mehr", hängte er bitter an. „Ja, dann ..."

„Ich bring Sie noch zum Schlitten", beeilte sich Hanne, der um jedes weitere Wort des Kommissars bang war.

Vor der Hütte blieb Eggers noch einmal stehen. „Wissen Sie schon, was Sie mit dem restlichen Geld anfangen?"

„Mal sehen."

„Die Hütte kaufen?"

„Wie kommen Sie darauf?"

„Dann wäre es für uns nicht mehr so leicht, Sie einfach so zu überfallen."

Hanne lachte mit. „Ach so."

„Morgen sind Sie vor den Gemeinderat geladen?"

Hanne errötete. „Sie wissen wirklich viel."

„Ich wünsche Ihnen Glück."

„Danke."

„Darf ich Ihnen noch sagen, wie sehr ich es bedaure, dass Sie nichts weiter mit dem Fall zu tun haben?"

„Warum, zum Teufel?", fragte Hanne gereizt.

„Sie wären seit langem mal wieder ein Ganove mit Format gewesen, auf dessen Fang man stolz sein kann."

Das Rot in Hannes Gesicht verstärkte sich. „Danke", sagte sie, nachdem sie den Umfang des Kompliments ganz begriffen hatte. „Ich hoffe, ich konnte Ihnen auch mit dem Geld ein bissel helfen", hauchte sie befangen.

„Kolossal", erwiderte Eggers nach einem Seufzer, der erahnen ließ, wie es um ihn stünde, wenn der Rucksack noch immer in der *Warmen Else* läge. „Ich danke Ihnen. Und nehmen Sie mir nicht gar zu übel, dass ich mitunter etwas grob zu Ihnen war."

Hanne gab den beiden Herren wortlos die Hand und sank kraftlos auf die Knie. Den Schwächeanfall überspielend, streichelte sie noch einmal die süße Spürnase.

Als die Männer aufsaßen, kniete sie noch immer. Sie sah, wie der Schlitten wendete, dann fiel sie vornüber.

Die Kälte brannte im Gesicht. Hanne erhob sich mit Mühe. „Sie können wieder runterkommen!", rief sie schon im Vorraum. „Herr Engel?", versuchte sie es noch einmal. Beklommen stieg sie auf den Heuboden. Auf dem Fußboden vor der Luke entdeckte sie - mehr eigeknetet als gemalt - eine riesige Fratze, die Engels Züge trug. Im Augenwinkel sah sie ihn an einem der runden Fenster stehen. Als sie aufblickte, gewahrte sie, dass er hing, nur eine Handbreit Luft unter den Füßen. Sie wunderte sich über den Haken im Deckenbalken und ebenso über den Strick. Es war der gleiche, mit dem sie an den Stuhl gefesselt war und den sie glaubte im Kamin verbrannt zu haben. Die Luft wurde knapp. Sie ließ sich fallen und rutsche sanft die Treppe hinab. Warum bekam sie keine Luft? Warum war es so dunkel?

Mit aller Kraft drückte sich Hanne aus dem Schnee. Das Licht kam zurück, auch die Luft. Sie atmete schwer. Sie spürte das rasende Herz. Als sie sich auf die Knie rappelte, sah sie - nur ein Stück entfernt - den sich entfernenden Motorschlitten. Die Sonne stach schmerzhaft in den Augen. Mit Schnee wischte sie sich den klebrigen Schweiß von Gesicht und Nacken. Nur langsam überwand sie die Schwäche. Wieder leidlich bei Kräften erhob sie sich. Noch wankend betrat sie die Hütte. Wie schlaftrunken stieg sie die Treppe rauf.

Der Heuboden schien leer. Sie quälte sich durch die Luke. „Herr Engel?" Ihre Stimme war dünn. Unterm höchstgelegenen der drei runden Fenster fand sie - aufgeschichtet - beide Matratzen, darauf die abgemalten Stifte und ein unfertiges Bild. Hanne trat näher. Andächtig sank sie auf die Knie. Was für ein Bild!

Der Tod, der unverkennbar die Züge seines Schöpfers trug, hatte sich den eng in Stricke verschnürten Mädchenleib rücklings über die rechte Schulter geworfen wie eine knochenlose Puppe. Trotz der langen Unterwäsche wirkten die Einschnitte des Strickes schmerzhaft, besonders in den Brüsten. Hanne erkannte sich im leblosen, grünlich fahlen Gesicht mit den offenen, geradezu schreienden Augen. Der Mund der kopfunter hängenden Toten war geschlossen. Ihre schmalen Lippen, die einzigen farblichen Gebilde im ansonsten schauerlich fad kolorierten Bild, zeigten ein bitteres Lächeln. Das lange, verwilderte Haar verdeckte großenteils das knochige Gesäß des dürrbemuskelten Trägers, der sich im Gehen mühevoll gekrümmt zum Betrachter umschaute mit einem Ausdruck, der schmerzhafter kaum sein kann und daher nicht lange zu ertragen war; die Augen schreckgeweitet und tränenblind in entzündeten Rändern, deren Rot in dünnster Linie dem Lippenrot der Toten entwendet schien, und ein trockener Mund mit wundrissigen, nur einen Spalt breit geöffneten Lippen. Der lange, sehnige Arm und die verkrampfte, schrundige Hand trugen schwer am zerschlagenen Stundenglas, dem die Zeit staubig und unaufhaltsam entrann ...

Hanne stand auf und schlich in die Stube zurück, als hätte sie sich eben schuldig gemacht. Und tatsächlich fühlte sich der Krampf im Bauch genau so an. Sie richtete Engels Bett wieder her, setzte sich an den Tisch und tat so, als ob sie ganz selbstverständlich die unterbrochene Arbeit wieder aufgenommen hätte.

Engel schlurfte ängstlich durch die Stubentür. „Warum haben Sie mich nicht gerufen?"

„Ich dachte, Sie wollen da oben ruhig arbeiten."

„Waren Sie oben?", fragte er besorgt.

„Nein. - Wo waren Sie?"

„Im Stall. Als sich die Klappe hob, bin ich durch die Falltür in den Stall gesprungen."

Hanne überlegte, ob oder was sie mit Eggers vorm Stall gesprochen hatte. Wenn sie sich richtig entsann, war alles glatt gelaufen. Nicht einmal ihren Schwächeanfall hatte Engel aus dem Stall sehen können. Es war also nicht nötig, ihn mit ausgedachten Geschichten zu besänftigen. „Sagen Sie, kann es sein, dass Sie all diese rätselhaften Sachen erfinden, um mich zu beeindrucken? Sollen sie ein Ersatz sein dafür, dass in Ihrem Leben so wenig geschieht?"

Wie ein geprügelter Hund stieg Engel auf den Heuboden.

21

Bereits beim Frühstück versuchte Hanne, Engel auf ihren längeren Ausflug vorzubereiten.

„Warum müssen Sie schon wieder fort?", fragte er zerknirscht.

„Was heißt, wieder? - Ich war ja fast immer hier."

„Mir kommt es so vor, als ob Sie fast immer fort gewesen wären."

„Seien Sie nicht garstig. Nur noch das eine Mal. Dann verlasse ich Sie nie wieder, bis Sie fahren", versprach Hanne unernst.

„Was ist denn so wichtig?", maulte Engel weiter. „Hat es mit dem Schreibkram zu tun?"

„Nein. Der ist für eine Hausarbeit. - Meine Schwiegermutter hat Geburtstag."

„Und wann sind Sie wieder zurück?"

„Es kann spät werden. Vielleicht um zehn? oder um elf? - Fürchten Sie sich allein?"

„Ja", entgegnete Engel ohne jeden Hauch von Ironie.

„Dann zeichnen Sie ein bissel an Ihrem Zyklus. Das lenkt ab."

Engel lachte trocken. „Davor hab ich die größte Angst."

„Dann laufen Sie ein Stück. Probieren Sie mal, wie weit Sie kommen." Hanne sah, dass Engel nicht kokettiert. Er hatte wahrhaftig Angst, allein in der Hütte zurückzubleiben.

Nach dem Frühstück machte sie sich fertig. Lange stand sie vorm großen Spiegel im Windfang. Immer wieder lief sie zurück, um einen Bestandteil oder gleich die ganze Garderobe zu wechseln.

Engel konnte durch den dünnen Spalt im Vorhang des Verschlags nur einen Ausschnitt und auch immer nur die letzte, also verworfene Variante sehen. „Haben Sie solche Angst vor Ihrer Schwiegermutter?"

„Immer wenn ich ausnehmend hübsch bin, gibt sich mein Mann besondere Mühe, weil er sich nicht vorstellen kann, dass ich mich nur für ihn schön mache."

„Im Moment braucht er ja keine Angst zu haben."

„Na, da sind wir wohl ein bissel zu bescheiden."

„Verbindlichsten Dank", brummte Engel.

„Letztens hab ich sogar von Ihnen geschwärmt."

„Tatsächlich?"

„Ach bloß so, um ihn eifersüchtig zu machen. Das hält die Liebe frisch." Schwungvoll schob Hanne den Vorhang zur Seite. „Wie sehe ich aus?"

„Es muss Spaß machen, das auszuziehen", antwortete Engel, ohne den Neid zu verbergen.

„Ich meinte die Haare."

„Ganz hübsch", murrte er.

Nach dem Mittagessen brach Hanne mit dem Gespann auf. In der Nacht hatte es nur leicht geschneit. Jetzt schien die Sonne durch dünnen Dunst. Nur ab und an zeigte sich am Himmel ein kleines Feld jungfräulicher Bläue. Ginger und Fred folgten ganz ohne Führung der unterm Neuschnee fast verborgenen Spur.

Die Mutter empfing sie zurückhaltend.

„Danke für die Sachen", kam ihr Hanne gezwungen heiter zuvor. „Meinen alten Plunder hättest du ruhig wegschmeißen können. Aber das andere war wichtig, vor allem der Skianzug. Sonst hätte der Ganove immer bei mir bleiben müssen."

„Tut mir leid, dass ich ihn verletzt hab. Die Mensur war ein bissel zu knapp. Aber mit dem Säbel hab ich ..."

„Wäre auch erstaunlich gewesen, wenn du den Stich so beabsichtigt hättest."

„Ach, in meinen besten Zeiten ... - War es sehr schlimm?"

„Nein. Die Angst, die du ihm eingejagt hast, war schlimmer. - Ich war auch erschrocken."

„Ich hab's gesehen. Tut mir leid."

Hanne schaute die Mutter aufmerksam an. Sie war liebenswert in ihrer Verlegenheit. „Ich hätte mich nicht gewundert, wenn du auch mich ..."

„Hanne, wie kannst du so reden?"

„Einen Augenblick lang fand ich, du hättest Grund dazu."

Die Lippen der Mutter arbeiteten gegeneinander. „Eigentlich hatte ich ihn nur sehen wollen. Aber durchs Fenster sah man nichts. - Ein hübscher Kerl. Ich kann dich verstehen."

„Was - bitte - kannst du verstehen? Da ist nichts!",
ereiferte sich Hanne. „In ein paar Tagen bin ich ihn los.
Was will ich mit einem kaputten Künstler." Energisch
warf sie die Mappe, die sie mit viel Mühe an Engel vorbei in den Schlitten gemogelt hatte, auf den Küchen-
tisch.

Die Mutter öffnete sie behutsam und bestaunte lange
jedes einzelne Blatt. Zuletzt hielt sie das Bildnis ihrer
Tochter in zunehmend unruhigen Händen. „Das ist ja
unglaublich. - Ich finde, er passt zu dir."

Hanne mochte diesem Satz nicht widersprechen, gerade weil die inneren Stimmen entgeistert ihre Mäuler
aufrissen. „Du meinst, er ist auch so ein Typ, bei dem
sich ständig die Gedanken verfliegen. Könnten wir also
auch gut gemeinsam verhungern."

„Hanne, das meinte ich nicht."

„Ich weiß", lenkte Hanne versöhnlich ein. „Ich müsste noch bissel was am Rechner arbeiten. Kann ich?"

„Ja doch." Sie begleitete die Tochter in die Stube.
„Hast du schon gegessen?"

„Ja, ja. Es ist alles gut."

„Der Drucker macht wohl nicht mehr lange."

„Zur Not kann ich bei Jörg drucken."

„Kind, du bist wunderschön."

Hanne lächelte.

Irgendwann stellte die Mutter wortlos Tee auf den
Tisch, später einen geschnittenen Apfel, noch später
Apfelkuchen, der schon eine Zeit lang appetitlich in der
Luft gelegen hatte.

Hanne arbeitete fieberhaft. Nach vier Stunden war es
geschafft. Auch der Drucker war anständig. Wenigstens
ein Exemplar aller Seiten spuckte er noch willig aus.

Beim Abschied hielt die Mutter sie zurück. „Hanne,
ich will mich nicht in deine Sachen einmischen, aber

Jörg hat mich gebeten. Ich hab ihm gleich gesagt, dass du nicht auf mich hören wirst."

„Mutter, ich nehm dir nicht übel, dass du so redest wie die andern. Mag sein, dass es mit der Hütte nichts wird. Aber glaub mir, wenn sie mich ausreden lassen, dann werden sie nicht behaupten, dass ich ein Tritschler oder eine Trutschn bin. Und wenn sie mich nicht ausreden lassen, dann ziehen wir zusammen fort."

„Geb's Gott, dass es so kommt."

„Drück mir die Daumen, dass es nicht so kommt."

„Ach, Hanne. - Die Mappe hab ich an die Garderobe gelegt."

Jörg erwartete sie schon aufgeregt und bekümmert. „Schaust gut aus", sagte er wie jemand, der mit einer Gallenkolik zu kämpfen hat.

„Danke. Kann ich bitte ein paar Sachen bei dir kopieren?"

„Ich mach das für dich."

„Nein, ich würd es gern selber machen."

„Traust du mir nicht?"

„Doch. Aber es soll doch auch für dich eine Überraschung werden."

„Hanne, weißt du, was du uns antust, dem Dokter und mir? Wir haben uns - wer weiß wie - die Köpfe darüber zerbrochen, was du wohl vorhast."

„Ach ja?"

„Uns sind nur völlig schräge Sachen eingefallen, die du uns hoffentlich ersparen wirst. Wenn du ein bisschen was erzählst, könnten wir dir doch viel besser helfen."

„Ihr könnt mir mit nichts mehr helfen, als wenn ihr dafür sorgt, dass sie mich ausreden lassen. - Und jetzt lass mich, sonst kommen wir zu spät."

Jörg fiel es schwer, dem Drucker fernzubleiben.

„Ich hoffe, die andern haben sich auch ein paar Gedanken gemacht!", redete Hanne gegen das schnarrende Gerät an. „Wie viele seid ihr eigentlich?"

„Acht. Aber der Beigel hat sich geweigert, dem Unsinn beizuwohnen, - wie e r es nannte", setzte Jörg eilig hinzu.

„Der Vorsitzende Stuber, ihr beide, der Beigel. Fehlen noch vier."

„Müller, Altmayer, Eisele und der Baumgärtl."

„Welcher Müller? Der Konrad Müller?"

„Ja, der."

Hanne atmete auf. Konrad Müller war ihr Kunstlehrer gewesen; einer der wenigen, an den sie gern zurückdachte; einer der Bedachtsamen, der ihr Zeichentalent entdeckt und gewürdigt hatte. Der wird vielleicht nicht so arg in die allgemeine Kerbe hauen. „Und wer ist der Schärfste?"

„Stuber und Baumgärtl", erwiderte Jörg bedrückt. „Beim Eisele weiß ich nicht, der redet mal so, mal so, eben immer aus so einer verkopften psychologischen Ecke raus. Der Stuber hat sonst ganz vernünftige Ansichten. Aber du scheinst ein rotes Tuch zu sein. Baumgärtl und Altmayer schwatzen ihm nach dem Mund. Zum Glück ist der Beigel gleich fortgeblieben. Das ist der rabiateste und ausfälligste von allen."

Hanne kam mit einem ansehnlichen Stoß vom Kopierer.

„Was ist das alles für Zeug? - Hanne, die lassen dir nie und nimmer so viel Zeit, um das alles vorzulesen."

„Sie sollen ja auch nur einen Blick drauf werfen. Bist du so lieb, es zu verteilen?"

„Ja, gib her."

„Nein, wenn es so weit ist. Und immer eins nach dem andern, so, wie ich es dir dann gebe."

Jörg nickte beunruhigt. „Die Sachen von Strauss sind da. Nimmst du sie dann mit?"

„Gern."

„Ich hatte noch mal in der Stadt zu tun", druckste er. Wie nebenbei zog er eine kleine Schachtel aus der Tasche. „Ich hoffe, es ist die richtige."

Hanne sah bestürzt auf die schüchtern ausgestreckte Hand. „Du hast die Kette gekauft?"

„Bitte, Hanne, spar dir die Ironie. Es war Gittes Idee."

„Aber du willst sie mir doch nicht …"

„Ich nehm keine Provision", sagte er errötend.

„Du glaubst gar nicht, was du mir damit für eine Freude machst. - Danke."

„Ich sag Gitte einen schönen Gruß."

„Magst du sie mir ummachen?"

Jörg brauchte lange, um die silberne Kette mit dem winzigen Verschluss anzulegen.

„Gut?"

„Perfekt", sagte er besorgt.

Gemeinsam gingen sie ins Nebengebäude mit dem Sitzungsraum.

„Ich wünsch dir was", sagte Jörg mit belegter Stimme. „Vielleicht ist es besser, wenn ich vorgehe."

„Ja, mach nur. - Jörg?"

„Was?"

„Darf ich dich noch um etwas bitten?"

„Ja. Aber schnell."

„Wenn ich vor der Zeit gehen sollte, rufst du mich dann zurück?"

„Was heißt *vor der Zeit*? Ich werd froh sein, wenn du gehst und alles ein Ende hat."

Hanne nickte lächelnd.

„Ach ja", sagte Jörg, wie einer, der sich schon im Voraus schämt. „Vielleicht ist es besser, wenn wir uns da drinnen siezen."

22

Minutengenau betrat Hanne den Raum, in einer Hand die große Mappe mit Engels Bildern, in der anderen die edle, schmale Ledertasche mit den Aufzeichnungen. Festen Schrittes trat sie an die offene, stuhllose Seite des runden Tisches.

Ihr gegenüber saß der Unternehmer und Ratsvorsitzende Jakob Stuber, rechter Hand flankiert vom Wirt Ruppert Baumgärtl, dem Psychologen Christoph Eisele und Jörg. Linker Hand saßen der Kunstschmied Ludwig Altmayer, der Doktor und der Lehrer Konrad Müller. Hanne war froh, dass der Doktor, Müller und Jörg zuvorderst saßen. Die drei und Eisele zwangen sich mehr oder weniger zu einer freundlichen Miene. Die anderen drei schauten sie ernst oder unwillig, vielleicht auch feindselig an.

„Guten Abend", sagte sie ruhig.

Ein eher verhaltenes „Guten Abend" war die Antwort.

Der Vorsitzende Stuber verschränkte die kräftigen Hände. „Fräulein Berggruber", begann er, ohne aufzustehen oder Hanne einen Stuhl anzubieten, „Sie hatten den Gemeinderat gebeten, darüber zu befinden, ob es möglich wäre, die Funktion der Schneefeldhütte von ihrer jetzigen Nutzung als Schutzhütte zur Herberge zu erweitern mit dem Ziel, Sie Ihnen zum Zweck der neuen Nutzung zu verkaufen oder zu verpachten. - Ist das so richtig formuliert?"

„Ja", erwiderte Hanne ruhig. „Ursprünglich hatte ich auch an die Möglichkeit einer Schenkung gedacht."

Die Nachbarn des Vorsitzenden empörten sich.

Stuber hob beschwichtigend die Hand. „Um es nicht unnötig in die Länge zu ziehen, Fräulein Berggruber, ich denke, der Rat ist sich einig darüber, dass jeder Versuch, die Hütte wirtschaftlich zu nutzen, erfolglos ist. Leider können wir auch nicht erlauben, dass sich Personen, so sie nicht Schutz suchen, in der Hütte aufhalten. Eine Betreuung der Hütte ist in den Nutzungsvorschriften nicht vorgesehen. Für eine Änderung der Vorschriften gibt es meines Erachtens keinen zwingenden Grund."

Das Grinsen verlagerte sich von vorn nach hinten.

Hanne hatte mit allem gerechnet, mit dieser förmlichen wie kurzen Abfertigung nicht. Sie war innerlich so entrüstet, dass es ihr noch nicht einmal angemessen schien, ein empörtes Gesicht zu machen. Lächelnd schaute sie in die Runde.

Der Wirt lehnte sich vor und sprach zu ihr, wie zu jemanden, der auch einfache Dingen nicht versteht: „Wir wünschen Ihnen noch einen guten Abend."

„Augenblick, meine Herren", meldete sich mit belegter Stimme der Doktor zu Wort. „Ich glaube, es ist ein Gebot der Anständigkeit, erst recht der Fairness, der jungen Frau zu gestatten, uns Einsicht in ihre Pläne zu geben."

Der Vorsitzende schlug mit beiden Handflächen auf den Tisch. „Sepp, jetzt hör aber auf. Welche Einsichten willst du denn haben?", entrüstete er sich.

„Sie hat ja noch nicht einmal einen Hüttenschein", zischte Altmayer.

Hanne griff in die Mappe und reichte Jörg die ersten Blätter.

Es wurde still.

„Ich weiß nicht, wer das Gerücht erfunden hat, aber ich war in den letzten drei Jahren nicht Patientin einer psychiatrischen Klinik. - Das ist die Kopie eines Abschlusszeugnisses zur Restaurantfachfrau mit Zusatzqualifikation zum Hüttenwart." Da es ruhig blieb, fuhr sie fort, wie sie es sich zurechtgelegt hatte. „Ich möchte Ihnen versichern, bei allen Veränderungen nicht mehr als unbedingt nötig in den Bau einzugreifen und auch fürderhin durch geeignete historische Abbildungen das ursprüngliche Ambiente erlebbar zu machen. - Wenn ich Herrn Kammerlander bitten darf, die Zeichnungen herumzugeben. Wie Sie wissen, kenne ich die Hütte von klein auf. Kaum ein Jahr, in dem ich nicht mit dem Großvater ein paar Wochen dort gewesen wäre."

„Hast du das gemalt?", fragte Müller unbeherrscht und unüberhörbar verblüfft.

Hanne lächelte, um nicht lügen zu müssen.

„Damit kannst du doch locker dein Geld verdienen. - Das ist meisterhaft", schwärmte er in die Runde.

Der Doktor legte beschwichtigend seine Hand auf den Arm des Kunstlehrers, der alles um sich vergessen zu haben schien.

„Vom Großvater erfuhr ich auch die Geschichte der Hütte. Ich bewundere sehr den Geist der Erbauer, und ich werde nichts tun, was den Geist dieser Pioniere verletzen könnte, im Gegenteil, durch die größere Besucherzahl werden mehr Menschen vom Schicksal der vier Opfer des Schneefelds und der Geschichte der Hütte erfahren."

„Fräulein Berggruber", unterbrach sie der Vorsitzende gereizt, „darf ich Sie darauf aufmerksam machen, dass die Gemeinde keinerlei Interesse daran hat, die Geschichte der Hütte publik zu machen? Wie schon gesagt, ist ein wirtschaftlicher Erfolg aus der Anlage nicht zu erzielen. Der Verkauf der Hütte gerade an eine Frau, die … bisher nicht gerade durch Weit- und Umsicht aufgefallen ist, muss aussehen, wie das unverfrorene Abschieben einer unliebsamen Immobilie. Zum bestehenden Spott würde noch der Vorwurf hinzukommen, eine … Unbedarfte über den Tisch gezogen zu haben."

Die beiden Nachbarn des Vorsitzenden nickten zustimmend.

„Wenn ich nicht vom wirtschaftlichen Erfolg der Herberge überzeugt wäre, würde ich mir nicht wagen, Ihre kostbare Zeit in Anspruch zu nehmen. Da Sie alle vom Gegenteil überzeugt sind, muss meine Geschäftsidee entweder sehr töricht oder sehr wertvoll sein. Sie werden daher bitte entschuldigen, dass ich die Gründe meiner Zuversicht erst preisgebe, wenn ich Ihre feste Zusage habe, die Idee auch umsetzen zu können."

Nun flogen die Einwände kreuzweise über den Tisch.

Baumgärtl, der als Wirt auch Einblick in die Sorgen und Nöte der Hüttenwirte hatte, schrie am lautesten. „Habt ihr eine Ahnung, wie schwer es gerade für Hüttenbetreiber ist, den immer schärferen Umweltauflagen gerecht zu werden?! Da werden wir so einer … „

„Es muss klar sein, dass die Kosten am Ende nicht an uns hängenbleiben, wenn es schiefgeht", meldete sich erstmals auch Eisele zu Wort.

„Was heißt, w e n n ? ", ereiferte sich der Kunstschmied. „Das geht schief. Da muss man kein Prophet sein."

Der Vorsitzende hob leicht genervt die Hand. Diesmal brauchte es eine Zeit, ehe es still wurde. „Fräulein Berggruber, die Hütte ist abgeschnitten und liegt weitab aller Medien. Da oben gibt es weder Strom noch Wasser. Und Sie kriegen das auch nicht wirtschaftlich da hin."

Hanne griff in ihre Tasche. „Herr Kammerlander, darf ich Sie noch einmal bitten? - Ich hoffe, die Zeichnungen sind anschaulich genug. Eine Solaranlage mit einer Leistung von fünftausend Watt benötigt eine Dachfläche von zweiunddreißig Quadratmetern und kostet für eine Inselanlage vierundzwanzigtausend Euro. In unserer Gegend kann man bei einer einigermaßen optimal ausgerichteten fest installierten Anlage dieser Größe mit einem Jahresertrag von etwa fünftausend Kilowattstunden rechnen. Die nicht vom Felsüberhang verdeckte Dachfläche ist, wie Sie sehen, groß genug und beinahe ideal geneigt." Erneut brachte sie acht Blätter zum Vorschein. „Herr Kammerlander? - Vielen Dank! - Laut Statistik regnet es in unserer Gegend im Jahr zirka tausendvierhundert Liter pro Quadratmeter. Unsere Dachfläche fängt also etwa zweiundvierzigtausend Liter. Bei ausgebuchter Herberge und einem Wasserverbrauch von zehn Litern pro Gast und Tag wäre das ausreichend für dreihundertfünfzig Tage. Ein vier Kubikmeter fassender Tank genügt für den Rückhalt, mit einem Acht-Kubikmeter-Tank wäre man auch gegen alle Unsicherheiten und Unwägbarkeiten gefeit."

„Und scheißen tun sie über einen Donnerbalken in den Abgrund", polterte Baumgärtl.

Wortlos gab Hanne Jörg die nächsten Seiten für die Herren am Tisch. „Zu den Fäkalien", erklärte Hanne sanft. „Bei dreizehn Personen entstehen in dreihundertfünfzig Tagen zirka ein Kubikmeter Kot und sieben Kubikmeter Urin. Es bedarf also eines ähnlich großen Tanks für den Rückhalt wie beim Wasser. In der Zeichnung sehen Sie eine Variante, wie man die Tanks unter einer Imitation gestapelten Brennholzes an der Rückwand der Hütte verbergen kann." Wieder griff Hanne in die Tasche. „Wenn Sie noch so freundlich wären, sich die Zeichnungen für die notwendige Umgestaltung im Innern der Hütte anzuschauen."

„Wenn ich mir die Hütte auf den Zeichnungen ansehe, kann ich mir beim besten Willen nicht vorstellen, wie da zwölf Schlafplätze reinpassen sollen?", bemühte sich Baumgärtl um Sachlichkeit.

„Im Heuboden", erklärte Hanne ruhig ohne jeden belehrenden Ton. „Leider ist er nicht in der ganzen Fläche aufrecht begehbar. Aber das kann auch ein besonderer Reiz sein. Das Dach lässt sich in sechs Doppelbettparzellen teilen, vier davon räumlich mit Zelt-komfort, zwei mit hohen Betten und normalem Herbergsniveau. Entsprechend können auch die Preise gestaffelt werden. Ich bedaure sehr, dass sich der Stall nicht weiter nutzen lässt. Er wäre aber heutigen Anforderungen eh nicht mehr gewachsen. - Auf der nächsten Seite sehen Sie in roten Konturen die Veränderungen. Rechts im Stall finden zwei Duschen Platz, links die Kühl- und Vorratsschränke. In der Stube wird die Eckbank durch eine baugleiche Sitzecke ergänzt. Dafür muss der große Schrank teilweise in den Bettenverschlag verschoben werden, der ja sowieso funktionslos wäre. Der Vorhang bleibt. Da, wo das zweite Bett steht, ist Platz für die Küchenzeile und den Zapfhahn. - Sie sehen, ich habe kaum Veränderungen vorgenommen. Wenn es sich irgend machen ließe, wäre ein Durchbruch vom Verschlag in den Stall, also den Vorratsraum …"

„Fräulein Berggruber", der Vorsitzende zog immer wieder Blätter aus dem Wirrwarr, das sich inzwischen auf seinem Platz angehäuft hatte, „ich habe bisher nur eine Zahl gehört, die aber auch schon ganz üppig war. Haben Sie …"

„Wenn Herr Kammerlander noch mal so freundlich ist." Hanne gab das heikle Papier heraus und beobachtete die Wirkung der Zahlen.

Altmayer und Baumgärtl schüttelten unablässig den Kopf. Der Kunstlehrer war noch immer in Engels Zeichnungen vertieft.

Alle Blicke gingen zum Vorsitzenden. „Umbau der Hütte, Küchenausrüstung, Fotovoltaik-Anlage, Wasser- und Fäkalientank, Regenwasserwerk, Motorschlitten und Anhänger beziffern Sie - wenn ich mich nicht verrechnet habe - auf runde einhunderttausend Euro. Mit der Zahl hinter den drei Fragezeichen sind es hundertvierzigtausend. Ich nehme an, die stehen für die Geschäftsidee. Die Summe hinter *Kauf der Hütte* fehlt noch. Wer bezahlt das?"

„Ich."

„Freilich, die hat ja eben erst eine halbe Million Finderlohn kassiert", warf Altmayer ein.

„Und schmeißt das Geld gleich aus dem Fenster", setzte Eisele trocken hinzu.

Der Vorsitzende rief über die Aufregung: „Sie rechnen mit einem minimalen Jahresumsatz von hunderttausend?"

„Mit zwölf Wirtshaus- und zwölf Schlafplätzen", lachte Baumgärtl heraus.

Altmayer tippte seinen Finger an die Stirn. „Wenn das am Ende mal keine große Verarschung wird."

„Fräulein Berggruber, haben Sie bei all Ihren Überlegungen auch mal an Ihren Ruf gedacht?", fragte der Vorsitzende beherrscht. „Sie werden wissen, dass die Annahme einer neuen Lokalität eine sehr sensible und bisweilen auch stimmungsabhängige Sache ist."

„Das kann man nicht ernst genug nehmen", sagte Eisele nüchtern.

„Die meisten Gäste werden Urlauber sein, die mich nicht kennen", entgegnete Hanne.

„In den Herbergen, in denen diese Gäste wohnen, wird man schon dafür sorgen, dass Sie nicht unbekannt bleiben", echauffierte sich Baumgärtl.

„Ich habe gehofft, dass man mir vielleicht noch mal eine Chance gibt."

„Ich kenne Leute, die auch nach drei Jahren noch nicht wieder bereit sind, Sie zu grüßen", gab der Vorsitzende zu bedenken. „Die würden vermutlich Ihr Lokal noch nicht einmal empfehlen, wenn es direkt vor der Tür läge, von einem eigenen Besuch ganz zu schweigen."

„Vielleicht hat sie ja vor, ein Bordell zu eröffnen", blödelte Altmayer, der ganzen Sache überdrüssig.

„Nicht mal dafür hätte sie einen geeigneten Leumund", ergänzte Baumgärtl bitter.

Jetzt konnte sich sogar Jörg das Lachen nicht verkneifen.

„Warum hat sich eigentlich die Polizei so für Sie interessiert?", wollte Eisele wissen. „Ist am Ende auch am Finderlohn was faul?"

„Der eine hängt sich auf, und so 'ne Urschl kriegt 'nen Sack voll Geld. Und wir schenken ihr obendrauf auch noch die Hütte. Wenn so Gottes Gerechtigkeit aussieht!", geiferte Baumgärtl.

Der Kunstlehrer horchte auf. „Wer hat sich aufgehängt?"

„Ach scheiß drauf. Ich hab's nicht sagen wollen", maulte Baumgärtl zerknirscht. „Das fällt ja doch wieder auf den Ort zurück. Man muss sich ja schämen!"

Es wurde still. Alle schauten auf Hanne. Nur der Doktor hatte verzweifelt beide Hände vors Gesicht gestellt.

„Ich hab den Einwand erwartet", begann Hanne gefasst, „nicht aber die Schärfe und Feindseligkeit. - Mag sein, dass ich an Tonis Tod nicht schuldlos bin. Aber Ihnen steht es nicht zu, darüber zu richten. - Mein Vorhaben hätte vielleicht auch der Gemeinde gut getan, selbst wenn ich kein Bordell im Auge habe. Jetzt frage ich mich, warum ich etwas machen soll, was dieser Gemeinde gut tut. - Entschuldigen Sie, dass ich Ihre Zeit in Anspruch genommen hab." Hanne nahm die Mappe vom Tisch und ging zur Tür.

„Hanne?", hörte sie Jörgs körperlose Stimme. „Hanne", versuchte er es noch einmal, kaum lauter.

„Hanne!", tönte da gewaltig die tränenerstickte Stimme des Doktors. „Komm zurück, verdammt! Du wirst dich doch nicht von diesem sacklosen Geschwätz abschrecken lassen! - Wenn d u es nicht sagst, dann erzähle i c h den Herren die Geschichte, wie sie sich damals zugetragen hat."

Hanne drehte sich entrüstet um. Ist dieser Verrat denkbar? Ausgerechnet der Doktor. Sie fühlte sich ähnlich wie am Vortag im Schnee, als Eggers gegangen war.

„Du magst mich einen Lumpen schimpfen und nicht mal mehr mit 'm Arsch angucken, ich sag's", drohte der Doktor, ohne sich der Tränen zu schämen.

Alle in der Runde waren ergriffen oder befremdet vom emotionalen Ausbruch des als besonnen und nüchtern bekannten Doktors.

Der Vorsitzende fasste sich am schnellsten. „Sepp, was meinst du damit? - Wir kennen ja alle die Geschichte."

Der Doktor winkte ab und setzte sich.

Hanne kam zurück. Sie sah den Doktor an, bis sie seinem Blick nicht mehr standhalten konnte. „Die Geschichte war so, wie Sie sie kennen", begann sie mit belegter Stimme. „Zwei dumme Jungs und ein törichtes Mädchen. Sie haben geflachst und getrunken. Und als sich die Jungs genug Mut angetrunken hatten, da haben sie versucht, sich zu übertrumpfen in ihrem Mut. Ich hab den Punkt verpasst, an dem ich hätte gehen sollen. Der eine hat mich festgehalten, der andere … Ich hab dem Toni nur weh tun wollen, damit er aufhört mit dem Quatsch. Aber er hat nicht aufgehört. Da … Es tut mir leid", sagte sie und - zum Doktor gewandt - mit brechender Stimme: „Es tut mir so leid."

Langsam sickerte auch noch die Ungeheuerlichkeit ihrer Selbstbezichtigung ins Bewusstsein der Männer.

Baumgärtl drückte sich langsam aus dem Stuhl. „Das ist ja furchtbar." Fassungslos schaute er in die Runde. „Was soll man da sagen? Was soll man dazu sagen?"

„Vielleicht versuchst du's mal mit einer Entschuldigung", erwiderte der Doktor.

„Aber ich hab das doch nicht wissen können, verdammt noch mal!"

Alle hatten viel zu sehr mit sich selbst zu tun, als dass sie einen Sinn für die Verzweiflung des Wirtes hätten erübrigen können.

Nun erhob sich auch der Vorsitzende. „Jörg, holst du mal bitte einen Stuhl für Fräulein Berggruber." Seine Stimme hatte jeglichen Kern verloren.

Jörg nahm Hanne beim Arm und drückte sie auf seinen Stuhl.

Der Vorsitzende suchte nach Worten. Offensichtlich waren seine Gedanken mit sehr unterschiedlichen Überlegungen beschäftigt. „Wenn ich es recht bedenke, wäre es jetzt ja noch viel schofliger, ihr die Hütte zu geben und sie ins Unglück rennen zu lassen, wie schon einmal", stammelte er unsicher.

In der Runde der Ratsmitglieder griff Ratlosigkeit um sich. Stuber und Baumgärtl setzten sich.

Jörg war nun der einzige, der stand. „Vielleicht wäre es ja ganz hilfreich", begann er zögerlich, „ihr die Hütte in Aussicht zu stellen für den Fall, dass sie gute Gründe angeben kann, sie wirtschaftlich zu betreiben, sagen wir …" Er schaute in jedes einzelne Gesicht. „… für zehntausend?"

Der Vorsitzende nickte lange. „Fräulein Berggruber, darf ich Sie bitten, sich … ach, das ist ja schnurz. - Darf ich die Anwesenden um ein Handzeichen bitten, wenn sie damit einverstanden sind?"

Sieben Hände gingen nach oben, die des Doktors zuletzt.

„Dann gebe ich Ihnen mein Wort, dass Sie die …"

„Aber sie muss auch ein Stück Land haben und die Erlaubnis, einen neuen Stall bauen zu dürfen", mischte sich Baumgärtl kleinlaut, aber beflissen ein.

Der Vorsitzende wies ihn mit finsterem Blick, wenngleich erstaunt, zurecht. „... dass Sie die Hütte, ausreichend Land und die Baugenehmigung für einen Stall kriegen, wenn Ihre Idee Erfolg verspricht."

Hanne legte die letzte Seite ihres Dossiers auf den Tisch. Jörg reichte sie weiter. Eine Lawine des Schweigens überrollte den Raum.

Der Vorsitzende hatte wohl als erster begriffen. „Das sollen nur zwanzig Meter sein?"

Hanne nickte.

Ein Tumult war die Folge. Schnell verstanden nun auch die anderen, dass ein Stollen durch einen Seitenarm des Massivs direkt hinter der Hütte das öde Schneefeld auf hiesiger Seite mit dem hervorragenden sieben Kilometer langen Hangweg auf Grömbach zu verbinden kann. Eine Hütte mit Herberge und Gastronomie würde einen wunderbaren, anspruchsvollen Wanderweg eröffnen und mit der Möglichkeit einer Teilung der Strapazen durch eine Übernachtung auch untrainierte Besucher ermutigen, ihn zu gehen. Demjenigen, der ihn nicht ganz gehen will oder kann, stünde zumindest im Winter ein Schlittengespann zur Verfügung.

Die Idee war so gut und simpel und erfolgversprechend, dass fast schon wieder Neid aus einigen Wortmeldungen klang.

Der Vorsitzende rief zur Ordnung.

„Meine Herren", begann der Doktor mit entspanntem Lächeln, „darf ich Sie bei aller Begeisterung bitten, das gegebene Versprechen nicht zu vergessen? Wenn Sie gestatten, würde ich Fräulein Berggruber gern verabschieden, ehe wir mit der zielführenden Umsetzung beginnen."

Hanne erhob sich. „Ich danke Ihnen für Ihr Vertrauen. - Gute Nacht." Mit tränenvollem Blick dankte sie dem Doktor.

Der nickte ihr noch einmal ermutigend zu.

23

Hanne trieb das Gespann heimwärts der Hütte, i h r e r Hütte zu. An der Gräberschlucht stieß sie auf frische Skispuren, deren Urheber nicht schwer zu erraten war.

Engel erwartete sie ungeduldig vor einem liebevoll gedeckten Tisch. Es dauerte ein Weilchen, bis Hanne die Pferde ausgeschirrt und versorgt hatte. Als er sie mit frostgerötetem Gesicht und glänzenden Augen in der Tür stehen sah, hätte er sie an sich reißen und für immer eins sein mögen mit ihr, hätte ihr die Kleider abschälen wollen, Hülle für Hülle, bis nur noch der warme, weiche, wohlriechende, empfindsame Leib übrig blieb. „Wissen Sie, bis wohin ich es geschafft hab?", fragte er stolz wie ein Kind.

„Haben Sie den Rucksack gefunden?", fragte Hanne müde zurück, während sie Mantel und Stiefel auszog.

Der Stolz verlor sich aus seinen Augen. „Nein", sagte er entmutigt. „Sie wissen ja selber, dass es bei dem vielen Schnee auch keinen Sinn hat zu suchen."

„Wir werden vernünftig", lobte sie. „Danke für das Abendbrot."

„Sie müssen nicht Danke sagen."

„Ich hab auch schon gegessen." Sie setzte sich an den Tisch und langte zu ohne Rücksicht darauf, sich dadurch Lügen zu strafen. „Wenn Sie schon wieder so gut beisammen sind, hat der Doktor sicher nichts dagegen, Sie schon morgen zu entlassen. Ich hab vorhin lange mit ihm gesprochen. Er sagte …" Hanne verschlug es die Sprache.

Engel war blass geworden.

„Was haben Sie? - Freuen Sie sich nicht, endlich hier wegzukommen?"

„Doch", erwiderte er verhalten.

„Na kommen Sie. Bei allem, was ich dem Doktor erzählt hab, legt er keinen Wert auf eine Abschlussvisite. Der Verdacht des Bruches hat sich nicht bestätigt. Sie sollten sich zu Hause aber noch mal beim Neurologen vorstellen. Die Unterlagen und die Rechnung schickt er an Ihre Anschrift. - Es wäre zu schön, wenn ich das Wochenende mit meinem Mann verbringen könnte. Wir hatten nicht so viel voneinander in der letzten Zeit."

Engel kaute betrübt auf nervösen Lippen.

Hanne lachte. „Also hören Sie, es wird doch in München jemanden geben, auf den Sie sich freuen, wenn es schon keinen gibt, der sich auf Sie freut."

Er stützte den Kopf auf beide Daumen, beide Hände vor den Mund legend.

Trotz einer Ahnung war Hanne überrascht von Engels tiefer und unverhohlener Enttäuschung. Sie musste diese Stimmung schnell überwinden, um ihr nicht zu erliegen und womöglich etwas sehr Dummes zu tun. Unbeholfen spielte sie mit der neuen Kette. „Schauen Sie, was Männer für Einfälle haben, wenn sie ein bissel unsicher werden. - Gefällt sie Ihnen?"

„Ja, sie ist hübsch", sagte er nüchtern. „Was macht Ihr Mann eigentlich?"

Auf diese Frage hatte Hanne schon lange gewartet. „Alles, was die Leute mögen: mal ein bissel Skilehrer, mal führt er Wander- oder Klettertouren, auch Motorschlittengruppen hat er schon gehabt, eben alles, wo ein bissel fitte Typen gefragt sind. Mir ist es recht, wenn er sich austobt. Da drängelt er mich nicht allenthalben, mit ihm loszuziehen."

„Haben Sie bei so einem Job nicht auch ausreichend Gelegenheit, ein bisschen *unsicher* zu werden?"

„Ach was. Solang er mir nicht allzu sehr mit seinem Liebeskummer andrer Weiber wegen auf die Nerven geht." Dieser Satz von Theresa hatte sie sehr beeindruckt, obwohl sie nicht weniger verwirrt war über die schmerzliche Toleranz. Beim Versuch, dieses Problem tiefgründig zu bedenken, hatte sie das erste Mal gespürt, wie es ist, wenn der Bauch gegen den Kopf rebelliert, das Gefühl gegen die Vernunft. Auch später war es ihr nicht gelungen, dieses Dilemma aufzulösen. Und sie war wieder einmal hängen geblieben bei der Mutmaßung, dass der Mensch vielleicht doch so etwas ist, wie die größte Panne der Natur.

Engel schien ähnlich irritiert zu sein. „Sind Sie nicht noch ein bisschen jung für solche Sätze?"

„Sollte man in meinem Alter dümmer sein? oder sind vernünftige Gedanken nur was für alte Leute?" Hanne erschrak über die Schnelligkeit, mit der ihr die Erwiderung über die Lippen kam.

„Ich dachte, in Ihrem Alter sollte man vielleicht noch Ideale haben."

„Ach so? - Wie eine Art Kinderkrankheit?"

Engel lachte widerstrebend.

„Ist Idealität ein Indiz der Wahrheit?"

„Sie stellen Fragen. - Keine Ahnung."

„Hat Kunst was mit Wahrheit zu tun?", bohrte Hanne weiter, um dem Thema zu entkommen.

„Wir waren gerade noch bei Toleranz."

„Überlegen Sie mal", forderte Hanne im Stil einer Lehrerin. „Ich hol derweil Ihre Mappe aus dem Schlitten."

„Was machen Sie mit meinen Bildern?", fragte Engel beunruhigt, als Hanne wiederkam.

„Ich hab sie meinen Leuten gezeigt. Die waren sowas von begeistert."

„Auch über das *schamlose* Bild?"

„Na klar, gerade", schwärmte Hanne. „Ich bin nicht sicher, ob alle geglaubt haben, dass ich das gemalt hab."

„Sie haben die Bilder …"

„Stört Sie das? - Entschuldigung. - Ich wollte meine Leute nur überraschen. Das sind alles solche Kunstbanausen. Aber mit sowas kann man sie begeistern."

Engel zeigte eine unverändert verärgerte Miene.

„Außerdem konnte ich meinem Mann nicht zumuten, dass ich einen Maler pflege, der auch noch richtig malen kann", entschuldigte sich Hanne.

„Das hätte die Toleranz überfordert?"

„Nein. - Aber einen verdorbenen Abend mit endlosen Fragen gekostet. - Haben Sie wieder was gemalt?"

Er schüttelte den Kopf.

„Warum nicht?"

Engel überlegte, wie er dieser Fragerei ausweichen kann. Dann war es ihm aber plötzlich wichtig, einen Satz loszuwerden, für den ihm kein geeigneterer Empfänger einfiel. „Weil es Wahrheiten gibt, die wehtun, wenn man ihnen unversehens zu nahe kommt." Er schaute aus dem Fenster.

Hanne hoffte, noch mehr zu hören.

„Mitunter fühle ich mich wie ein Dompteur, der versucht, ein wildes, grausames Ungeheuer zu zähmen", erzählte Engel mehr für sich, ohne den Kopf zu wenden. „Jeden Tag komme ich ihm ein Stück näher. Von Woche zu Woche gelingt es besser. Erst lässt es mich an sich ran. Dann darf ich es berühren. Bald frisst es mir aus der Hand. Endlich schmiegen wir uns zärtlich aneinander. In der Manege herrscht knisternde Spannung.

Immer, wenn ich dem Ungeheuer den Mund zum Kuss darbiete, reißt es mir den Kopf ab."

Hanne schwieg betroffen. „Sie könnten auch mal was Schönes erzählen", sagte sie dann.

Seit Engel von seiner raschen Entlassung gehört hatte, war er wie in sich gekehrt.

Hanne hätte ihn ewig so betrachten mögen, fürchtete aber, sich zu verraten oder der langen Stille und dieser beklemmenden Melancholie nicht gewachsen zu sein. Drum drängte sie, ins Bett zu gehen, auch in Rücksicht auf den kommenden anstrengenden Tag.

Engel war wie immer vorangegangen. Als er gewaschen im Verschlag verschwand, zog sich Hanne aus, um sich im Vorraum an der blauen Schüssel zu waschen. Erst jetzt fühlte sie, wie müde und zerschlagen sie ist. Trotzdem wusch sie sich noch gründlicher als sonst das Salz von der Haut. Als sie im großen Schrank nach einem besonderen Nachthemd suchte, sah sie im Augenwinkel, dass Engel durch einen Spalt im Vorhang nach ihr schaut. Sie ließ sich Zeit und hielt die Laterne so, dass Engel keinen Grund hatte, sich zu beklagen. Ganz langsam zog sie das rotseidene, ärmellose Nachthemd über den nackten Leib. Der Stoff umspielte sie lange, ehe er zur Ruhe kam, als hätte er Furcht, sich ihrer Haut zu nähern. Am Tisch fiel ihr Blick auf die zusammengelegten Sachen. Sie nahm den Slip von der Stuhllehne, ehe sie die Treppe zum Heuboden bestieg.

Engel lag auf dem Rücken, die Hände hinterm Kopf verschränkt.

Hanne lächelte ihm zu. „Gute Nacht."

„Gute Nacht."

Über einen Finger gehängt, bot sie ihm den Schlüpfer.

Engel drehte sich verlegen wie ernüchtert zur Wand.

Hanne lag noch lange wach. Vergeblich wartete sie auf den Kerzenschein am Rand der Luke. War Engel diesmal eingeschlafen, ohne das körperlich-seelische Gleichgewicht hergestellt zu haben?

24

Auch am Morgen sah Engel nicht eben glücklich aus.

Als Hanne vom Heuboden stieg, lag er schon wach, wie am Vorabend die Hände unterm Kopf verschränkt. Ohne Hanne eines Blickes zu würdigen, stierte er weiter an die Decke.

Mit übergezogenem Morgenmantel betrat Hanne den Verschlag. „Guten Morgen, der Herr."

„Guten Morgen."

„Wie geht es Ihnen?"

„Scheußlich."

„Und sonst?"

Engel lachte trocken. „Sonst ganz gut."

„Setzen Sie sich bitte."

Engel rutschte nach hinten. In allen Gliedern steckte noch der Gewaltmarsch vom Vortag.

Hanne stellte sich dicht neben ihn und besah sich den Kopf. Der Bluterguss war nur noch schwach gelb-braun zu erkennen. Mit beiden Händen betastete sie die Aufschlagstelle und ihre Umgebung. „Wie ist das?"

„Unerträglich."

„Wo?"

„Überall. Überall, wo Sie sind. Ihr Duft ist unerträglich."

„Haben Sie manchmal Sehstörungen?"

„Nein."

„Andre diffuse Wahrnehmungen oder motorische Aussetzer?"

„Nein."

„Kopfschmerzen?"

Engel schüttelte den Kopf. Der Kopf war so ziemlich das einzige, was ihm nicht wehtat.

„Dann würde ich mir noch mal das Bein anschauen." Ohne zu zögern, nahm sie die Zudecke auf, um sie zusammengeschlagen auf die andere Matratze zu werfen.

Engel legte - die Erektion verbergend - beide Hände in den Schoß.

Hanne war sie nicht verborgen geblieben. Mit behutsamen Händen befühlte sie beide Füße und Waden. „Haben Sie Einschränkungen oder Schmerzen bei bestimmten Bewegungen?"

„Nein." Ritterlich verschwieg er den beinahe ganzkörperlichen Muskelkater.

„Auch hier keine unangenehmen Wahrnehmungen?"

„Eher angenehm."

„Auch hier?" Hanne betastete, drückte und streichelte nun sehr sanft auch die harten Oberschenkel.

„Ja."

„Dann haben wir alles gut gemacht. Sie können den Zwölfer-Bus in die Stadt nehmen und von dort mit dem Zug nach München fahren."

„Wirklich schon heute?"

„Der Doktor gibt grünes Licht, wenn bei der Untersuchung alles unauffällig bleibt."

„Und wie komme ich zum Bus?"

„Zu Fuß natürlich."

„Zu Fuß?"

„Gestern sind Sie vierzig Kilometer gelaufen. Da werden Sie wohl heute ..."

„Mir tut noch alles weh von gestern. Ich kann ..."

„Das war ein Scherz", tröstete ihn Hanne. „Ich bring Sie natürlich mit dem Schlitten. - Ziehen Sie das Nachthemd aus, das gehört meinem Mann."

„Ich geb's Ihnen später", bockte Engel, der sich seiner Erektion schämte.

„Seien Sie nicht albern. Ich weiß, wie Sie aussehen." Beherzt griff Hanne das Hemd am Saum. Mit kräftigen Armen zog sie es Engel über den Kopf. Gleichzeitig mit ihrem Morgenmantel fiel es zu Boden. Ehe Engel begriff, was vorgeht, saß sie rittlings auf seinem Schoß. Sie nahm seine Hände und streifte mit ihnen das seidene Nachthemd bis über die Brüste. „Ist der Muskelkater sehr schlimm?"

Sprachlos schüttelte Engel den Kopf.

Hanne fing mit ihrer Scham das aufstrebende Glied und begann einen sanften, zunehmend leidenschaftlicheren Ritt. Geräuschvoll und mit viel Geschick beim Einfangen genoss sie die Reibung des fremden Fleisches innen und noch mehr außen. Sie ließ Engel nicht aus seiner passiven Stellung kommen und ritt ihn zu, bis sie bekam, was sie wollte. Ihr Lustgejammer und ihr finaler Wonneschrei wären noch weit im Schneefeld zu hören gewesen. Als sie von Engel und aus dem Bett stieg, sah sie das noch immer erregte feuchte Glied. „Sie waren noch nicht so weit?"

„Das ist nicht schlimm", log Engel. Das *Sie* war ihm schmerzhaft in den Bauch gefahren.

„Und ob das schlimm ist." Hanne nahm den faszinierendsten alle Hebel erst zärtlich in beide Hände, später nicht weniger zärtlich in den Mund.

Engel, der sein Glück noch nicht begreifen konnte, gab sich nur schüchtern der Wonne hin.

Hanne spürte, wie das Fleisch unter ihrem Lippen- und Zungenspiel zu imposanter Stärke schwoll. Ihr fiel auf, dass die beiden zärtlichsten Körperteile diesseits und jenseits der schärfsten Waffe liegen. Hatte sie sich nicht schon einmal an diesem merkwürdigen Zusammenhang gestoßen? Mit den Zähnen prüfte sie spielerisch die Festigkeit des erregten Glieds. Beinahe augenblicklich änderte sich die Konsistenz. Hanne sah verwundert auf und schaute in ein schreckbleiches Gesicht. Sie hob das Nachthemd auf und trocknete Engel den Schweiß von Stirn und Wangen. „Was ist? War es nicht gut?" Sie sah den Grind des Einstiches auf der Brust und den Bluterguss am Oberarm. „Haben Sie etwa Angst?"

„Ja, wenn ich ehrlich bin."

„Sie müssen auch mal was riskieren", lachte sie. „Legen Sie sich hin."

Viele Gedanken - alle nicht besonders angenehm, einige sogar recht beängstigend - schossen ihm durch den Kopf und lösten auch noch den letzten Blutstau im nun eher lästigen Anhängsel. Nur zögerlich rutschte er nach unten.

Beim letzten Stück half sie nach. Kaum dass er lag, suchte Hanne mit den Schamlippen seine Nase, während sie mit dem Mund das alte Spiel aufnahm. Sobald sie Engels Zunge im Schritt spürte, vergalt sie Gleiches mit Gleichem. Hanne genoss seine Unsicherheit und spielte ab und an mit dem Wechsel von Wonne und Schmerz, bis sie fast gleichzeitig mit dem pulsierenden Schlegel zum entspannenden Ende kam. Sie wartete noch die verebbenden Eruptionen ab. Dann stieg sie abermals von Mann und Bett. „Danke für dieses sehr angenehme Abschiedsgeschenk", sagte sie kokett, während sie sich das rote Nachthemd über Brust und Bauch glatt strich.

„Warum haben wir das nicht öfter gemacht?", fragte Engel hoffnungsvoll.

Was hätte sie ohne Theresas Erfahrungsschatz angestellt? „Bei der ersten Wiederholung beginnt die Unterwerfung des einen oder beider", entgegnete sie altklug. „Und dann hat das Einmalige noch immer den größten Reiz. Sonst setzte uns Gott mehrmals in die Welt."

Als sie den Verschlag verließ, angelte sich Engel sein am Boden liegendes Nachthemd. Während er sich liegend das Glied samt Umgebung trockenrieb, sann er nach über die Kaltblütigkeit dieser rätselhaften Frau. Er tat sich schwer mit dem Gedanken, eben nur Dienstleister, Erfüllungsgehilfe oder Spielzeug gewesen zu sein. Darüber konnte auch die Erleichterung ob der entgangenen Kastration nicht trösten. Bis zum Schluss war er auf dieses schmerzliche Ende gefasst gewesen. Es hätte nicht nur gepasst, es hätte vieles erklärt.

„Jetzt kommen Sie aber. Es ist schon um neun."

Engel erhob sich träge. Apathisch querte er die Stube. Beim Vorbeigehen warf er einen flüchtigen Blick auf Hanne. Sie hatte sich noch reizender zurechtgemacht als am Vortag und wuselte in unübersehbarer Vorfreude herum, als wenn nichts weiter geschehen wäre.

Auch bei Tisch schnatterte sie aufgeregt und ausgelassen und oberflächlich.

Engel wunderte sich über ihre Nüchternheit. „Kann ich nicht doch noch bis morgen …"

„Jetzt seien Sie nicht albern. Das vorhin war auch so eine Art Zielprämie."

Engel verschlug es die Sprache. „Zielprämie", hauchte er nickend, um sich zu vergewissern, eben dieses Wort gehört zu haben. „Wie kriegen Sie das zusammen?", fragte er gequält. „Ich meine, das von vorhin und die Freude auf Ihren Mann?"

„Warum sollte ich das zusammenkriegen?", entgegnete Hanne schnippisch. „Das eine hat mit dem anderen ja gar nichts zu tun."

„Können Sie das wirklich ohne Bauchschmerzen denken?"

„Sie nicht?", fragte Hanne erstaunt, als ob es sich dabei um die selbstverständlichste Sache der Welt handelte. „Was verliert mein Mann, wenn ich mich ein bissel von andern kitzeln lasse?" Heil sei Theresa!

Appetitlos schob Engel das Rührei von einer Tellerseite auf die andere. „Von Männern hört man solche Sprüche oft."

„Ich weiß", lachte Hanne. „Ich mach das Gespann zurecht. Ein bissel Zeit haben Sie noch mit dem Henkersmahl."

„Wir fahren nicht mit dem Motorschlitten?"

Hanne stutzte. „Nein", erwiderte sie, um Zeit zu gewinnen. „Den braucht mein Mann. Er bringt nachher den alten Mörsbach her und holt mich und meine Sachen. Mit dem Gespann ist es viel gemütlicher. - Außerdem dauert es länger", versuchte sie Engel zu trösten.

Er zog sich an. Der Schneeanzug roch auch nach der langen Tour zum Elsetal nach Frühling oder Weichspüler. Zuerst hatte er alle anderen Sachen zurücklassen wollen, aber dann entschied er sich doch, den alten Rucksack mitzunehmen. Für den Besitz eines aus seinen Träumen stammenden Gegenstandes war er gern bereit, das unangenehme Gefühl zu ertragen, das ihn schon bei der Aussicht beschlich, sich mit einem derart blamablen Teil auf der Straße zu zeigen.

Hanne bettete ihn fürsorglich hinterm Kutschbock.

„Kann ich nicht neben Ihnen sitzen?"

„Das wäre zu eng."

„Mir nicht."

„So können Sie die Hütte im Auge behalten."

„Ein schöner Ersatz", maulte er. Wenn nicht das Kissen und ein dickes Brett dazwischen gewesen wären, hätte er mit seinem Hinterkopf Hannes Hintern berührt.

Gemächlichen Schrittes fuhren sie aus dem sich ewig hinziehenden Schneefeld.

Hanne blödelte mit den Pferden.

Engel schaute auf die Hütte, die unmerklich kleiner wurde und endlich hinter Myriaden sacht tanzender Flocken verblasste.

Am Tal in Höhe der Unfallstelle ließ Hanne die Pferde stehen. „Sehen Sie da drüben die Schattenlinie?"

„Ja."

„Die ist vom Schneebrett, das kurz nach Ihrer Bergung abgegangen ist. Sie können wirklich von Glück reden, dass Sie der alte Mörsbach so schnell gefunden hat und wir Sie noch rechtzeitig rausgekriegt haben. - Soll ich ihm vielleicht einen Gruß von Ihnen bestellen?"

Engel fingerte umständlich das Portemonnaie aus der Jacke. „Bitte geben Sie ihm das hier, auch für die Unannehmlichkeiten, die er wegen mir hatte."

Hanne nahm den seltenen Schein und steckte ihn in die Manteltasche. Den Abzweig nach Elsetal ließ sie rechts liegen. Nun kämpften sich die Pferde mühsam durch unbefestigten Schnee. Den Weg war Hanne vor Jahren mal mit dem Großvater gefahren, noch mit dem alten Gespann. Ginger und Fred stapften tapfer.

„Warum sind wir vorhin nicht mit den Spuren abgebogen?"

„Weil der Bus nicht in Elsetal hält", rief Hanne nach hinten gelehnt.

Der Schlitten schleuderte und schaukelte bisweilen arg. Zum Glück waren sie nicht mehr lange unterwegs. Hanne hielt, als die ersten Häuser auftauchten. „Ich lass Sie hier raus, da ersparen wir den Pferden nachher den steilen Aufstieg."

Engel schälte sich aus den verschneiten Decken. Jetzt, da er so allein im Schnee stand, waren ihm all die zurechtgelegten Worte entweder entfallen oder nicht mehr gut genug. Er schaute Hanne verlegen an mit diesem Lächeln, das wie ein halber Flunsch aussah. „Jetzt weiß ich nicht, was ich sagen soll."

„Sagen Sie einfach Danke." Die ganze Fahrt über war in Hanne die Angst gewachsen vor diesem Augenblick. Daher trieb sie sich zur Eile.

„Vielen Dank. - Sie sind eine tolle Frau."

„Danke", lachte Hanne nicht ganz ungezwungen. „Ich war nur Ihre Krankenschwester."

„Darf ich Ihnen schreiben?"

„Bloß nicht", lachte sie wieder. Diesmal gelang es besser. „Ich komm eh nicht zum Schreiben."

„Ich würde Ihnen auch gern was geben für Ihre Mühe. Wenn Sie das nicht falsch …"

„Herr Engel, Sie haben mir auch so schon ein ziemlich gutes Zubrot verschafft."

Engel hatte das beklemmende Gefühl, so nicht gehen zu dürfen. „Die Geschichte, ich meine den Albtraum …", stammelte er.

„Oh nein. Bitte nicht! Wenn Sie klug sind, behalten Sie das Zeug für sich."

„Es ist kein Zeug und auch kein Albtraum. Aus einem Albtraum will man erwachen. Aber …"

„Seien Sie froh, dass Sie so munter sind." Hanne fand es dringend an der Zeit, den Schlitten zu wenden. „Ihr Bus geht in fünfunddreißig Minuten. Machen Sie's gut. - Ginger und Fred. Geht!", rief sie mit veränderter Stimme. Es war knapp.

Die Pferde zogen an. Für einen Sprung reichte die Kraft nicht mehr. Aber auch so kamen sie schnell an diesem fremden Mann vorbei, der ihnen nachschaute, bis sie hinter der nächsten Biegung verschwanden.

Mit der Mappe in der Hand und dem Rucksack auf dem Rücken stapfte er durch tiefen Schnee auf die ersten Häuser zu.

Ende

Engel hatte keinen Sinn für die befremdeten oder belustigten Blicke. Der Bus fuhr pünktlich und hielt direkt vorm Bahnhof. Der nächste Zug nach München kam erst in einer reichlichen Stunde. Nicht weit vom Bahnhof fand sich ein kleines Lokal, das kaum besucht war. Als das Essen kam, war Engel gar der einzige Gast. „Nicht viel los", sagte er, um nicht stieslig zu wirken.

„Um die Zeit ist nie viel los. Und die Polizeikontrollen ringsum haben auch nicht gerade Gäste angelockt."

Engel schaute unverständig drein.

„Sie sind eben erst gekommen. Richtig?"

Engel nickte.

„Seien Sie froh. Fünf Wochen haben die uns mit den Kontrollen verrückt gemacht. Und am Ende war doch alles für die Katz."

Engel schob - den sich blähenden Kloß im Magen unterdrückend - mechanisch wieder und wieder die Gabel in den Mund.

„Entweder war der Kerl zu clever, oder er ist längst hinüber. Dann finden sie ihn vielleicht, wenn der Schnee weg ist, es sei denn, er ist in eine Gletscherspalte gerutscht. Dann kann's länger dauern, bis er wieder auftaucht. - Lassen Sie's sich noch schmecken."

„Danke." Die Waage neigte sich auf die andere Seite. Hatte Engel sich vordem an die Wirklichkeit geklammert, so klammerte er sich nun an den ... Nein, beides war ja Wirklichkeit. Wie lange hatte er gehofft, Sabine in Hanne wiederzufinden. Hoffte er es jetzt andersherum? Beide Frauen waren auf ihre Art begehrenswert, aber die Mischung ... Das einfältige Ding und die kluge, selbstbewusste Frau konnten unmöglich ein und dieselbe sein. Wer hatte wen gespielt? Einfalt lässt sich spielen, Klugheit nicht. Oder war es auch schon Klugheit gewesen, was er für Einfalt gehalten hatte? Vorm Hintergrund der neuen Erkenntnisse versuchte Engel die Erinnerungen vor und nach dem Unfall zu einem sinnvollen, wenigstens aber erträglichen Ganzen zu verweben. Es war unmöglich. Die beiden Wirklichkeiten passten nicht übereinander. Kein Mensch kann so spielen; sich solchermaßen beherrschen, verstellen. Bei aller Verwirrung trat eine Frage in den Vordergrund: Wie hat sie sich von den Fesseln befreit?

„Mögen Sie nicht mehr? Oder schmeckt's nicht?"

„Es war gut", meinte Engel abwesend. „Was hatte der Kerl gemacht?"

„Welcher Kerl? - Ach der. Na, Sie wissen aber rein gar nichts. Da haben Sie am Ende auch noch nicht die schräge Sache mit dem Geldfund gehört?"

Engel schüttelte den Kopf.

„Oben, ausgerechnet im Elsetal, hat so eine Trutschn einen Rucksack mit ein paarmillionen Euro drin gefunden. Den hatte dieser Kerl - wer weiß, warum - dort abgestellt oder verloren. Die Bank soll ihr eine halbe Million Finderlohn gezahlt haben. Plötzlich ist sie eine tolle Partie. - Dumm hat Schwein. Das hat noch nie besser gepasst."

Selbst jetzt, wo er Gewissheit hatte, fiel es ihm schwer, zu glauben, dass diese rätselhafte Frau mit ihm nur ihr Spiel getrieben und sich auf seine Kosten bereichert hat. Langsam sickerte die Erkenntnis ins Bewusstsein, dass sie ihn andererseits auch davor bewahrt hatte, der Polizei in die Hände zu fallen, von der Rettung ganz zu schweigen. Alles, was er aß oder trank, bekam einen faden Beigeschmack. Nickend winkte er dem Wirt.

„Sie sehen aus, als wollten Sie sich beeilen, der Glücklichen den Hof zu machen", witzelte der Gerufene, als Engel das Portemonnaie zog. „Die ist mal grade zwanzig und soll gar nicht so schlecht aussehen."

Ohne einen Blick auf die Rechnung zu werfen, legte Engel den viel zu großen Schein auf den Tisch.

Der Wirt schaute sich verschwörerisch um. „Dumm fickt gut", murmelte er. „Und das ist schließlich die Hauptsache."

Engel bemühte sich, das Lokal möglichst schnell zu verlassen.

Vom üppigen Trinkgeld und dem eiligen Aufbruch ermutigt, ließ sich der Wirt noch zu einem abschließenden Witz hinreißen. „Aber Vorsicht!", rief er Engel nach, der schon im Vorhang des Windfangs stand. „Die hat schon mal einem Kerl sein bestes Stück abgebissen."

Engel hörte das Lachen noch, als er die Eingangstür hinter sich zugezogen hatte.

Ende

Es regnete schon den dritten Tag in Folge. Das Wasser hatte den Boden des einstigen Schneefeldes aufgeweicht, das schneelos im März auch ohne Regen keinen besonders erfreulichen Anblick bot. Es war Nachmittag.

Hanne saß am neuen Tisch der Herbergsstube. Schon Stunden tüftelte sie an der mittlerweile dritten Quartalsabrechnung. Immer wieder schaute sie ins weite, schneelose Feld. Mit Besuchern war heute nicht mehr zu rechnen. Etwas Ruhe würde ihr guttun nach all den Anstrengungen und Beschwerlichkeiten des letzten Jahres.

Die Türschelle klang. Hanne beschlich ein laues Gefühl. Das kann nur ein Verrückter sein, der übers Massiv geklettert ist, oder ein Spaßvogel, der sich angeschlichen hat. Auch Besucher, die von Grömbach her durch den Stollen kommen, müssen an den Fenstern vorbei.

Ein Mann trat in die Stube.

Hanne erkannte ihn sofort. Er muss sich an den vier Fenstern vorbeigeduckt haben. Andernfalls hätte sie ihn längst gesehen und mehr Zeit gehabt, sich zu fassen. So blieb ihr nur der kurze Moment.

Engel schaute sich neugierig um. „Kann man bei Ihnen etwas zu essen und einen Schlafplatz haben?"

„Ziehen Sie die Schuhe aus und hängen Sie das nasse Zeug draußen hin. Schlappen finden Sie im Schuhschrank gleich neben der Eingangstür."

Er ging in den Vorraum zurück, um den Anordnungen der Hausherrin zu folgen.

Hanne war klar, dass er die wahre Geschichte inzwischen erfahren hat. „Suchen Sie sich oben ein Bett aus. Wahrscheinlich bleiben Sie heute der einzige Schlafgast", rief sie nach draußen.

„Wenn ich es mir aussuchen kann, dann würde ich eines ganz in Ihrer Nähe bevorzugen."

„Wie Sie wissen, hab ich einen Mann und im Übrigen kein Interesse an Kerlen Ihrer Neigungen."

Augenblicklich war Engel ernüchtert. Er hatte gehofft, wenigstens ein verhohlenes Fünkchen Freude in ihrem Gesicht zu finden. „Als ich Sie verließ, hatten Sie mehr Humor", sagte er betreten.

„Ich bin müde", erwiderte sie gereizt.

„In den letzten dreizehn Monaten hab ich keinen Tag hingebracht, ohne an Sie zu denken. Dann hab ich's nicht mehr ausgehalten."

„Ich hab auch ziemlich oft an diese Geschichte denken müssen, aber wohl an andere Szenen und ganz sicher mit anderen Gefühlen als Sie." Sie stand auf und verschwand im Verschlag. „Haben Sie einen bestimmten Wunsch, was das Essen angeht?", fragte sie durch die Tresenöffnung überm Geländer.

„Wenn's nur mit Liebe gemacht ist."

Hanne war zu müde, das Wortspiel zu parieren. Im Raum verbreiteten sich appetitliche Aromen. „Was möchten Sie trinken?"

„Einen Wein wie letztens?", versuchte er es noch einmal mit Humor.

Hanne stellte Glas und Flasche auf den Tisch.

Er schaute sich noch immer in der Stube um. Jetzt fand er ihre Bilder richtig gut. Aus dem Augenwinkel sah er das einsame Glas. „Der Stollen ist sehr schön geworden, auch der Stall mit der Sauna und dem Whirlpool."

„Irgendwo mussten die Steine vom Durchbruch ja hin."

„Hab i c h Sie auf die Idee mit dem Stollen gebracht?"

„Mein Großvater hatte schon davon gesprochen", erzählte Hanne wie nebenbei. Dann hatte sie aber doch

Erbarmen mit dem enttäuschten Gast. „Wenigstens haben Sie mich wieder daran erinnert."

Engel lächelte, bemüht, auch die andere Seite des Mundes mit einzubeziehen. „Dann war mein unvernünftiges Gekraxel ja doch zu was nütze."

„Das Seil hängt noch immer da, wo ich es hingeworfen hab", gestand Hanne ernst.

„Auf d e m Weg wäre ich vielleicht ohne blaue Flecken davongekommen."

„Wenn das Seil auch noch den Rucksack gehalten hätte", entgegnete Hanne giftig. „Entweder wäre es mit Ihnen ganz schnell zu Ende gewesen, oder Sie säßen noch einen ziemlich langen Rest im Knast."

„Das war kein Vorwurf", wendete Engel kleinlaut ein. „Im Gegenteil. Sonst wäre mir Hanne nicht begegnet."

Unsanft stellte sie den Teller auf den alten Tisch. „Ich *bin* Ihnen begegnet. Und Sie hatten Gelegenheit und alle Zeit der Welt, mich kennenzulernen."

„So, wie Sie sich eingeigelt haben?"

„Weil ich Sie nicht mit gespreizten Beinen empfangen hab?" Sie ging in den Verschlag zurück, um Engel in Ruhe essen zu lassen. „Zu Ihrem Glück hab ich auf den Großvater gehört, der dumm genug war zu glauben, dass Leute, denen geholfen wird, nie so verkommen sein können, sich an ihren Helfern zu vergreifen."

Sacht legte er das Besteck zur Seite.

Da sie ihm nun eh den Appetit verdorben hatte, fuhr sie fort: „Gelegenheiten, Sie totzuschlagen oder so zu verletzen, dass Sie sich nicht mehr hätten mucksen können, gab es genügend."

Das Gespräch nahm einen so ganz anderen Verlauf, als er es sich vorgestellt hatte. „Warum haben Sie mich dann nicht einfach liegengelassen in der Schlucht?"

Hanne schwieg.

„Ich danke Ihnen", begann Engel unsicher, als auch die Stille dornig wurde, „nicht nur d a s s Sie mir, sondern dass Sie mir t r o t z a l l e m geholfen haben."

In Hanne stieg ein Trotz auf, der sich nicht beherrschen ließ. „Ich hätte Sie nicht gut liegenlassen und das Geld als Fund ausgeben können. Es war klar, dass die Polizei das ganze Tal und die Umgebung auf den Kopf stellen wird. Als Sie dann in der Hütte lagen, musste ich mich auch um Sie kümmern. Das Geld ist mir - offen gestanden - wichtiger gewesen als das bissel Leben, das noch in Ihnen war."

Ihre Unerbittlichkeit erschütterte ihn arg, nicht weil sie ihn abwies ohne jede Hoffnung auf Annäherung, sondern weil er erst jetzt spürte, wie tief und wie offen ihre Verletzung noch immer war. Er stand auf. „Darf ich Sie trotzdem um Entschuldigung bitten für - alles?"

Das letzte Wort brachte Hanne in Rage. Traut sich der Feigling nicht, die Sache beim Namen zu nennen? Einer Furie gleich kam sie an den Tisch. „Meinen Sie mit *alles* auch, dass Sie mich ohne Skrupel in der Hütte einfach hätten verrecken lassen?" Engels bestürztes Gesicht reizte sie noch mehr. „Nachdem Sie mich wochenlang gegen meinen Willen gefickt haben, binden Sie mich an einen Stuhl und verschwinden. *Meinen Rucksack lass ich dir als Pfand. - Mach's gut*", äffte sie ihn nach. „Das Pfand hab ich genommen. Wenn das Messer nicht noch unter der Matratze gelegen hätte, w ä r e ich verreckt. Und ich hätte noch nicht mal die Genugtuung gehabt, dass es Ihnen nicht viel besser geht." Hanne erschrak über diesen Ausbruch. Ruhiger setzte sie hinzu: „Das soll ich verzeihen? - Alles andere vielleicht. - Das nicht."

Ihm wurde klar, dass der Weg sinnlos gewesen ist. Nein, nicht ganz und gar sinnlos, wenigstens die Gewissheit hatte er gebracht, dass alles an ihrem Spiel nur auf sein widerstandsloses Verharren auf dem Krankenlager und seinen unkomplizierten Abgang ausgerichtet gewesen war, weil mit seiner Entdeckung und Festnahme der Finderlohn in Gefahr geraten wäre. Alles, was er als Nähe oder Seelenverwandtschaft oder gar Vertrautheit gedeutet hatte, war lächerlicher Selbstbetrug.

Er stand auf und ging zur Tür. Dort fiel ihm ein, dass er noch nicht bezahlt hat. Also ging er zurück. „Ich hatte vor, von der ersten Wirtschaft aus anzurufen, um auf Ihre Situation aufmerksam zu machen", sagte er ruhig. „Leider bin ich nicht mehr dazu gekommen. Ich hab versucht, aus dem Tal zu kriechen, bin aber immer wieder ohnmächtig geworden. Wenn ich zu mir kam, hat mich der Gedanke an Sie mehr gequält als die Einsicht, sterben zu müssen." Als er wieder reden konnte, sagte er kaum hörbar: „Ich kann mich nicht erinnern, je etwas mit größerer Erleichterung betrachtet zu haben als Ihr Gesicht, nachdem ich in der Hütte zu mir gekommen bin." Ohne Hast legte er einen angemessenen Schein auf den Tisch. Mit dem Mittelfinger folgte er der langen vom Säbel gehauenen Kerbe. „Sie können das unbedacht oder dumm oder verantwortungslos nennen. Grausam oder gewollt war es nicht."

Reglos stand Hanne an der Stirnseite des Tisches.

„Ich hatte gehofft, wenigstens eine Nacht bleiben zu können", redete Engel gegen die grausame Stille an.

Hanne stierte abwesend aus dem Fenster.

Er spürte, wie auch der letzte Funke Hoffnung erlosch. Grußlos drehte er sich um. Mit verhaltenen Schritten verließ er die Stube.

Hanne setzte sich und schaute ihm nach, bis er in der regendunstigen Dämmerung entschwand. „Du kannst auch für immer bleiben", murmelte sie weinend.

Ende

Wenig vor Mitternacht erschien ein Mann, der aussah, als wenn der Tod schon ein stückweit sein Begleiter gewesen wäre.

Hanne erschrak über das von Verzweiflung überschattete Gesicht mit den blutunterlaufenen Augen, ähnlich jenen auf dem Bildnis des mädchentragenden Todes. Der da vor ihr stand sah aus wie jemand, der sich Mut angetrunken hat, um Rache zu nehmen. Dafür fielen ihr auf einmal auch Gründe ein. Sie stand auf, um sich dem Schicksal zu stellen.

Zitternd vor Erschöpfung und Kälte trat er näher, zuletzt so nahe, dass er ihren betörenden Duft wahrnehmen konnte. „Man erzählt sich, dass es keinen Mann gibt in Ihrem Leben", raunte er körperlos. Ihr Schweigen ermutigte ihn. „Vielleicht kann ich ja doch ein … Lager … ganz in Ihrer Nähe."

Hanne überschlug, dass er mindestens sechzig Kilometer an diesem Tag gelaufen sein muss … im Dauerregen … wohl schon eine Zeit lang mit wunden Füßen in überlaufenden Schuhen … und der Aussicht auf ein Leben in einer abgelegenen Hütte … mit einer Frau, bei der sich allenthalben die Gedanken verfliegen … und die es befriedigt, anderen Leuten das Essen und das Bett zu machen … und beim Liebesspiel wohl immer an einen verhängnisvollen Biss denken muss … und weiß, dass er den Kindern nie die Kennenlerngeschichte wird erzählen können … und …

Diesmal wartete er lange genug.

„Sie müssen das nasse Zeug ausziehen, wenn Sie sich nicht den Rest holen wollen", sagte sie mit einem Anflug von Ängstlichkeit, nicht doch etwas Dummes zu tun.

„Ich hab nur das", stotterte Engel zähneklappernd.

Hanne sah den nassen Mann lange an und sagte dann leise: „Ich weiß, wie du aussiehst ... und riechst ... und schmeckst."

Ende

Vor dem zweiten Ende haben Sie den Bereich der Wirklichkeit zu Gunsten einer vagen Möglichkeit verlassen. Vor dem dritten Ende kehrten Sie dem Bereich der Wahrscheinlichkeit den Rücken, um vorm vierten Ende vollends im Traumland der Illusion zu stranden.

Der Autor

Jost Bonner wurde 1958 als drittes von sechs Kindern geboren. Bis heute lebt er in Dresden. Hier lernte er Koch, studierte er Musik. In zwei Beziehungen wurden ihm fünf Kinder geboren.

In der Jugend näherte er sich mit lyrischen Versuchen und aphoristischen Texten schüchtern der Literatur, die sprachliche, philosophische, pädagogische, kulturtheoretische und ästhetische Ambitionen vereinte und sich schon bald zur Leidenschaft auswuchs. Mittlerweile entstanden Arbeiten in beinahe allen Genres.

Neben der Literatur gilt seine Passion dem Theater.

Bei BoD erschienen bisher: *Das Waldhaus* ISBN 978-3-7543-7303-3, *Seepferdchen weinen nicht* ISBN 978-3-7543-0820-2, *Taipa* ISBN 978-3-756-20971-2, *Der Zu-Fall* ISBN 978-3-756-20969-9 und *Harald Pottmeier* ISBN 978-3-756-22360-2.